Kurt Dietmar Walther

GEIPEL der Grenzgänger

Für meine Frau Helga

und meine Söhne Sascha und Björn

Kurt Dietmar Walther

GEIPEL der Grenzgänger

Aus dem Leben des Geraer Pfarrers Roland Geipel

Romanbiografie

Inhalt

Teil I

1 Im Osten

Donner über den Feldern

April 1945

Der böige Frühlingswind schlug immer wieder dicke Regentropfen an die Fensterscheibe. Sie flossen von Tropfen zu Tropfen in schmalen, langen Bahnen wie kleine Bäche über Rahmen und Fensterblech ab. Blitze zuckten durch die dunklen Wolken, Donner grollten. Roland, der in der Küche vor dem Fenster auf einem Stuhl kniete, verfolgte die Wasserläufe mit dem Zeigefinger. Als er mit seinem Gesicht dem Glas zu nahekam, schlug sich an der Scheibe sein Atem nieder. Kurz innehaltend begann er kleine Kreise zu malen, versuchte ein Mondgesicht und übte schließlich ein großes A, wobei die Zunge tüchtig half. Seine Oma Lidda hatte ihm den Buchstaben vor ein paar Tagen gezeigt und gesagt, dass er noch dieses Jahr in der Schule das ganze Alphabet lernen würde.

Leider konnte er jetzt durch die Fensterscheibe im Dachgeschoss nicht die schöne Aussicht genießen, die sich ihm von seinem Lieblingsplatz aus sonst bot. Bei klarem Wetter schweifte sein Blick vom Fenster des dreistöckigen Hauses in der neuen Eisenbahnersiedlung im sächsischen Leubnitz über den Hof, die Hausgärten und die weiten Felder bis zu den leicht geschwungenen Bergen des Vogtlandes und des Erzgebirges. Dort waren vor einigen Wochen im März noch weiße Flecken zu sehen. Hier im Wiesenweg drangen schon Schneeglöckchen und andere Frühblüher aus dem Boden.

Die Pfützen im Hof wurden immer größer. Nach jedem Blitz und Donnerschlag schien der Regen stärker zu werden. Nur gut, dass Oma da war. So fühlte sich Roland sicher. Sie stand am Herd und kochte Suppe. Hin und wieder schaute sie ihrem Enkel zu, wie er sich die Zeit vertrieb. Der war zwar sehr geduldig, aber wenn sich das Wetter nicht bald besserte, musste sie sich etwas einfallen lassen, um den wissbegierigen Jungen zu beschäftigen. Ein Zahlenspiel wäre vielleicht am besten. Bis zehn konnte er schon zählen. Ihr Mann, Opa Willy, hatte ihm auf diese Weise beigebracht, wie weit ein Gewitter entfernt sei. Roland musste die Zahlen vom Blitz bis zum Donner aufsagen. Im Augenblick kam er bis sieben. Vorhin zählte der Kleine gerade mal bis drei. Also zog das Aprilgewitter zum Glück langsam ab.

Wo Opa nur bleibt, dachte Roland und drehte sich zu Oma um, die mit einem Löffel im Topf rührte. Der Großvater war früh ohne ihn mit dem Handwagen in den Wald gegangen, um Brennholz zu sammeln. Er hatte gemerkt, dass ein Gewitter in der Luft lag. Sein Rücken täuschte ihn nie.

Das Unwetter dauerte schon einige Zeit. Die Oma beruhigte das Kind und strich ihm liebevoll über das schwarze Haar: „Bestimmt hat sich Opa in der Waldhütte untergestellt." Insgeheim machte sie sich aber selbst Sorgen.

Gestern, am Sonntag, dem 15. April, feierte die Familie Geipel Rolands sechsten Geburtstag. Aus diesem Anlass hatte ihm die Oma statt des üblichen Ponys einen adretten Scheitel frisiert. Schließlich war Roland bald ein Schulkind. Ansonsten fiel die Feier in den Kriegszeiten bescheiden aus. Seine Tante Elsbeth kam mit ihrer Tochter aus Steinpleis zu Besuch. Am meisten freute sich der Junge über das kleine Pferd, das ihm der Opa schnitzte. Es passte gut in seinen Spielzeugbauernhof.

Der Regen ließ nach. Roland wäre am liebsten sofort die Treppe hinuntergelaufen und in die Pfützen gesprungen wie im vergangenen Jahr. Nun wartete er, dass er endlich die lästigen langen Strümpfe ausziehen und in kurzen Hosen barfuß spielen gehen konnte. Nur die Oma musste er davon noch überzeugen.

Das Gewitter verabschiedete sich mit einem Donnergrollen. Oma Lidda stellte zwei Teller mit Kohlrübensuppe auf den Tisch und rief Roland. Der löffelte gleich los. Die Großmutter sah ihm nachdenklich beim Essen zu. Sie wünschte sich, mal etwas Ordentliches auftischen zu können. Rouladen mit Klößen und Rotkraut oder ein Schnitzel ... Davon konnte sie im siebten Kriegsjahr nur träumen. Ihr kleiner Enkel Roland war fast genau so alt wie dieser verheerende Krieg, der nun mit Bomben nach Deutschland zurückgekommen war. Sie betete, dass die

Familie weiter verschont blieb, dass niemand beweint werden musste.

Oma Lidda dachte an ihre Tochter Helene, Rolands Mutter, und trat an den Herd. Sie öffnete die Ofentür und legte ein Brikett in die schwachen Flammen. Helene hatte sich noch vor der schweren Geburt Rolands vom Kindesvater, der wesentlich älter als sie war, getrennt. Was von ihm blieb, waren ein Foto und eine Postkarte, die er ihr kurz vor Weihnachten 1938 schrieb. Auf dem Werdauer Bahnhof trafen sie sich zum letzten Mal. Helene war traurig, freute sich aber zugleich auf das Kind. Sie nannte ihren Jungen Roland, den „Schildträger". Die Oma musste ihm manchmal erklären, was das bedeutet: ein selbstbewusster, wagemutiger Mann.

Lidda sah in Gedanken versunken zum Fenster. Rolands dünne Suppe schmeckte eigentlich nach gar nichts. Obwohl er stets das Dicke vom Grund des Kochtopfes bekam, musste er sich wie die anderen schon seit einigen Jahren mit dem faden Geschmack abfinden. Es gab fast jeden Tag das Gleiche: Kohlrübensuppe.

Der Junge blickte beim Löffeln immer wieder auf seinen kleinen Teller. Dort waren Zwerge aufgemalt. Zwischen ihnen und seinem Mund lag nur noch ein flacher, durchsichtiger See, den er jetzt auslöffeln musste. Gleich konnte er das Märchenbild vom Schneewittchen besser sehen.

Auch als Helene vor drei Jahren in Dessau, wo sie nach ihrem Pflichtjahr in den Junkers Flugzeug- und Motorenwerken weiterarbeitete, den Soldaten Erich heiratete, ging es schief. Er war danach in Belgien aus der Wehrmacht desertiert und schrieb ihr, dass er dortbleiben würde. Eine Frau hätte ihn im Wald versteckt. Helene meldete dies auf Drängen der Schwiegereltern den

Behörden und ließ sich von ihm scheiden. Später wurde er von der Feldgendarmerie aufgegriffen und in einer Festung inhaftiert. Das rettete ihm wahrscheinlich das Soldatenleben.

Das Donnergrollen wurde wieder stärker. Roland blickte zum Fenster, doch der Himmel war hell. Plötzlich begannen die Teller auf dem Tisch leicht zu vibrieren. Die Suppe zog Kreise. Im Küchenschrank klirrten Gläser. Erschrocken stand Roland auf und drückte sich an seine Oma, die ihn beschützend in ihre Arme nahm. „Was ist das?", fragte er. Sie wusste darauf keine Antwort. Beide ließen die Erschütterungen voller Angst über sich ergehen. Kam das Gewitter zurück? Bombenangriff und Artilleriebeschuss wie vergangene Woche in Werdau, wo der nahe gelegene Bahnhof getroffen wurde? Liddas Gedanken überschlugen sich: Wir müssen in den Keller!

Mit dem weinenden Roland im Arm zur Küchentür eilend, wollte Oma noch kurz einen Blick durch die Scheiben riskieren, doch die waren vom Kochdunst beschlagen. Beherzt öffnete sie einen Fensterflügel. Auf den Feldern weit hinter dem Haus bewegte sich dumpf dröhnend eine Fahrzeugkolonne in Richtung Osten. Die Großmutter kniff die Augen zusammen, um mehr zu erkennen, denn in der Eile war ihre Brille unter den Tisch gefallen. Roland gab sie ihr schnell. Militär! Es waren Panzer, denen große Lastwagen folgten. Sie sah an einigen Fahrzeugen einen weißen, fünfzackigen Stern. Gott sei Dank keinen roten! „Die Amis!", atmete sie auf. „Der Krieg ist zu Ende!"

Roland krallte sich noch immer ängstlich in ihre Schürze. Sie kniete nieder, umarmte ihr Enkelkind und beruhigte es: „Alles wird gut!", nicht wissend, wie es nun wirklich weiter gehen sollte. Ihre nächsten Gedanken drehten sich um ihren Mann und ihre Tochter Helene. Wo waren sie? Im Wald? In der Fabrik? Gefangen?

Nun spähte auch Roland aus dem Fenster. Die schweren Brummer mit den Kanonenrohren waren fast verschwunden und mit ihnen das unheimliche Geräusch. Auf dem Feld hielten Lastwagen. Soldaten mit Stahlhelmen sprangen von den Ladeflächen und begannen große Zelte aufzubauen. Ein Jeep mit einer langen, sich biegenden Antenne kam angerast. Er bremste so kurz vor einem Laster, dass der nasse Boden aufspritzte. Interessiert beobachtete Roland, der nun vom Fenster nicht mehr wegzubringen war, wie ein Mann mit Schirmmütze lässig ausstieg und Befehle erteilte.

Plötzlich schrillte die Klingel an der Wohnungstür. Lidda und das Kind zuckten zusammen. Es folgte ein hastiges Klopfen. Zögernd ging die Großmutter zur Tür. Waren es die Amerikaner, Willy oder ihre Lene? Erst als sie den Namen Ella hörte, machte sie erleichtert die Tür auf. Es war die unter Geipels wohnende Frau, eine Kriegswitwe, deren Sohn in Russland vermisst war. Beide lagen sich gleich weinend in den Armen. Roland sah ihnen zu und drückte seinen Teddybären Horst an sich. Er konnte dem eifrigen Gespräch der Frauen entnehmen, dass es wohl auch in nächster Zeit noch Kohlrübensuppe geben würde. Die Amis wären aber auf alle Fälle besser als die Russen.

Nachdem Ella gegangen war, machte sich Oma Lidda trotz aller Erleichterung ernsthafte Sorgen. Roland merkte es an ihrem Verhalten. Immer wenn sie aufgeregt war, setzte sie ihre Brille auf und ab, putzte sie fast unaufhörlich. Jetzt lief sie ständig ans Fenster, um nach Opa Willy und Mama Ausschau zu halten. Ihr durch eine Operation ohnehin stark gebeugter Rücken krümmte sich noch mehr. „Mama und Opa kommen bestimmt gleich", versuchte sie den Sechsjährigen zu beruhigen. Irgendwie schien die Welt aus den Fugen zu sein. Ist das die neue Zeit, fragte sie sich.

Endlich entdeckte sie Opa Willy am Ende der Straße. Er drehte sich immer wieder um und beschleunigte seine Schritte. Oma atmete auf. Aber sein Handwagen mit dem Feuerholz fehlte. Doch Hauptsache er war wieder da und gesund. Kam nicht auch noch Helene? Nein, es war eine Frau, die gleich wieder in der Häuserzeile gegenüber verschwand.

Opa schnaufte die Holztreppe hinauf und wurde von seiner Lidda mit Tränen in den Augen empfangen: „Dein Handwagen? Haben ihn die Amis?"

„Nein, der ist in Sicherheit", antwortete Willy, nahm eine blecherne Tasse, hielt sie unter den Wasserhahn und trank sich erst mal satt. „Als ich am Waldrand merkte, dass die Amis im Anmarsch sind, habe ich den Wagen ins Unterholz gezerrt. Die dichten Brombeersträucher sind eine gute Tarnung. Außerdem ist es dort für die Amis sicher zu stachelig. Die brauchen unser Holz nicht. So wie die ausgerüstet sind."

Roland ließ Opas Hand nicht eher los, bis er auf seinen Knien sitzend den großen Schnurrbart bewundern konnte. Währenddessen erzählte Willy seiner Frau, dass es bestimmt nicht gut gewesen wäre, von den Amerikanern mit einem Handwagen erwischt zu werden. Vielleicht hätten sie darauf Waffen vermutet.

„Wo ist Lene?", fragte der Opa nach seiner Tochter. Lidda zuckte nervös mit den Schultern. Sie wusste auch nicht, wo sich ihre Helene aufhielt, und konnte nur hoffen, dass ihr nichts passiert war.

„Lene weiß sich schon zu helfen. Sie ist keine 20 mehr", so der Opa. „Auf den Straßen ist es ruhig. Kein Schuss, kein Mensch."

Und wieder sah Oma beunruhigt aus dem Fenster, so als ob Lene jetzt wirklich auftauchen müsste. Nichts! Sie war früh wie immer zur Arbeit in die Spinnerei Vogel nach Werdau gelaufen. Aber heute? Es war nicht wie jeden Tag.

Da! Oma Lidda lehnte sich noch mehr aus dem Fenster und erkannte ihre Lene auch von Weitem sofort am dunkelblauen Mantel und den hochgesteckten, brünetten Haaren. Als wenn der Teufel hinter ihr her wäre, rannte sie die Straße entlang. Der Großvater polterte die Treppe hinab, um seine Tochter an der Haustür sofort in Sicherheit zu bringen.

Rot im Gesicht und außer Atem umarmte Lene dann in der Küche Roland und Oma und setzte sich an den Tisch. Ihre Hände zitterten. Sie konnte das Glas Wasser kaum halten, das ihr die Mutter reichte. „Gott sei Dank! Oh je, das war knapp!", sagte Lene erschöpft und erzählte, was sie erlebt hatte.

Gegen Mittag kam der Buchhalter Oskar Meier aufgeregt zu ihr ins Büro und warnte, dass die Amerikaner vor Werdau stehen. Was jetzt? Sich verstecken, nach Hause gehen oder auf den Hof laufen und jubeln? Er bot ihr an, mit ihm in seinem Auto zu fliehen. Der Schönling hatte sich schon mehrmals um die Lohnrechnerin bemüht. Die große, schlanke Helene mit dem langen Haar gefiel ihm sehr. Aber nun hatte es der Herr Meier eilig. Der Oskar! War er feige? Leicht verwundert registrierte Lene, dass plötzlich das Abzeichen der Nazipartei an seinem Revers fehlte, auf das er immer so stolz war. Da Helene ihm nicht antwortete, hielten Meier nun augenblicklich nichts und niemand mehr auf. Auch nicht Lene. Weg war er!

Viele machten sich sprichwörtlich aus dem Staub. Helene dachte kurz nach: Es konnte sein, dass sich Soldaten oder Volkssturmleute in der Nähe des Werkes verschanzt hatten, wie es gestern noch hieß: „Kämpfen bis zum letzten Blutstropfen!" Zu Hause in Leubnitz wartete ihr kleiner Roland auf sie, seine Mama. Sie musste zu ihm. Während einige Frauen im Spinnsaal und in der Garderobe noch immer aufgeregt durcheinanderredeten und jede für sich entschied, was zu tun war, kannte Helene ihren Weg.

Sie lief vorsichtig über den Hof zum großen Werktor. Der Pförtner, der vorhin noch das Auto des Buchhalters durchließ, war verschwunden. Helenes Herz schlug bis zum Hals. Sie beruhigte sich: Die Amerikaner waren die Befreier, und sie wollte nur nach Hause zu ihrem Sohn. Was sollte ihr passieren? Die Amerikaner, nicht die Russen! Obwohl Lene selbstbewusst und von Natur aus nicht gerade ängstlich war, sagte ihr Instinkt, trotzdem achtsam zu sein. Sie umfasste den schmalen Gurt ihrer Umhängetasche noch straffer, als würde ihr ganzes Leben daran hängen und öffnete beherzt das kleine Personaltor.

In der Küche waren Oma Lidda und Opa Willy sprachlos vor Schreck. Er hatte die Stirn in Falten gelegt. Sein sonst akkurat gezogener Mittelscheitel war zerfurcht. Was hatte sich ihre Tochter dabei gedacht? Mit 28 Jahren sollte sie mehr Verstand haben! Solch ein Verhalten konnten sie nicht gutheißen. Helene war sich darüber im Klaren. Sie hatte alles aufs Spiel gesetzt. Aber zu oft machte sie nicht das, was ihre Eltern wollten. Da war sie ganz das Kind ihres Vaters. Doch die eigensinnige Lene hatte ihre Geschichte noch nicht zu Ende erzählt.

Draußen vor dem Tor entdeckte sie nichts, was ihr Angst machen könnte. Trotzdem kam es wie aus heiterem Himmel, der in Wirklichkeit trübe war: Aus einer Waldschneise schoben sich Panzer auf die Straße. In ihre Richtung! Lene, die sich wegen des Lärms umgedreht hatte, erkannte am weißen, fünfzackigen Stern der Kettenfahrzeuge, dass es Amerikaner waren. Trotzdem überkam sie die Angst. Sollte sie über das Feld wegrennen? Keine Chance, die Kugeln wären schneller. Stehen bleiben? Da könnten die Soldaten auf dumme Gedanken kommen. Einfach auf dem Fußweg weiter gehen, als wäre alles ganz normal? Sie entschied sich blitzschnell für ihren letzten Gedanken und schritt scheinbar unbekümmert voran, die Panzer im Rücken.

Das Motordröhnen wurde immer ohrenbetäubender. Die Panzerketten krallten sich klirrend in den Asphalt. Es mussten nur noch ein paar Meter sein, bis Helene vom ersten Fahrzeug eingeholt wurde. Nicht umdrehen, weiterlaufen! Deutlich spürte die junge Frau, wie sich ein Geruch aus Schlamm, Motorenöl und beißendem Dieselqualm von hinten über sie legte. Sie glaubte sogar, den Schweiß der Panzersoldaten wahrzunehmen. Dann schob sich die ungeheure Masse aus Stahl und Kraft unmittelbar an ihr vorbei. Lene, die wie versteinert gerade aus blickte, sah den Koloss nur aus dem Blickwinkel. Nichts als Panzerplatten, Kettenglieder und dahinter eingepferchte Soldaten. Sie musste an die Bilder aus der „Deutschen Wochenschau" im Kino vor einigen Jahren denken. Wie die Panzersoldaten der Wehrmacht lachend auf ihren Fahrzeugen in Polen und Frankreich einmarschierten.

Ein Panzer nach dem anderen zog an Helene vorbei. Keine Luke öffnete sich, kein Soldat sprang zu ihr herab. Dabei war sie sicher, dass die Amerikaner jeden ihrer Schritte bemerkten und registrierten. Undenkbar, wenn ein Mann auf diesem Fußweg gewesen wäre. Sie wurde in Ruhe gelassen. Vielleicht dachten die Amis an ihre Familien zu Hause, an ihre Frauen und Kinder?

Als Lene acht Panzer gezählt hatte, folgte ein Jeep. Der Offizier neben dem Fahrer grinste sie während des Überholens mit einer Zigarette im Mundwinkel breit an. Dann tippte er kurz mit dem Zeigefinger und dem Mittelfinger seiner rechten Hand an den Mützenschirm und erwies ihr seinen Respekt. Eine Frau, die sich nicht einmal von Panzern erschrecken ließ, war schon etwas Besonderes. Und auch Helene fühlte sich bestätigt. Sie hatte ihre Angst in einer gefährlichen Situation selbstbewusst überwunden.

Während die Panzerkolonne die Straße kurz vor Leubnitz verließ und über die Felder in Richtung Osten donnerte, hob Helene die Zigarettenschachtel auf, die der Offizier aus dem Jeep geworfen hatte, nachdem er an ihr vorbei war. Eine volle Packung! Dann besann sich Lene. Bis nach Hause war es nicht mehr weit. Sie wollte sich nicht noch einmal in Gefahr begeben, das Schicksal herausfordern und rannte die restliche Strecke bis zum Elternhaus, zu Roland. Ihr Vater stand schon an der Haustür.

Das Koppelschloss

Juni 1945

Das Leben schien sich in Leubnitz nach dem Krieg langsam zu normalisieren. Die Leute gingen ihrer Arbeit nach, sofern sie welche hatten, kümmerten sich um Haus und Hof und vor allem um die Versorgung, unternahmen Hamstertouren. In den Gärten wurden Kartoffeln, Kohlrüben und Gemüse angebaut. Es konnte alles nicht schnell genug wachsen, denn der Hunger war groß. Die von der Gemeinde zugeteilten Lebensmittelrationen reichten kaum aus.

Im Garten seines Opas gleich hinter dem Haus war Roland gerade dabei, die kleinen Möhrenpflanzen zu gießen, als Herbert, der Nachbarsjunge, zu ihm kam. Er war wie Roland barfuß. Herb, so ließ er sich von den anderen Kindern nennen, sah durch seine größere Statur älter aus als seine acht Jahre. Auch sonst unterschied er sich von den Jungen aus der Straße: rotblonde Haare und überall auf der weißen Haut Sommersprossen.

Herb trug ein blaues, ausgewaschenes Hemd, das er in die kurze Hose gesteckt hatte. Die wurde von einem breiten Ledergürtel mit einem silberfarbenen Koppelschloss gehalten. Der Gurt war so lang, dass er den Körper des Jungen fast zweimal umschlang. Sein Onkel Max soll den Gürtel im Krieg getragen haben. Dort hatte er sein linkes Bein verloren.

„Kommst du mit zu den Amis aufs Feld, zum Camp?", fragte Herbert und strich mit der Hand stolz grinsend über seinen braunen Gürtel. Roland war richtig neidisch darauf. Er hatte nur schmale Hosenträger, die ständig von seinen Schultern rutschten.

„Ich muss noch gießen", erwiderte Roland. Der mit seinem Ledergürtel. Angeber. Aber er hatte etwas dagegen zu setzen.

„Herb, siehst du die Pflanze dort auf dem Beet?"

„Das kleine Ding?"

Roland und Herb gingen an den vom Großvater akkurat angelegten Beeten vorbei an den Zaun und hockten sich vor die Pflanze.

„Die wird auf alle Fälle größer als du und kann sogar meinen Opa überragen, wenn es gut geht", triumphierte Roland. „Und der ist riesengroß."

Opa Willy hatte ihm vor ein paar Wochen die Kerne gegeben und ein kleines Beet zugeteilt, das er selbst bestellen durfte. Das wollte etwas heißen, denn die Gartenarbeit war Opas Pläsier, wie er sich ausdrückte. Da durfte kein anderer ran, auch nicht die Oma. Wahrscheinlich dachte Großvater, dass nur er einen Garten exakt anlegen und pflegen konnte. Und wenn er die Pflanzen auf den Beeten in die Erde brachte, dann ging es besonders genau zu. So genau wie er stets die Schleife seiner Arbeitsschürze vor dem Bauch band. Roland wusste: Opa Willys Ordnungssinn war enorm und machte selbst vor den Fingernägeln seines Enkels nicht halt. Die wurden stets streng kontrolliert wie das Werkzeug im Schuppen, das fein säuberlich immer griffbereit an Ort und Stelle lag. Es war für Roland manchmal anstrengend, aber er fand mit der Zeit Gefallen daran. Opa freute sich und weihte ihn in die Geheimnisse des Gartens ein.

„Ach, du meinst eine Sonnenblume", winkte Herb gelangweilt ab. Roland ärgerte sich abermals und holte trotzig mit seiner kleinen Gießkanne gleich noch mal Wasser aus dem Fass.

„Kommst du jetzt oder nicht?"

„Na gut, ich gebe nur noch Oma Bescheid", sagte Roland, als wäre es für Herb eine Ehre, dass er mit ihm geht, und stellte die Kanne auf einem Hocker ab.

Auf dem Weg zum Camp kamen beide hinter dem Rittergut am Sammellager für Kriegsgefangene vorbei. Vorher wurden auf dieser Wiese Kühe gehütet; nun umgab ein hoher Stacheldrahtzaun einige Dutzend entwaffnete Wehrmachtssoldaten. Hier soll auch der Leubnitzer Bürgermeister sein, ein SA-Mann, wusste Herbert. Die US-Armee hätte ihn gleich nach der Besetzung des Ortes verhaftet. Doch das ließ Roland kalt. Er kannte diesen Mann nicht. Und ob Herb wusste, wovon er sprach.

Vor dem Stacheldrahtzaun patrouillierten Posten mit Stahlhelmen und Maschinenpistolen. Die beiden Jungen hielten es für besser, nicht in ihre Nähe zu kommen. Aber sonst hatten sie keine großen Berührungsängste mit den US-Soldaten. Bei den Kindern siegten die Neugier und Unbekümmertheit. Auf der Straße wurden die Soldaten im Vorbeigehen bestaunt, ihre Uniformen und auch Waffen begutachtet. Sie gehörten jetzt zum Leubnitzer Alltagsbild. Im Gegensatz hielten sich die Erwachsenen zurück, waren vorsichtig. Einige junge Frauen bildeten wohl die Ausnahme und ließen sich auf die Soldaten ein. Aber die Deutschen blieben die Besiegten, denen man nicht in jedem Fall freundlich gesonnen war. Wer konnte die persönlichen Befindlichkeiten der Soldaten kennen, ihre Erfahrungen mit der Wehrmacht im Krieg, ihre Rache?

Es war um die Mittagszeit, als die beiden Jungen das Camp am Rand des Dorfes erreichten. Schon von Weitem hatten sie aus dem Ofenrohr eines Zeltes Rauch aufsteigen sehen. Das Küchenzelt. Herb hielt sich den Bauch und schmunzelte genüsslich. Bereits vor ein paar Tagen waren sie hier aufgetaucht. Der Koch hatte die Kinder bemerkt und ihnen zu essen gegeben. Er hieß Jim. Herb hatte die Suppenschüssel sogar ausgeleckt, so gut hatte es ihm geschmeckt. Das gefiel dem Koch natürlich. Heute wollten sie es wieder versuchen. Vielleicht konnten sie noch etwas Brot mit nach Hause nehmen. Doch Jim war nicht da.

Sie gingen um das Zelt herum und standen plötzlich vor einem Soldaten. Beide Kinder rissen die Augen weit auf! Ein schwarzer Mann! Das Gesicht, Hände, Haare… Wie oft hatten die Kinder „Wer hat Angst vorm schwarzen Mann?" gespielt und sich nichts dabei gedacht. Es war ein Spiel. Und nun stand er vor ihnen! Roland und Herbert waren wie gebannt. Noch nie hatten sie einen gesehen. Überraschung auch bei dem Soldaten. Er wollte niemand erschrecken, schon gar keine Kinder. Obwohl er sie jetzt anlächelte und zwischen seinen vollen Lippen die weißen Zähne zeigte, schienen sie noch immer oder gerade deshalb um so mehr erschrocken zu sein.

Herb wollte weglaufen, doch der Soldat zog aus der Brusttasche seiner Uniformjacke ein kleines, glänzendes Päckchen und hielt es den beiden vor die Nase. Was war das? Sie zögerten. Schließlich riss der Soldat das Päckchen an einer Seite auf und schob einen kurzen, schmalen Streifen, den er aus dem silbernen Papier nahm, in den Mund. Dann begann er darauf herumzukauen und lachend mit den Augen zu rollen, wie gut es doch schmeckte. Daraufhin sahen sich Roland und Herb kurz an und langten zu. Die Kaugummistreifen schmeckten nach Pfefferminz.

Während sich die drei langsam auch ohne große Worte zu verstehen schienen, kam ein weiterer Soldat hinzu, ein Weißer. Beide kannten sich anscheinend gut, sie lachten und sprachen angeregt miteinander. Die Kinder verstanden nichts. „Das ist Amerikanisch", sagte Herb zu Roland. Auf einmal setzte sich der weiße Soldat hin und begann seine Stiefel auszuziehen und die Füße zu massieren. Roland staunte nicht schlecht, denn es waren keine Stiefel, wie er sie kannte, sondern Schnürstiefel mit ellenlangen Senkeln. Die Kinder bewunderten die Geschicklichkeit, mit der sie eingefädelt wurden. Sie würden dazu wohl ewig brauchen.

Als die Soldaten ihr Staunen bemerkten, brachen sie in Gelächter aus, bis der weiße Soldat plötzlich auf Herberts Gürtel aufmerksam wurde. Seine Miene verfinsterte sich. Er ergriff das silberne Koppelschloss mit der rechten Hand und zog den Jungen mit einem Ruck zu sich heran. Gleichzeitig stieß er zwischen den Lippen: „Nazi!" hervor. Der Schwarze hielt seinen Kameraden an der Schulter zurück, was nur mit Mühe gelang. Roland war zur Seite gesprungen. Er hörte nur Worte wie „children …" Zum Glück tauchte in diesem Augenblick Jim, der Koch, auf und konnte alle drei auseinanderbringen. Roland sah Herb zum ersten Mal heulen.

Der Koch nahm die Kinder schließlich mit in sein Zelt. Dort durften sie sich auf eine Bank setzen und Suppe löffeln. Als sie fertig waren, kam Jim zu Herbert und deutete mit ernstem Gesicht und den Worten: „Nix Hitler!", auf dessen Koppelschloss. Es zeigte einen Adler mit Hakenkreuz und Eichenlaub, das Symbol der deutschen Wehrmacht, die seit wenigen Wochen besiegt war. Dann buchstabierte Jim die Inschrift: „Gott mit uns".

Er stand nachdenklich auf und ging zu einem Mast des Zeltes, an dem eine Art Rucksack an einem Nagel hing. Jim setzte seine Kochmütze ab und verstaute sie darin. Erst jetzt sahen die Kinder, dass er kurz geschorenes, rotes Haar hatte. Sie erschraken, als der Koch mit einem zusammen gerollten Gürtel vor die Bank trat. Herbert begann zu zittern. Jim wollte ihn doch nicht etwa über das Knie legen und schlagen? Auch Roland dachte sofort daran, wie ihm Herb von seinem Stiefvater erzählte, von dessen Hieben mit dem Lederkoppel auf den Hintern.

Jetzt rollte Jim den Gürtel aus. Er war aus einem starken Gewebe, nicht aus Leder. Auch die Koppelschnalle fehlte. Dann wickelte der Koch den Anfang des Gürtels, der viele ausgestanzte Löcher und eine kleine Schnalle besaß, um seine rechte Hand. Die beiden Jungen saßen mit schlotternden Knien auf der Bank. Sie wollten weglaufen, konnten sich aber nicht rühren. Gleich würde Jim den Gürtel auf ihren Hosenboden niedersausen lassen.

Doch der schien es sich anders überlegt zu haben. Er hielt plötzlich inne und lächelte genau in dem Augenblick, in dem Herb in Erwartung des Schmerzes seine Augen schon geschlossen und die Zähne zusammengebissen hatte. Der Koch legte seinen Gürtel beiseite, öffnete Herberts Koppelschloss und zog den Ledergürtel aus den Schlaufen der kurzen Hose. Dann ließ er ihn in seinem Rucksack verschwinden. Beide Kinder atmeten auf. Sie wunderten sich, als der Koch Herbert seinen Militärgürtel reichte und andeutete, dass er ihn umschnallen sollte. Dabei sagte er nochmals: „Nix Hitler". Dann durften sie das Zelt verlassen.

Als Roland und Herb einige Tage später mit anderen Jungen aus der Straße in ihrem Versteck in der Waldschonung saßen, war Jim, der Koch, in aller Munde. Herb brüstete sich damit, dass er gar keine Angst gehabt hätte, als Jim ihn übers Knie legen wollte. Roland wusste es besser, schwieg aber. Und nun holte Herbert vor den drei Jungen sprichwörtlich zum Schlag aus: Er zog ein Päckchen amerikanische Zigaretten aus seiner Hosentasche. Roland verschlug es die Sprache. Hatte Herb die Zigaretten im Küchenzelt bei den Amis geklaut? Nie mehr würde Roland zu Jim gehen, ihm in die Augen sehen können. Herb sollte froh sein, dass er noch mal davongekommen war. Vielleicht fühlte er sich jetzt als Amerikaner, wo er doch den Gürtel trug und nun Zigaretten rauchen wollte?

Bernd, der eben so alt wie Herb war, hielt ihm ein brennendes Streichholz an die in den rechten Mundwinkel geklemmte Zigarette. Ganz genau so hatte es Herbert bei Onkel Max gesehen. Dann sog er mit genüsslicher Miene Luft durch den glimmenden Tabak und verdrehte bald die Augen, als er einen Hustenanfall bekam. Qualm drang aus Mund und Nase. Nur mit Mühe gelang es Herb, sich zu beherrschen. Entsetzt sahen ihm die anderen zu, empfanden sogar Mitleid. Ein Lungenzug war eben die hohe Schule, kein Vergleich mit dem Kartoffelfeuerrauch auf dem Feld.

Auf die amerikanischen Zigaretten schimpfend, paffte Herb trotzdem weiter und bot die Glimmstängel in der Runde an. Jeder griff zaghaft zu. „Ihr müsst ja nicht gleich einen Lungenzug machen", meinte er aufmunternd. „Einfach ziehen und den Qualm im Mund behalten, dann ausatmen." Roland hielt sich daran. Noch ein paar Mal ziehen, und schon war er um eine Erfahrung reicher. Was war dran, am Rauchen? Ein blöder Geschmack im Mund, den er keineswegs für angenehm hielt.

Während Herb zu Ende rauchte und der blaue Dunst durch die Maschen des zwischen drei kleine Fichten gespannten Tarnnetzes zog, verschluckte sich Heinz total. Er drückte die Zigarette sofort wieder aus. Ihm war nur noch schlecht.

Als Herb eine silberne Taschenuhr aus der Hosentasche holte, staunten alle. „Kurz vor fünf Uhr, Zeit zu gehen!" Eigenartig, dachte Roland, sonst wollte Herb um diese Zeit nie nach Hause. Die anderen standen sofort von ihren Baumstümpfen auf. „Also los!", presste Herbert plötzlich heraus. Sein Kopf wurde puterrot. Alle sahen ihn an. Er erhob sich nicht. Sein Blick wurde wehleidig, war gar nicht mehr amerikanisch. Auf einmal raste er los, streifte mit einer Schulter einen Stamm, taumelte und bekam noch knapp die Kurve. Schließlich ließ er sich hinter einem großen Holunderbusch nieder und erleichterte sich geräuschvoll wie ein Bär.

Roland, Bernd und Heinz sahen überrascht zu. Sie rangen sich ein Grinsen ab, obwohl es ihnen ebenfalls nicht gut ging und jeder auf einmal auch schnell nach Hause musste. Es gab da so ein komisches Gefühl in der Magengegend. Das mit dem Rauchen war wohl nichts, jedenfalls nichts für Roland. Das schwor er sich.

Zu Hause abgehetzt aus dem Wald gekommen, reizte ihn nicht einmal mehr die silberne Dose auf dem Küchentisch. Opa hatte sie mitgebracht. „Es ist kaum zu glauben", erzählte der, „als ich heute bei den Amis am Camp vorbeikam, standen viele Leute von uns dort."

Roland rutschte hellhörig auf seinem Stuhl zusammen.

„Ich glaube, es war das Küchenzelt", fuhr Opa fort. „Davor hatten die Amis auf einem Tisch Dosen mit Schmalzfleisch zu einer Pyramide aufgebaut. Jeder durfte eine Büchse mitnehmen."

Roland war froh, dass nicht ihr Besuch beim Koch das Thema war und setzte sich ans Fenster. Opa nahm die runde Dose in die Hand und öffnete sie mit seinem Taschenmesser. „Die Amis machen das doch nicht aus Höflichkeit. Da steckt etwas anderes dahinter", meinte er zu seiner Frau Lidda. „Es wird erzählt, dass bald die Russen kommen."

Oma zuckte zusammen. „Die Russen? Aber warum?", fragte sie beunruhigt, die Hände ringend. Willy, der sich oft mit Karl-Heinz, seinem ehemaligen Arbeitskollegen aus dem Reichsbahnausbesserungswerk Zwickau, bei einem Bier traf und über das Kriegsgeschehen sprach, runzelte die Stirn. Über seinen Schnurrbart streichend, erklärte er ihr, dass die Russen von Osten bis an die Zwickauer Mulde vorgedrungen waren. Und nach der jetzigen Potsdamer Konferenz der drei Großmächte, USA, Russland und England, die gegen Hitler kämpften, wurde das ehemalige Deutsche Reich in drei Besatzungszonen aufgeteilt. Nun würde Leubnitz wie auch Werdau und Zwickau bald zur russischen Zone gehören. Das wurde in Potsdam so festgelegt. Da konnte man nichts machen.

Was Roland, seine Mutter, die Großeltern und die anderen Leubnitzer in den nächsten Sommertagen nach dem Abzug der Amerikaner zu sehen bekamen, hatte nichts mit der vermeintlichen Übermacht der Russen gemein. Bis zur Befreiung waren sie auf Nazi-Plakaten als zähnefletschende Bedrohung des Deutschen Reiches aus dem Osten dargestellt.

Die Russen kamen eines Nachmittags in den Ort und sahen so gar nicht wie Sieger aus. Nicht wie die Amerikaner mit Panzern, sondern mit Pferdewagen. Müde Soldaten liefen daneben, als trügen sie die ganze Last des Krieges, der nun zu Ende war. Dazwischen tauchten ab und zu Geländewagen auf, in denen Offiziere saßen. Kein Leubnitzer Bürger traute sich auf die Straße. An manchen Häusern hingen vorsichtshalber wieder weiße Fahnen aus den Fenstern. Und spät abends hörte Roland, während er im Bett lag, leise die Lieder der Russen, die sie fern der Heimat zur Balalaika sangen.

Der Bote

Juli 1947

Im Sommer war es auf dem Leubnitzer Friedhof angenehm kühl. Die alten Kastanienbäume spendeten mit ihren weit ausladenden Ästen und großen Blättern viel Schatten. Roland streifte den Weg entlang und betrachtete die Grabmale, die sich an der Mauer aneinanderreihten. Ihre Größe und Unterschiedlichkeit beeindruckten ihn. Hier stand ein Engel mit weit geschwungenen Flügeln, daneben eine schlichte, aber gewaltige Architektur. Dort leuchteten in Gold gehaltene Schriftzüge; einige Gräber weiter war kaum noch ein Buchstabe zu erkennen. Vergänglich wie das Leben. Aber Rolands Oma Lidda hatte ihn beruhigt und gemeint, dass es ein Himmelreich gäbe, und der Herrgott würde mit den Engeln auf die Seelen der Verstorbenen achten.

Eigentlich wollte der Junge zu Hause sein, doch Mutter hatte ihm gesagt, dass es draußen so schön sei. Wenn er aber in der Stube gerade mit seinem kleinen Bauernhof spielte und die Ernte einfuhr, war das für ihn noch nie ein Anlass hinauszugehen. Aber er konnte sich den wahren Grund denken: Erich, sein Stiefvater. Der kam vor einer Woche überraschend aus der Kriegsgefangenschaft in Belgien zurück.

Roland war kaum aus der Wohnung, da hörte er, wie hinter ihm der Schlüssel im Schloss umgedreht wurde.

Mit seinen vielen Grabsteinen, Hecken, Bäumen und der Kapelle eignete sich der Friedhof gut zum Spielen, zum Verstecken. Der Junge und seine Kameraden waren oft da, aber erst, seit sie zur Schule gingen. Der Weg dorthin führte am Friedhof entlang. Und um die Straße zu meiden, nahmen die Schüler lieber die Kastanienallee des Gottesackers. Bald werden auf den Bäumen wieder die braunen Früchte aus ihren Schalen platzen und zu Boden fallen, dachte Roland. Er und die anderen Kinder konnten es kaum erwarten. Sie würden nachhelfen, indem sie mit Stöcken und Steinen danach warfen, denn die Kastanien waren ein begehrtes Bastelobjekt.

Wenn die Kinder an den Grabsteinen entlang gingen, rechneten sie manchmal das Alter der Verstorbenen aus. Geburtsdatum und Todestag waren in Stein gemeißelt. Das Rechnen fiel den Schülern hier leichter als im Unterricht. Und auf der Südseite des Friedhofes war alles noch einfacher. Dort befanden sich die Gräber der Leute, die in den Jahren des Krieges starben; auch gefallene Soldaten waren dabei. Oft lagen zwischen Geburt und Tod nicht einmal 25 Jahre.

Zum Glück hatte Roland seinen Opa noch, obwohl der sogar im Ersten Weltkrieg an der Front in Frankreich kämpfte. Darauf war der Großvater ein bisschen stolz, zumal er ihm im dicken Familienalbum mit der riesigen Schnalle ein Foto von sich in Uniform zeigte. Der Junge sah dort aus der Familie Geipel auch andere uniformierte Männer mit Bart, die starr und verklärt irgendein Ziel vor Augen zu haben schienen.

Der Krieg hat die Männer und Söhne so zeitig sterben lassen, erinnerte sich Roland an Omas Worte. Und viele Familien erhielten während des Krieges Briefe mit der schlimmen Nachricht. Der Briefträger wurde deshalb lange nicht gern gesehen. Am liebsten bekamen die Leute gar keine Post mehr. Und wenn doch, dann wurden selbst Briefe aus dem Lazarett aufatmend in Kauf genommen. Bloß keine Todesnachricht! Doch manche Hoffnung war vergeblich.

Roland dachte an den Nachmittag im Januar des vergangenen Jahres, als er Schnee für den Bau einer Höhle auf dem Hof zusammentrug. Da stand plötzlich der Briefträger, der Bote, vor ihm. Zum Glück fragte er nach der Familie Fenk im Nachbarhaus. Dem Jungen fiel ein Stein vom Herzen, aber … Der etwas behäbige Mann in der Postuniform hielt den Brief schon in der Hand; er wollte ihn so schnell wie möglich loswerden.

Was jetzt kam, war unvermeidlich. Roland wusste nur, dass Mutter Fenk mit ihrer Tochter große Wäsche hatte. Beide waren im Waschhaus im Kellergeschoss, aus dessen halb geöffneter Tür Wasserdampf drang. Er sagte dies dem Briefträger, aber der hatte anscheinend keine Lust, die Stufen hinunterzusteigen, zumal sie zum Teil vereist waren. Vielleicht konnte er auch nicht mehr, denn sein Atem ging schwer. So gab er kraft seines Amtes Roland die Anweisung, der Frau sofort zu sagen, dass er hier oben wartete.

Der Junge stieg vorsichtig die Stufen hinab und konnte die Fenks im grauen Dunst kaum sehen. Die Mutter stand am großen Kessel und rührte mit einem Holzstab in der Wäsche. Bettina, ihre Tochter, schüttete gerade einen Eimer kaltes Wasser in einen Bottich, um anschließend zu spülen.

Da Frau Fenk den Jungen nicht bemerkte, zog er an einer Falte ihrer nass gewordenen Schürze. Sie drehte sich um und er stammelte nur: „Briefträger!" Dabei wies er mit seinem rechten Zeigefinger nach oben. Das von der Arbeit und Hitze hochrote Gesicht der Frau wurde schlagartig blass. Sie ließ den Holzstab ins Wasser fallen und hielt die Hände vor ihr Gesicht, als wolle sie sich vor einer Gefahr schützen oder einfach nichts mehr hören und sehen. Ihre Tochter trat erschrocken zu ihr und umarmte sie. Roland stand hilflos da, dann ging er nach oben. Weder Mutter noch Tochter folgten ihm, nur der Wasserdampf. Später erfuhr Roland, dass Bettina, die in der 8. Klasse war, nun keinen Vater mehr hatte.

Oma Lidda und seine Mutter Helene beteten oft auch für andere Leute, die sie kannten. Sonntagvormittags ging die Familie in die Friedhofskapelle zum Gottesdienst. Jedes Mal war Roland vom Gebäude mit den großen bunten Glasfenstern, der Orgel und dem freistehenden Glockenturm genauso wie von den Gesängen, Gebeten und von der klaren Sprache des Pfarrers beeindruckt.

Um die Religion und vor allem die Bibel richtig begreifen zu können, schickte ihn seine Mutter in die Christenlehre. Die fand einmal pro Woche am Nachmittag in

der Schule statt. Als Roland in einer Unterrichtspause
stolz sein Religionsbuch auf die Schulbank legte, erregte
es große Aufmerksamkeit, denn nicht alle Schüler seiner
Klasse kamen aus gläubigen Familien, auch nicht seine
Lehrerin. Es war also angebracht, die Schrift besser unter
der Bank zu halten. Trotzdem ließen es sich ein paar
Schüler wie sein Nachbar Klaus nicht nehmen, in dem
Buch zu blättern. Darin interessierten sie sich am meisten
für die Zeichnungen mit den römischen Söldnern, ihren
Rüstungen und Schwertern, wie sie die Christen verfolg-
ten, aber nicht für Jesus, um den es eigentlich ging.

„Wenn ihr mehr über die Bibel wissen wollt, dann
kommt mit in die Christenlehre!", forderte Roland seine
Klassenkameraden auf. Zuerst zögernd, aber dann doch
bestimmt, setzten sie sich an einem Donnerstagnachmit-
tag auf die letzte Bank, worüber sich der junge Vikar natürlich freute. Aber schon bald merkte er durch die Gespräche und das Verhalten der vermeintlichen neuen
Schüler, dass sie seinen Unterricht störten und mit Religion eigentlich nichts im Sinn hatten. Auch Ermahnun-
gen nützten nichts. Er bat sie kurzerhand hinaus.

Der Krieg war nun seit über zwei Jahren auch für die
Leubnitzer vorbei, aber noch immer warteten viele auf
die Rückkehr ihrer Soldaten. Nicht alle hatten sich aus
der Gefangenschaft gemeldet. Niemand wusste, wo sie
geblieben waren und ob sie jemals wiederkommen würden. Oft dauerte es so lange, dass die Hoffnung starb. In
der Nachbarschaft hatte Mutter Seipel nach jahrelangem
Warten verzweifelt die Sachen ihres Sohnes verschenkt
oder verkauft, darunter das Werkzeug des vermissten
Tischlergesellen. Der meldete sich eines Tages aus der
amerikanischen Besatzungszone. Er hatte auf dem Heim-

weg aus einem Kriegsgefangenencamp in Kalifornien bei seinem Bruder in Wolfsburg Station gemacht.

Oma Lidda stellte sich oft die Frage, wie einer Mutter zumute ist, deren Sohn den Krieg überlebte, der aber nun zu Hause in der sechsköpfigen Familie keinen Platz mehr hat und ihr das wohl niemals verzeihen kann.

Rolands Stiefvater hatte im Krieg anscheinend Glück gehabt, obwohl er ein Glasauge trug. Verlor er das linke Augenlicht im Kampf oder schon vorher bei einem Unfall? Diese Frage getraute der Junge bisher nicht zu stellen. Jedenfalls konnte sich der Stiefvater ihm nun mehr zuwenden, was beiden aber nicht leichtfiel. Doch mit dem gemeinsamen Fußballspielen lief es schon gut. Für mehr schien noch keiner so richtig Zeit zu haben oder sich nehmen zu wollen. Rolands Mutter Helene gab sich alle Mühe, Mittlerin zu sein und ein einigermaßen normales Familienleben zu gestalten. Der Krieg hatte bei vielen Leuten unauslöschliche Spuren hinterlassen.

Der Krieg ist der Tod, erklärte ihm seine Mutter. Jedem, der noch einmal eine Waffe nimmt, soll die Hand abfallen, meinte sie durchaus ernst. Die Familien wollen endlich in Frieden leben. Und weil sie ehrlich dafür eintrat, meldete sie Roland für die Aufnahme in die Pionierorganisation „Ernst Thälmann" an. Das konnte ihrem Sohn nicht schaden, auch wenn er in die Christenlehre ging. Der Junge tat ihr den Gefallen. Er fand einige Pioniernachmittage spannend, vor allem die, in denen es in die Natur ging oder gebastelt wurde. Das gefiel ihm.

Jetzt ging es um den Frieden, nicht um den Krieg, der das Leben über Jahre bestimmte. Doch selbst das Leben ist endlich. Roland musste an den Gevatter Tod im Kaspertheater in Heils Gasthof denken. Wenn diese Puppe mit dem weißen, blanken Totenkopf auftauchte, ging bei den Kindern ein Grausen durch Mark und Bein, und sie warnten Seppel und Gretel vor ihm mit lautem Geschrei. Aber der Tod war und blieb allgegenwärtig.

Schon mehrmals hatten die Kinder auf dem Friedhof Begräbnisse von weitem beobachtet. Das hielt sie jedoch nicht davon ab, weiter auf dem Gottesacker zu spielen. Auch nicht, als Roland, Klaus und Frieder hinter einer Hecke zufällig auf ein großes, offenes Grab stießen. Sie hielten erschrocken inne: Auf dem von lockerer Erde umsäumten Rand lagen zwei große menschliche Knochen, und plötzlich wurde aus der Grube eine Schaufel Erde geworfen. Die Kinder rannten, was sie konnten. Dem Totengräber wollten sie auf keinen Fall begegnen.

Trotzdem interessierte sie, wie der wirkliche Tod aussah, ein toter Mensch. Eines Tages betraten Roland und sein Freund die Friedhofskapelle und sahen eine aufgebahrte junge Frau. Da erfuhren sie, dass Sterben keine Sache des Alters ist.

Kartoffelfeuerrauch

Oktober 1947

Im Herbst lag eines Tages ein eigenartiger Rauch in der Luft. Er zog von den Feldern in den Ort. Roland und den anderen Jungen war er gut bekannt. Kartoffelfeuerrauch, ein neues Abenteuer lockte! Es hieß nun, über die kahlen Kartoffelfelder zu streifen und die Knollen im Feuer zu rösten. Die Freunde sogen gierig den Geruch ein, auch wenn er in der Nase brannte. Es war der Rauch des brennenden Kartoffelkrautes, das nach der Ernte verwelkte und an verschiedenen Stellen aufgehäuft wurde. Der Qualm wehte in leichten Schwaden über die verwaisten Furchen.

Die Jungen suchten nach verbliebenen Kartoffeln, spießten sie auf die mitgebrachten kleinen Stöcke und hielten sie ins Feuer. Rolands Freund Herbert hatte dabei großes Geschick. Vor allem, wenn es galt, das klägliche Feuer immer wieder zu entfachen, denn das oft feuchte Kraut brannte nicht gut. Nach einigen Versuchen war Herberts Streichholzschachtel fast leer. Aber Hauptsache, die Kartoffeln wurden noch gar.

„Pass auf!", rief Herbert zu Roland, der sich kurz zur langsam untergehenden Sonne gewandt hatte. „Deine Knolle verbrennt!" Die dünne Schale war schon schwarz. Roland musste sie wegwerfen. „Du kannst von meiner die Hälfte bekommen", sagte Herbert. Beide ließen sich, in den Furchen hockend, die Erdäpfel schmecken. Dabei beobachteten sie die Leute, die auf dem Feld nach restlichen Kartoffeln suchten und sie in ihre Körbe legten. Der Bauer ließ sie großzügig gewähren.

Während die Gesichter der Kinder durch die Wärme des Feuers leicht glühten, machte sich die zunehmende Kälte des Abends auf ihren Rücken bemerkbar. Die Sonne sank weiter. Roland und die anderen waren absichtlich erst am späten Nachmittag aufs Feld gegangen. Denn je mehr es dämmerte, desto besser kamen die Feuer mit ihren Rauchschwaden zur Geltung, und es ließ sich noch mehr in Abenteuer hineinträumen.

Nicht wirklich wollte sich Roland an den vergangenen Sonntagnachmittag erinnern, als sie alle auf einem Stoppelfeld waren. Erhard aus dem Nachbarhaus hatte einen Spaten mitgebracht, um Mäuse auszugraben, wie er sagte. Er machte mit dem Spaten ein Loch und suchte an den Wänden die unterirdischen Gänge der Feldmäuse. Nach mehreren Versuchen fand er ein Nest mit mehreren winzigen Mäusen. Nackt und blind bewegten sie sich zwischen Strohresten, Flaumfedern und Grashalmen. Roland, der so etwas noch nie gesehen hatte, interessierte sich sehr dafür. Doch als Erhard das Nest mit dem Spaten zerstörte, rannte er davon. „Das sind doch nur Mäuse!", rief ihm Erhard hinterher.

Nur Mäuse …, dachte Roland erschüttert und wütend zugleich. Genauso schlimm war es schon, als Erhard im Sommer im Teich der Lehmgrube einen Frosch fing und ihn anschließend mit einem Strohhalm aufblies, bis er kugelrund war. Tierquäler! Dagegen war das Rauchen der Teichzigarren gar nichts. Doch Roland sagte weder seiner Mutter noch den Großeltern etwas davon. Nur mit Erhard wollte er nichts mehr zu tun haben. Lieber widmete sich der Achtjährige fortan aufmerksam weiter den Tieren auf dem Bauernhof nebenan, wo er fast schon zu Hause war.

Die Insel auf der Weide

August 1948

Träume dich fort auf eine einsame Insel, denke, du bist Robinson … Roland schlug die Augen auf und blinzelte. Nein, der Baumwipfel über ihm gehörte nicht einer Palme, sondern einer Weide. Und rings um ihn war kein Meer, nur Wiese. Am blauen Himmel zogen weiße Wolken vorüber. Mal konnte der Junge in den riesigen Wattebäuchen ein Auto erkennen, mal einen Hund, mal eine Kuh. Halt! Da war doch gerade noch seine Kuhherde!

Roland stand auf, griff schnell zur Peitsche mit der ledernen Schnur und rückte seinen breitkrempigen Strohhut zurecht. Er konnte die Tiere kurz vor dem kleinen Bach, dem Leubnitzer Grenzbach, sehen. Sie werden nicht etwa auf die andere Seite wechseln? Dort war Thüringer Gebiet. Hier ist Sachsen, und da sollen sie bleiben! Auch wenn drüben vielleicht ein paar Grashalme besser schmecken.

Nach einem Schluck Wasser aus der Feldflasche ging Roland, der Kuhhirte, in Richtung Herde, die inzwischen zum Stehen gekommen war. Schon unterwegs zählte er die Tiere. Wehe, es fehlte eines! Zum Glück waren noch alle elf schwarz-weiß gefleckten Exemplare da. Sie mussten unbedingt wieder zurück in die Nähe seines Baumes, seiner Insel, sonst gab es Ärger wie vor ein paar Tagen. Da hatte er doch mal den Drachen mit auf die Weide genommen, den Opa für ihn baute. Denn manchmal war es ganz schön langweilig, wenn sich die Kühe niederlegten und wiederkäuten. Aber der Bauer hatte irgendwie Wind davon bekommen und es dem Opa vermeldet. Na, da konnte sich Roland etwas anhören!

In Richtung Leubnitz sah er die Rinderherde des Finkenbauern grasen. Sie wurde von dessen Sohn gehütet. Roland beaufsichtigte die Kühe von Bauer Pregler. Der besaß außerdem Pferde. Und dann gab es im Ort noch den Pferdebauer Müller. Besonders beeindruckte Roland, wenn Bauer Pregler mit den Ochsen aufs Feld zum Pflügen ging oder wenn sogar zwei dieser Kraftpakete vor den Wagen gespannt waren. Da lief dann alles gemächlich ab, mit einer großen Ruhe. Die Ochsen ließen sich zwar einspannen, aber das Tempo schienen sie zu bestimmen.

An der Spitze seiner Herde angekommen, hob Roland mit gehörigem Abstand laut rufend die Arme. Dann knallte er mit der Peitsche mehrmals in die Luft. Die Kühe schienen zu verstehen, dass es hier nicht weiter gehen sollte. Sie schoben ihre Massen widerwillig in die Gegenrichtung, was natürlich einen Stau mit den anderen Rindern verursachte. Doch nach und nach bekam Roland die Situation in den Griff. Seine Herde begab sich friedlich grasend in die gewünschte Richtung. Er war froh darüber und auch stolz, etwas bewegt zu haben. Die Rinder akzeptierten ihn, wenigstens einige, und hatten gemacht, was er wollte.

Opa Willy und Bauer Pregler kannten sich gut. Sie waren fast Nachbarn. Der Bauer schätzte Opas Schmiedehandwerk und Geschicklichkeit. Manchmal half der Großvater dem Bauer, wenn etwas kaputt gegangen war. Und jetzt, wo es nach dem Krieg nicht viel zu essen gab, hatte die Familie Geipel davon auch einen bescheidenen Vorteil, denn sie wurde mit Naturalien bezahlt.

Da sich Roland sehr zur Natur hingezogen fühlte, was nicht zuletzt seinem Opa Willy zu verdanken war, hatte er vor ein paar Jahren gleich „Ja" gesagt, als der Bauer einen Kuhhirten suchte. Jedenfalls jemanden, der auf die Kühe aufpassen konnte. Außerdem war es nicht umsonst. Um die zwei Mark pro Tag ließ Bauer Pregler schon springen. Das hatte der Opa so ausgehandelt. Also ging es nach der Schule und in den Ferien auf die Weide. Oft mit dem Ranzen, wenn am nächsten Tag eine Klassenarbeit geschrieben wurde. Roland war kein Musterschüler, aber guter Durchschnitt.

Der Junge konnte sich sein Leben als Bauer vorstellen. Natürlich wusste er, dass er nicht den ganzen Tag auf seiner Insel faulenzen konnte. Da hieß es sehr früh aufstehen, die Tiere versorgen und dann aufs Feld… Die

Mahd, Kartoffeln lesen und mehr waren Roland vertraute Tätigkeiten, bei denen er stets tüchtig half. Sogar zu Hause, in seiner Spielecke in der Wohnküche, hatte er aus Holz einen kleinen Bauernhof gebastelt. Am liebsten war der Neunjährige aber in der Natur, streifte durch Wiese und Wald, was seinen Großeltern gefiel. Nur um 18 Uhr musste er am Küchentisch zum Abendbrot erscheinen. Meistens kam Roland eher zurück und spielte noch ein bisschen mit seinen Freunden im Hof oder Garten gleich hinter dem Haus.

Zurück zu seiner Insel-Weide setzte sich der Kuhhirte auf einen der beiden Baumstümpfe und blickte zufrieden zur Herde. Eigentlich war es Zeit, um etwas zu essen, aber das Verhalten der Tiere ließ ihn nicht dazu kommen, sein mit Käse belegtes Pausenbrot aus dem Beutel zu holen. Sonst still grasend, schien sich unter den Rindern Unruhe breit zu machen. Immer öfter hoben die Kühe ihre Schädel in die Luft, blähten die Nüstern und begannen nervös herumzulaufen. Dann drängten sie sich zusammen. Roland sah zur anderen Herde. Verhielt die sich ebenso? Tatsächlich, auch diese Tiere standen dicht beieinander. Lag etwas in der Luft? Roland sah zum Himmel, der sich am Horizont eintrübte. Der leicht kühlende Wind legte sich. Stille! Die Tiere beider Herden standen jetzt ebenfalls ruhig da, als ob sie auf etwas warteten. Roland konnte sich keinen Reim darauf machen.

Rasend schnell zog von Westen ein schwarzes Wolkengebilde heran, das es jetzt gegen Mittag fast finster werden ließ. Plötzlich schoss ein Blitz vom Himmel, dem sofort ein gewaltiger Donnerschlag folgte. Mit dem gleichzeitig stark aufkommenden Wind, der den Rasen zerzauste, setzte peitschender Regen ein. Roland hielt sich am Stamm fest, der ihm jedoch keinerlei Schutz bot.

Hagelkörner prasselten von allen Seiten auf ihn ein. Im Nu waren Hemd und Hose durchnässt. Sein Strohhut flog über die Kuhherde hinweg, die sich geschlossen zur anderen Herde bewegt hatte. Blitze zuckten grell, Donner krachten. Die Naturgewalten waren entfesselt.

Ehe sich Roland weit weg vom Baum auf dem Bauch in das nasse Gras legte, sah er, wie beide Kuhherden instinktiv beisammenstanden, um das Hagelgewitter gemeinsam überstehen zu können. Das hatte die Natur wohl so vorgesehen. Nur er lag allein hier, hatte sofort an Opas Worte gedacht, bei einem Gewitter unbedingt Bäume zu meiden und sich wegen der Blitze flach zu machen. Er konnte sich Schöneres vorstellen, als seine Nase in ein nasses Grasbüschel zu drücken.

Kurz nachdem das Gewitter vorbei war und der Regen nachgelassen hatte, ging Roland zum Baum zurück, zog sein Hemd aus und hing es über einen Ast. Er war klatschnass wie eine gebadete Feldmaus. Die beiden Herden waren noch zusammen. Langsam kam die Sonne hinter den Wolken hervor.

Was nun? fragte sich Roland. Nach Hause gehen? Nein! Schließlich hatte er noch etwas gut zu machen. Die Herde war ihm anvertraut. Und sie sollte der Bauer auch wieder vorfinden. Roland und der andere Hirte brauchten eine gute halbe Stunde, um die Herden zu trennen. Dabei kam ihnen zugute, dass sich die Tiere trotz aller Wirren nicht zu sehr vermischt hatten.

Nach dem Unwetter liefen Opa Willy und Bauer Pregler sofort zur Weide. Sie freuten sich vor allem, dass Roland nichts weiter passiert war. Der Bauer spendierte seinem tapferen Kuhhirten fünf Mark zusätzlich. Wieder etwas für Rolands neue Leidenschaft, das Briefmarkensammeln. Die bunten Marken begeisterten ihn. Sie wurden von jedem Briefkuvert vorsichtig abgeweicht, getauscht oder gekauft. Keine Zacke durfte fehlen!

Ausgebremst

September 1948

Nichts mehr mit Kühen, Schule und Fußball; stattdessen Krankenhaus in Werdau. Die eitrige Knochenentzündung an Rolands rechtem Oberschenkel hatte sich verschlimmert. 41 Grad Fieber und Schmerzen waren hinzugekommen. Roland musste operiert werden. Nun lag er wieder im Bett. Das Bein war verbunden und geschient. Täglich bekam er mehrere Penizillinspritzen.

Hier in der Klinik vergingen die Tage nur langsam. Er konnte nicht in die Schule, also kam die Schule zu ihm. Diesen Zustand verkraftete er gut. Die Lehrer kümmerten sich um ihn, damit er nicht zu viel Unterricht versäumte. Einer lehrte ihm nebenbei sogar das Schachspiel. Und fast jeden Tag brachten Klassenkameraden die Hausaufgaben an sein Krankenbett.

Oft träumte Roland, der inzwischen Fußballer bei Motor Werdau war, von einem eigenen Lederfußball mit Schnüren. Er würde dafür sogar seine Briefmarkensammlung opfern. Wer einen solchen Ball besaß und damit trainierte, der wurde bewundert. Aber würde er überhaupt jemals wieder in seiner Fußballmannschaft spielen können? Mit diesem Bein? Die Ärzte waren zwar zuversichtlich, aber… Es blieb immer ein Aber. Wie gern würde er jetzt auf dem Fußballplatz in Leubnitz als

Linksaußen, Stürmer oder Schütze von Freistößen auflaufen. Und noch nie hatte er so viele Tore geschossen wie in seinen Fieberträumen.

Wenn ihn seine Mutter oder die Großeltern im Krankenhaus besuchten, freute sich der Junge sehr. Er bekam dann immer ein besonders großes Stück Pflaumenkuchen, den die Oma gebacken hatte. Und auf Rolands Frage, wer denn jetzt die Kuhherde von Bauer Pregler hütete, antwortete der Opa beruhigend und mit einem Augenzwinkern: Die Kühe hätten sich durch ihn sehr gut eingeprägt, wo sie grasen durften und wo nicht. Sie würden immer nach ihm Ausschau halten.

Gestern, zum Besuchstag im Krankenhaus, hatte ihm seine Mutter gesagt, was er schon ahnte. Sie konnte ihn sowieso nicht mehr verheimlichen: den dicken Bauch unter ihrer Schürze. Im nächsten Jahr, Ende Februar, wäre es so weit. Nachdem Rolands Stiefvater schon vor Monaten gegangen war, hatte Mutter Helene auf einer Hamstertour einen Schuster aus Aschersleben kennengelernt. Er war geschieden und sie verlobten sich.

Der Schuster machte auf Roland schnell einen guten Eindruck, denn er fertigte für ihn ein Paar Schuhe an. Ganz nach der Devise: Hast du erst mal das Kind auf deiner Seite, dann läuft es auch mit der Mutter. Die stellt das Kindeswohl immer an die erste Stelle. Roland behandelte die neuen Schuhe wie ein rohes Ei, waren sie doch auch aus Leder wie sein heiß ersehnter Fußball.

Aber etwas konnte der Junge nicht vergessen: Er erschrak, als der Freund seiner Mutter ihr bei der Verlobung einen Strauß Kunstblumen überreichte. Kunstblumen! Wo doch in Opas Garten wunderschöne, herrliche Blumen blühten. Das konnte er nicht verstehen. Weniger noch, als dass Monate später der Vater seines kleinen Bruders ihnen allen ade sagen würde. Hätte er geahnt, dass es so kommt, dann würde er vor Wochen auf die Frage seiner Mutter: „Soll ich ihn heiraten?", eine andere Antwort gegeben haben. Am besten wäre keine Antwort gewesen. Aber Roland sagte ein klares, egoistisches „Nein!" - war er doch seiner Meinung nach genug „Mann" an ihrer Seite. Die Mutter akzeptierte das. Vielleicht war sie sich selbst nicht sicher.

So hatte auch sein zehn Jahre jüngerer Bruder, der auf den Namen Wieland getauft wurde, keinen Vater vor Ort. Wieland bedeutete so viel wie Schmied. Vielleicht gab seine Mutter ihm diesen Namen, weil Opa Willy Schmied von Beruf war? Das Ende vom Lied: Die Großeltern zogen neben Roland auch dessen kleinen Bruder Wieland auf, da ihre Tochter Helene den Lebensunterhalt nach wie vor allein verdienen musste. Von den Vätern beider Söhne hatte sie nichts zu erwarten. Und Roland, der das Fußballspielen über alles liebte, musste wegen Wieland einiges zurückstecken. Der forderte mehr Aufmerksamkeit, als ihm lieb war.

Genesend aus dem Krankenhaus entlassen und auf Krücken gehend, spürte Roland am eigenen Leib, was es heißen musste, ein versehrter Kriegsheimkehrer zu sein. Die waren nicht nur körperlich benachteiligt, sondern auch dem Mitleid und Spott mancher Leute ausgesetzt. Da der Junge sein rechtes Bein einige Zeit nicht vollständig beanspruchen konnte, fühlte er sich seinen Kameraden nicht ebenbürtig. Machten sie einen Streich, brauchte er gar nicht mitzugehen, denn er konnte nicht wie sie schnell genug davonrennen.

Glücklicherweise wurde Roland vollständig gesund. Nur eine riesige Narbe blieb von der Operation zurück. Bis zum Ende der Behandlung seiner Krankheit erhielt er mehr als 400 Injektionen.

In die Höhe geschossen

Oktober 1952

Schwarze Tasten, weiße Tasten. Roland rutschte unruhig auf dem Hocker vor dem Klavier in der Stube hin und her. Lieber wäre er jetzt draußen im Wald oder auf dem Fußballplatz. Nur dass es regnete, hielt ihn davon ab, aufzustehen und das Notenblatt in die Ecke zu werfen. Nein, so einen Einfall hatte er seinem Opa Willy nicht zugetraut, als der ihn vor einigen Wochen aufforderte, ihm mit dem Leiterwagen zu helfen. Gemeinsam waren sie von Leubnitz nach Werdau gelaufen. In einer Villa stand ein altes, aber noch funktionstüchtiges Klavier. Opa sagte ihm freudestrahlend, dass er es günstig gekauft habe, für Roland. Na, die Überraschung war gelungen!

Ein Klavier, an dem er nun ständig nach Anweisungen seines Klavierlehrers üben sollte, oder musste. Klar war es ein schönes Gefühl, die Tasten anzuschlagen und den Tönen zu lauschen. Aber daraus Musik zu machen? Hatte Opa vielleicht an Wolfgang Amadeus Mozart gedacht, an das Wunderkind? Das war Roland beileibe nicht. Fleiß, Fleiß, predigte sein Klavierlehrer ständig. Ja, das sei der Preis!

Jedenfalls übte der 13-Jährige nur, wenn der Opa dabeisaß, oder kurz vor der Unterrichtsstunde. Ansonsten ließ Roland das Klavier ein Klavier sein, obwohl es ihn ein wenig mit Stolz erfüllte, als er vor versammelter Familie seinen ersten „Flohwalzer" zu Gehör brachte. Aber auswendig lernen mochte er nichts. Dazu hatte er zu wenig Zeit.

Der Junge war in den Wettkampfbetrieb der Jugendmannschaft von Motor Werdau fest eingebunden. In der

Woche Fußballtraining und samstags Auswärtsspiele. Das forderte ihn sehr, machte aber auch viel Spaß. Trat die Mannschaft in Reihe an, dann stand er als größter Spieler immer am Anfang. In den vergangenen Monaten war er enorm in die Höhe geschossen.

Dass Roland mit seinen 13 Jahren größer als normal war, bescherte ihm einen Vorteil, um den er sehr beneidet wurde: Er konnte in Kinovorstellungen gehen, die er eigentlich noch nicht besuchen durfte. So war es für ihn in Heils Gasthof kein Problem, eine Kinokarte für Filme ab 14 Jahren zu erhalten. Endlich keine Kinderfilme mehr, keine schrillen Pfiffe im Saal, wenn das Licht erlosch und sich der Vorhang öffnete. Roland tauchte in die Filmwelt der Erwachsenen ein, in Abenteuer, Revuen, Komödien und Liebesgeschichten. Jetzt konnte er insgeheim mitreden, wenn sich über Hans Albers, Theo Lingen, Willy Forst oder Marika Rökk unterhalten wurde. Und seine Kameraden staunten, wie gut er ihnen die Filme erzählen konnte. „Wasser für Canitoga", „Kleider machen Leute" und die „Feuerzangenbowle" hörten sie am liebsten. Mancher Klassenkamerad wollte schnell eben so groß wie Roland werden und versuchte wenigstens den Hals länger zu strecken.

Im Gegensatz zu den Pioniernachmittagen, für die sich Roland nicht so recht begeistern konnte, fand er die Konfirmandenstunden ganz gut. Seine Mutter ließ ihn selbst herausfinden, wie er seine Freizeit am besten verbrachte.

Von Politik hielt sie wie ihr Vater wenig, wenngleich ihr die Gründung zweier deutscher Staaten vor ein paar Jahren nicht einerlei war. Aber sie sah ihren Platz hier in der Heimat, die DDR hieß. Hier hatte sie ihre Familie, ihre zwei Kinder, für die sie sorgte. Was in der Tageszeitung stand, glaubte sie bedingt. Die Berichte über den imperialistischen Westen, die Glorifizierung der Sowjetunion las sie nicht, nur den lokalen Teil. Die Zeitung war die einzige Informationsquelle der Familie. Radio gab es nicht. Kaum gelesen, wanderte die Zeitung, in handliche Stücke zerrissen, auf die Toilette. Was sagte der Opa, der in der Familie ein starkes Regiment führte: „Alles Schwindel, das Blatt kommt dahin, wo es hingehört."

Er bildete sich seine eigene Meinung, wie schon vor der Rente, als er im Zwickauer RAW, dem Reichsbahnausbesserungswerk „7. Oktober", den Schmiedehammer schwang. Doch seine Ansichten von der Welt mussten nicht immer stimmen. Zum Beispiel trat der langjährige Gewerkschafter eigensinnig aus der Kirche aus und später wieder ein. Und vom Sozialismus war er genau so wenig überzeugt, wie vom untergegangenen Nationalsozialismus. Für ihn zählte nur die Arbeit, die bleibende Werte schafft. Dazu war nach seiner Meinung unbedingt eine gute Verdauung nötig und keine Politik. In diesem Sinn hatte er auch Tochter Helene erzogen, die auf sein Anraten von der Hauswirtschafterin zur Fabrikarbeiterin wurde und sich schließlich zur Lohnrechnerin qualifizierte.

Roland konnte sich vorstellen, für immer in der Landwirtschaft zu arbeiten. Zu sehr war er schon mit ihr verbunden. Nicht nur durch das Hüten der Kühe. Es war sein Drang ins Freie, seine Liebe zur Natur. So friedlich, wie es schien, war es aber selbst in der Natur nicht. Einige Jungen aus Leubnitz hatten eine Bande gebildet, der sich Roland anschloss. Streifzüge durch den Wald, Kraftproben und Prügeleien mit konkurrierenden Banden aus den Nachbarorten gehörten zum Programm. Da wurde zum Beispiel über die breiteste Stelle des Baches gesprungen, der stärkste Ast geschwungen und an einem

Seil von Baum zu Baum gehangelt. Roland machte das nichts aus, denn er war durch den Sport gut trainiert.

Wehe aber, wenn der Anführer der Bande etwas nicht schaffte oder schwach wurde. Sofort setzte sich, oft nach blutigen Ringkämpfen, der Stärkere an die Spitze. So war es auch mit der Fraureuther Jugendbande, die ihren Einflussbereich auf Leubnitz ausdehnen wollte. Dieses Ansinnen konnten die Jungen nicht hinnehmen. Es kam zu Rangeleien, Schlammschlachten am Bach, gegenseitigen Überfällen und zum Einsatz von Katapulten.

Als sich Roland dabei hervortat, wurde er seinem Bandenführer gefährlich, ohne dass er es wollte. Der Anführer saß nicht mehr fest im Sattel. So kam es eines Tages auf der Straße nach Ruppertsgrün zu einem Zwischenfall. Roland musste sich seinem Bandenchef stellen und wurde von ihm mit einem Stein am Kopf verletzt. Seiner Mutter erzählte Roland, er wäre an einen Leitungsmast gestoßen.

Da er sich nicht rächen und die Attacken der Bande nicht weiter mitmachen wollte, zuletzt wurden kleine Tiere gequält, beschloss er, sich von ihr zurückzuziehen. Seinen Sport vernachlässigte der Junge aber nie, was für sein Leben mit entscheidend war. So kam im Sommer das Schwimmen im Werdauer Freibad hinzu. Dort absolvierte Roland regelmäßig seine Trainingsbahnen und bestritt erfolgreich Wettkämpfe. Er schaffte es sogar bis zur Kinder- und Jugendspartakiade, auf die er sich in einem Zeltlager bei Sondershausen vorbereiten durfte. Nur das Schlafen auf dem Strohsack vertrug der Sportler dort nicht so gut.

Kreppsohlen und Ringelsocken

September 1955

Anerkennende Blicke der Mädchen, Neid der Jungen. Beides genoss Roland hier vor dem Tanzlokal „Zum Römer" in Steinpleis, einem Nachbarort von Leubnitz. Der Tanzabend am Samstag, gleich an der Hauptstraße neben der Maschinen-Traktoren-Station, zog nicht nur Jugendliche aus Werdau an. Legte Freddy Platten auf, dann kamen sie sogar aus Crimmitschau, Zwickau, Reichenbach und Neumark. Das lag wohl an der Musik aus dem Westen. Freddy mit seinem schwarzen, gescheitelten Pomadehaar war Legende. Ihm gelang es aus unerklärlichen Gründen so gut wie immer, den Geschmack seiner Anhängerschar zu treffen und amtliche Auflagen, 60 Prozent Ost- und 40 Prozent Westmusik zu spielen, elegant zu umgehen.

Gerade mit seinem Freund Helmut eingetroffen, ließen sie sich Zeit, um hineinzugehen, denn sie brauchten nicht nach Eintrittskarten anzustehen. Wer Fußballer wie sie bei Motor Werdau war, der konnte sofort an die Kasse gehen. Heute erregten beide die besondere Aufmerksamkeit der Jugendlichen, die sich beim Tanz vergnügen wollten. Erst gestern hatten sie ihre neuen Anzüge vom Schneider geholt. Da ging ein nicht geringer Teil ihres Monatslohnes weg. Aber was sollte es! Das Lehrlingsleben im Kfz-Werk war trist genug. Und schließlich waren sie schon zwei Jahre dabei. Da durfte ein bisschen Farbe nicht fehlen. Zum grünlichen Fischgrätenmusteranzug trugen sie eine rote Weste und eine blaue Krawatte. Sonst hatten sie eine schwarze Manchesterhose, Pulli oder Weste und ein weißes Hemd an. Als sie in den Saal kamen, hörten sie hier und da, dass sie wohl aus dem Westen sein müssten.

Kaum ertönte der erste Schlager, da war die Tanzfläche schon voll besetzt. Roland, der in Werdau Tanzstunden genommen hatte, legte sich ins Zeug. Bei Boogie, Foxtrott, Samba und Tango war er in seinem Element. Er konnte die Tanzpartnerinnen aussuchen. Manchmal dachte er dabei an die hübsche Ludwiga mit den blonden Zöpfen, die er vor zwei Jahren im Ferienlager des Betriebes seiner Mutter kennenlernte. In sie war er so sehr verliebt, dass er sich eines sonntags spontan mit dem Damenfahrrad auf den Weg zu ihr nach Aue im Erzgebirge machte. Auf Ballonreifen hin und zurück rund 80 Kilometer. Nur schade, dass sie nicht zu Hause, sondern als Leichtathletin gerade in einem Trainingslager in Großenhain war. Später sollte er Ludwiga noch einmal wieder sehen. Sie war inzwischen Pionierleiterin. Und Rolands Rad, das eigentlich seiner Mutter gehörte, stand jetzt im Keller neben dem neuen Marken-Fahrrad, das er mit Opas Hilfe kaufte.

An die Großeltern erinnerte sich Roland oft. Was werden sie jetzt gerade machen? 14 Jahre lang hatte er mit seiner Mutter bei ihnen im Leubnitzer Wiesenweg 2 gewohnt. Nun war er 16. Nein, es war ihm vor zwei Jahren nicht leichtgefallen, dort auszuziehen. Mutter hatte mit ihren zwei Kindern eine der begehrten Wohnungen in der neuen Industriesiedlung in Ruppertsgrün erhalten. Bruder Wieland blieb aber vorerst noch bei Oma und Opa in Leubnitz, bis sich Mutter Helene und Roland eingerichtet hatten. Anfangs fehlten in der Neubauwohnung noch einige Möbel, manches war provisorisch. Es fehlte das Geld der Väter.

Damals stürmte auf Roland viel ein, zu viel: Umzug, Schulabschluss, Konfirmation, Beruf. Er musste damit fertig werden, war fast auf sich allein gestellt. Seine Mutter sah er nicht allzu oft. Der Sport forderte ihn. Dazu kam für ihn überraschend, dass er als eigentlicher „Bauer" bald zur Arbeiterklasse gehören sollte. Seine resolute Mutter hatte ihn kurzerhand im VEB Kraftfahrzeugwerk „Ernst Grube" Werdau für eine zweieinhalbjährige Lehre als Autoschlosser angemeldet. Sie sah darin Rolands Zukunft und nicht auf dem Feld und im Stall. Ihm blieb angesichts zweier motorisierter Fahrzeuge im Ort, eines Pkw vom Typ EMW und eines Motorrades, nur zu hoffen, dass sich dieser Zustand in absehbarer Zeit zum Guten ändern möge. Sonst wäre er wahrscheinlich arbeitslos.

Während Freddy im „Römer" Schallplatten auflegte, war im Langenhessener Gasthof bald noch mehr Stimmung. Dort spielte seit kurzem eine der neuen Combos zum Tanz auf. Dabei ging es amerikanisch, mehr afroamerikanisch und sehr heiß zu. Mit Trompete, Saxofon, Kontrabass, Klavier und Schlagzeug wurde dem hektisch getanzten Bebop gehuldigt. Das war ganz Rolands Geschmack. Da ging die Post ab! Miles Davis und Ella Fitzgerald gehörten zu seinen Stars. Und noch jemand: Sonja, die Schwester der Sängerin Steffi. Sie trug wie Steffi auf der Bühne einen roten Petticoat mit weißen Punkten, der die Kerle besonders verrückt machte.

Diese Zeit war für Roland der Beginn des Rock ´n´ Roll. Elvis Presley wurde nachgeahmt. Unverkennbar mit seitlich nach hinten gekämmten Haaren und der großen, mit Pomade aufgestellten Tolle, liefen die ersten Kfz-Schlosserlehrlinge durch die Gegend. In der Betriebsberufsschule wurde einer aus Rolands Klasse mitten im Unterricht zum Friseur geschickt. Der Betrieb duldete keinen Rock ´n´ Roll, genau wie Mutter Helene.

Aber Kreppsohlen und Ringelsocken verbot sie ihrem Sohn nicht.

Roland fand Sonja so bezaubernd, dass er sich Hals über Kopf in sie verliebte. Er machte ihr den Hof, sie gingen tanzen und spazieren, er brachte Getränke und sie nach dem Tanzabend zum Bahnhof. Händchen halten vor dem Gasthof war schon ein Hochgefühl. Doch mehr passierte nicht. Da blieben die Mädchen konsequent. Umso mehr irritierte es Roland, als er erfuhr, dass seine Cousine aus Steinpleis mit 17 Jahren schwanger war. Er tröstete sich wie andere auch mit dem Schlager „Wenn Ramona dich nicht küsst …", in dem es heißt, in die nächste Bar zu gehen und sich dort ein neues Mädchen zu suchen.

Ob Roland mit Sonja zu viel geflirtet oder eine komische Bemerkung zu ihrem eigentlichen Begleiter gemacht hatte, war Nebensache. Jedenfalls ging es dem Typ, der Roland auf dem Heimweg mit dem Rad nach Ruppertsgrün stoppte, um etwas anderes. Er war ein Fußballer aus der Männermannschaft von Motor Werdau. Wahrscheinlich fühlte er sich Roland auf dem Platz unterlegen und bot ihm nun Schläge an. Doch der ließ sich nicht provozieren und verschwand kampflos.

Roland hatte keinen Bock auf eine sinnlose Schlägerei, bloß weil der vermeintliche Gegner seiner angeblichen Kraft Ausdruck verleihen wollte. Gewalt war nicht Rolands Ding, obwohl er durchaus mithalten konnte. Erst vor zwei Wochen hatte er einen Kurzlehrgang im Judo absolviert und hielt sich auch sonst sportlich fit.

In der Phase des Verliebtseins versuchte sich Roland mit der Dichtkunst. Seine Mutter, die sehr belesen und an Theater und Klassik interessiert war, hatte ihm besonders Goethe und Schiller nahegebracht. Der „Osterspaziergang" und die „Ode an die Freude" beeindruckten den Jungen so stark, dass er sie später immer noch als Gebete bezeichnete. Und er vergaß auch die Verse „Geh aus, mein Herz und suche Freud" des Kirchenlieddichters Paul Gerhardt aus dem 17. Jahrhundert nicht, die er zur Konfirmation in der Leubnitzer Kapelle vortrug. Die blieben genauso in seinem Kopf wie die Konfirmation selbst, gemeinsam mit 60 Jugendlichen in den Kreis der Erwachsenen aufgenommen zu werden.

Vor Altar und Pfarrer kniend, empfing Roland seinen Konfirmationsspruch „Kämpfe den guten Kampf des Glaubens; ergreife das ewige Leben, dazu du auch berufen bist, und bekannt hast ein gutes Bekenntnis vor vielen Zeugen" aus der Bibel. Er sollte ihm ein Leben lang den Weg weisen. Derselbe Spruch begleitete schon Rolands Großvater Willy seit seiner Konfirmation im Jahre 1894.

Bei aller Romantik und allem Sport war die Lehre im Kfz-Werk ein hartes Brot. Mit Roland wurden über 100 Jugendliche Autoschlosser oder erlernten andere Berufe. Auch Mädchen waren dabei. Sie wurden zum Dreher ausgebildet. In der Achsmontage schoben Lehrlinge wie Roland für sie die Bremstrommeln auf die Vorder- und Hinterachsen. Das war für die Mädchen, die vorher die Asbestbeläge der Bremsen abgedreht hatten, zu schwer. Pro Lkw vom Typ G 5 mussten drei Achsen bearbeitet werden.

Charakteristisch für den variablen Laster mit Allradantrieb war die lange, schräg nach unten gezogene Motorhaube. Das Militär nahm die meisten Fahrzeuge ab. Außer dem G 5 lieferte das Werk zur gleichen Zeit den bulligen, leistungsstärkeren Lastkraftwagen H 6 für zivile Zwecke aus.

Soll das alles sein?

Mai 1956

Rolands Hände waren schwielig geworden. Nach der Facharbeiterprüfung, die er mit durchschnittlichem Ergebnis absolvierte, wurde die Arbeit schwerer, denn es gab keine Schulstunden mehr, in denen er sich wenigstens körperlich ausruhen konnte. In einigen Jahren würden seine Hände so voller Hornhaut sein wie die der älteren Kollegen. Obwohl Roland gern Autoschlosser war, wünschte er sich manchmal eine andere Arbeit, Kopfarbeit. Opa Willy hatte das schon vor Jahren erkannt.

Helmut, der neben Roland am Leubnitzer Grenzbach zwischen Thüringen und Sachsen saß, ging es ähnlich. Sie hatten sich durch den Fußball kennengelernt, spielten in derselben Mannschaft, und jetzt waren sie Jungfacharbeiter. Hier am Bach machten die beiden auf dem Weg nach Hause oft Pause. Ihre Fahrräder standen gegeneinander gelehnt neben einer Weide.

„Soll das alles sein?", fragte Helmut und warf einen Stein ins Wasser. „Jeden Morgen um sechs Uhr aufstehen, acht Stunden arbeiten, essen und dann in den Tiefschlaf fallen, um sechs Uhr morgens wieder aufstehen…"

„Wenn die Arbeit wenigstens interessanter wäre, als die Schrauben und Muttern mit der Hand festzuziehen. Noch dazu Feingewinde. Und erst die Bremsbackenbeläge. Ich glaube, ich schleife mir da noch mal die Hand ab", entgegnete Roland.

„Willst du das ewig machen?"

„Mensch, wir verdienen doch Geld damit! Schöne Klamotten …", sagte Roland und sah seinen Freund eindringlich an.

„Jetzt denkst du wieder an Sonja, stimmt's?"

„Na ja", bestätigte Roland lächelnd.

„Mädchen sind nicht alles."

„Aber toll." Roland riss einen Grashalm mit einer langen Rispe ab. Er sah Helmut an: „Hast du eine andere Idee?"

„Schon." Nachdenklich und mit seinen charakteristischen, hochgezogenen Augenbrauen deutete er auf den Bachlauf. Roland versuchte, dort irgendetwas zu entdecken, aber er sah nur das träge dahin plätschernde Wasser.

„Das Wasser fließt hier zwar nach Osten, aber es kommt aus dem Westen."

„Und was?"

„Die Zukunft liegt im Westen", antwortete Helmut. „Lange mache ich das hier nicht mehr mit. Was sind wir schon für Autoschlosser? Wir montieren doch nur Lkw. So geht das Tag für Tag und hört nicht auf. Arbeiten und Tanzen sind zu wenig zum Leben. Es gibt mehr."

„Ach, und im Westen fahren wir Cabrio und mit der Freundin nach Italien?", warf Roland ein.

„Genau, so darf es sein. Wo können wir hier denn schon hin? Doch nur an die Ostsee oder in den Harz. Das ist schon das Äußerste. Dazu brauchst du auch noch einen FDGB-Ferienplatz. Wie wäre es mit Spanien oder Holland?"

„Hör auf zu spinnen!"

„Das ist keine Spinnerei! Man muss nur die richtigen Leute kennen", betonte Helmut.

„Und wen kennst du?"

Wie in der Schule hob Helmut den Zeigefinger der rechten Hand in die Luft und rief: „Ich habe einen Onkel in Mainz."

Roland sah erschrocken auf. Der will doch nicht in den Westen abhauen?

„Ich meine es ernst! Mein Onkel weiß schon Bescheid", sagte Helmut bestimmt. „Es ist nur noch eine Frage der Zeit. Du kannst es dir ja überlegen."

Heimwärts dachte Roland nach und trat in die Pedale. Wenn er es sich recht überlegte, dann stimmte hier im Werk mit der Arbeit einiges nicht. Oft stand das Montageband still, weil Material fehlte. Dann hieß es den Hof kehren, Maschinen umsetzen oder im Winter Schnee schippen, auch auswärts. Wie sollte ihre Jugendbrigade bei diesen Zuständen jemals den Bestentitel erringen, selbst wenn sie es wollte?

Und was war mit den demolierten Lkw, den Einschusslöchern in den tarnfarbenen Karosserien, die von Zeit zu Zeit verdeckt in einer abseitsstehenden Halle parkten? Sie warteten auf ihre Reparatur und wurden dann wieder verschifft. Aber eigentlich gab es sie gar nicht, nur die Antwort hinter vorgehaltener Hand: Aus dem Krieg in Afrika, wo sich die Völker vom Kolonialjoch befreien. Im Kino wurde im „Augenzeugen" davon berichtet, natürlich nur vom siegreichen Vormarsch.

Roland erinnerte sich an den 1. Mai, den internationalen Kampftag der Arbeiterklasse, wie dieses Datum genannt wurde. Da fuhren ihre Lkw vom Typ G 5 in Werdau stolz zur Demonstration vor. Das G bedeutete geländegängig, und die 5 stand für fünf Tonnen Nutzlast, also ein vollwertiges Militärfahrzeug. An dieser Produktion beteiligt zu sein, ging Roland eigentlich gegen den Strich.

Er hatte kein gutes Gefühl. Genau wie vor ein paar Wochen, als sie ihn noch vor dem Abschluss seiner Lehre für die Kasernierte Volkspolizei werben wollten. Wie waren sie bloß auf ihn gekommen? Weil er in der Freien Deutschen Jugend war und in der GST, der Gesellschaft für Sport und Technik? Er hatte doch nur auf seine Mutter gehört. Als fleißige und geachtete Werktätige war es für sie selbstverständlich, oder gar ein Zwang, dass ihr Sohn dabei mitmachte. Roland hatten, wie schon bei den Jungen Pionieren, stets nur die praktischen Dinge gereizt. In der GST baute er Flugmodelle…

Die Genossen ließen nicht locker. So war es für den 16-Jährigen nicht einfach, eines Tages drei Männern gegenüber zu sitzen, die ihm die Vorzüge und das Privileg, Dienst in der Kasernierten Volkspolizei zu leisten, präsentierten. Er sei doch sehr sportlich, ein guter Fußballer. Nur die sture Ausrede Rolands, für seine alten Großeltern mit sorgen zu müssen, die wiederum den kleinen Bruder erzogen, weil die Mutter in zwei Schichten arbeitete, ließ sie, wenn auch missmutig, von dannen ziehen.

Kaum zu Hause angekommen, wusch er sich und zog neue Klamotten an. Zu Essen brauchte Roland nichts, denn um 17.30 Uhr wollte er im Leubnitzer Sportlerheim sein. Brigadeabend! Darauf hatte er sich schon lange gefreut. Mal raus aus dem alltäglichen Trott! Mal einen hinter die „Halsbinde" gießen und feiern. Auf seinen kleinen Bruder Wieland, der in die 1. Klasse ging, brauchte er heute mal nicht aufzupassen. Das erledigte Oma Lidda. Sie nahm ihn nach dem Unterricht mit nach Hause, nach Leubnitz, wo er auch schlafen durfte, denn Mutter hatte Mittagschicht.

Im Sportlerheim, einem Flachbau, der gleich neben dem Fußballplatz stand, ging es schon hoch her, als Roland auf seinem Fahrrad eintraf. Die ersten Runden Bier waren bereits ausgegeben. Die Allererste spendierte ihr ehemaliger Lehrausbilder. Sie hatten ihn als neue Jugendbrigade ehrenhalber eingeladen. Er war ein Vatertyp mit viel Verständnis für seine Schützlinge und deshalb sehr beliebt. Und jetzt erschien er gleich noch sympathischer. Auch für Roland, der ohne Vater aufwuchs, war der „Meister", wie sie ihn schon bald genannt hatten, ein Vorbild. Er erkannte in ihm die Werte wieder, die seinen Großvater Willy ebenfalls auszeichneten: Fachwissen, Pünktlichkeit, Verständnis und Genauigkeit. Doch wie sich herausstellen sollte, hatte der „Meister" noch eine andere Eigenschaft…

Roland und sein Freund Helmut prosteten sich in der feuchtfröhlichen Runde mit ihren Biergläsern gerade zu, als Dieter und Rainer am Ende der Tafel Aufsehen erregten. Bereits vom Alkohol benebelt, hatte Rainer plötzlich eine kleine, silbern schimmernde Pistole auf den langen Tisch gelegt. Sie wurde neugierig betrachtet. Es schien eine Spielzeugpistole aus der Faschingszeit zu sein, eine gut gemachte Attrappe. Erst als Dieter betonte: „Die ist echt!", ging ein anerkennendes Raunen durch das Vereinszimmer. Jeder durfte die Waffe mal in die Hand nehmen, ihr leichtes Gewicht schätzen und die fein gearbeitete Ausführung bewundern. „Es ist eben eine Damenpistole", erklärte Rainer lallend.

Eine brenzlige Situation! Roland und Helmut hielten sich zurück. Vor allen Dingen konnte sein Freund keinen Ärger gebrauchen, schon gar nicht Dieters scharfe Pistole. Er wollte in diese Sache nicht verwickelt werden. Das konnte seinen Plan in Gefahr bringen, sich nach dem Westen abzusetzen. Also ruhig Blut! Der „Meister" sorgte jetzt für genug Aufregung. Rot im Gesicht sprang er entsetzt auf und rief: „Ich muss mal telefonieren!"

Während ihm Roland unauffällig hinterherging, machte Helmut am Tisch die Situation klar. „Du musst mit deiner Pistole auf der Stelle verschwinden! Du kommst ins Gefängnis!", sagte er zu Rainer, der den Tränen nahe war. „Am besten weit weg. Du verstehst, was ich meine? Dorthin, wo dich die Polizei nicht finden kann. Geh nicht erst nach Hause! Dort warten sie vielleicht schon auf dich."

Rainer nickte betroffen. Die anderen standen wie versteinert, als wäre die Luft voller Blei. Dieter nahm Rainers Arm und sagte: „Ich bin dein Freund, ich komme mit!"

„Auf was wartet ihr noch?", rief Helmut ungeduldig. Um auf dem Flur nicht der Polizei oder dem Lehrausbilder zu begegnen, stiegen beide aus dem Fenster und verschwanden über den Zaun des Sportplatzes in die Nacht.

Roland war dem „Meister" gefolgt, der zuerst vergeblich versucht hatte, mit dem Telefon des Wirtes eine Verbindung herzustellen, denn ihm waren die Macken des Gerätes unbekannt. Jedenfalls wählte er nicht die Nummer der Polizei, wie der 17-Jährige bemerkte, sondern eine andere.

Als der „Meister" wieder das Vereinszimmer betrat, war die Feier mehr als nur in Schwung. Alle schienen sturzbetrunken. Niemand konnte sich an eine Pistole, nicht mal an eine Damenpistole, erinnern.

Erst viel später erfuhr Roland von Dieters Eltern, dass sich die beiden noch in derselben Nacht in den Zug setzten und erst in Westberlin wieder ausstiegen. Es ginge ihnen gut, sie wären bei Verwandten untergekommen. So hatten sie unversehens noch vor Rolands Freund Helmut den großen Schritt gemacht. Roland war durch das Ereignis im Sportlerheim einerseits verunsichert, andererseits bestärkt, es Helmut gleichzutun, wenn der zu seinem Onkel fahren würde. Und das Thema „Pistole" beschäftigte Roland so sehr, dass er vor lauter Angst seine selbst gebaute Erbsenpistole für immer in der Erde vergrub.

Was kam als Nächstes? Die Musterung für die Nationale Volksarmee? Bald war Roland 18 Jahre alt. Wollte er noch so lange warten? Warum nicht schon vorher sein Leben in die eigenen Hände nehmen? Volkspolizei, Volksarmee, Kampfgruppe… überall Aufmärsche, Säbelrasseln! Wie hatte seine Mutter gesagt? Wer noch mal eine Waffe in die Hand nimmt, dem soll sie abfallen. Und sie musste es wissen, sie erlebte den Krieg.

Macht's gut!

März 1957

Zu Fuß am Werdauer Bahnhof angekommen, sah Roland zuerst auf die verwitterte Uhr des Bahnsteiges 1. Sie zeigte an verschiedenen Stellen Rost, der mit grauer Farbe notdürftig überpinselt war. Roland verglich die Zeit mit der Armbanduhr, einem Geschenk seines Patenonkels zur Konfirmation. Übereinstimmung: 7.13 Uhr. Noch sieben Minuten, bis der Zug in Richtung Leipzig einfuhr. Gegenüber an der Wand der Überdachung von Bahnsteig 2 hing ein Transparent aus rotem Stoff mit weißer Schrift. „Von der Sowjetunion lernen, heißt siegen lernen!", stand darauf. Daneben prangte ATA-Reklame.
Außer Roland warteten drei Leute auf dem tristen Bahnhof mit den zwei Gleisen. Eine ältere Frau unterhielt

sich vermutlich mit ihrer erwachsenen Tochter, die einen weißen Korbkinderwagen schaukelte. Weiter hinten auf dem Bahnsteig, der mit kleinen grauen Steinen gepflastert war, stand ein Mann an einer Bank und rauchte eine Zigarette. Er drehte sich zu Roland um. Ihre Blicke trafen sich. Roland fühlte sich gemustert und ging ein paar Schritte bis zur Fahrplantafel, als wollte er sie studieren. Ihn beschlich eine dunkle Ahnung. Weiß der etwas von seinem Vorhaben? Er hatte doch nur seiner Mutter und den Großeltern Bescheid gesagt. Die Uhr war aber nicht mehr zurückzudrehen. Sein Entschluss stand fest.

Es ging an diesem 1. März Richtung Westen! Nichts konnte ihn aufhalten.

Der Mann hatte keinen Koffer bei sich. Also keine große Reise. Was sonst? Was jetzt? Bloß nicht die Nerven verlieren! Offiziell wollte Roland im Urlaub seinen Onkel Herbert in Mainz besuchen. Was sollte mit dem rauchenden Mann schon sein? Sicher nur ein Zufall. Aber dieser Blick? Er kannte ihn von irgendwo her. Was, wenn die Behörde herausgefunden hatte, dass er gar keinen Onkel in Mainz hat?

Roland streifte wiederholt den linken Jackenärmel zurück, blickte auf die Uhr. Noch fünf Minuten, um seine Entscheidung zu korrigieren, in den Westen zu gehen. Zweifelte er jetzt? Wollte er überhaupt fahren? Der schlanke 17-Jährige mit dem kleinen Koffer von Opa in der Hand, einem Rucksack und 60 Mark in der Geldbörse, blickte nachdenklich auf die blank geschliffenen Schienen mit den öligen Holzschwellen. Hier führten sie noch nicht westwärts, sondern nach Norden, ehe sie ab Leipzig die Richtung einschlugen, in die er wollte. In Mainz wartete Helmut, sein Freund, der ihm vor einem halben Jahr in Werdau Starthilfe ins neue Leben versprach.

Was ließ Roland zurück? Am meisten wird er wohl seine Großeltern vermissen, die ihn aufzogen und erzogen. Jetzt, wo sie alt waren und er ihnen eigentlich helfen müsste, ging er weg. Trotzdem war er sich ihrer Unterstützung sicher. Sie ließen bei ihm keine Schuldgefühle aufkommen. Was sagte Opa Willy, als er erfuhr, dass sein Enkel nach neuen Herausforderungen suchte? „Die Sachsen sind ein fleißiges Volk. Sie werden wegen ihrer soliden Arbeit in der ganzen Welt geschätzt. Du wirst deinen Weg gehen!" Und Oma Lidda? Die hatte ihn mit Tränen in den Augen fest an sich gedrückt und ihm einen Kuss auf die Wange gegeben. Im Zug wird er in seiner Jackentasche einen Zehnmarkschein von ihr finden, wenn ihn der Schaffner nach der Fahrkarte fragt. Oma steckte ihm das vom Haushaltsgeld Abgesparte am Abend heimlich zu, denn er hätte es niemals angenommen. Schließlich verdiente er selbst, wenn am Monatsende auch nicht viel übrigblieb. Doch nun würde ihm das Geld gerade recht kommen, denn für sein Vorhaben, wie Helmut in den Westen zu gehen, hatte er zu wenig Zeit zum Sparen gehabt.

Langsam rückte der große Zeiger der Bahnsteiguhr weiter. Erst jetzt merkte Roland, dass ihn fröstelte. Tief durchatmend schlug er den Kragen seiner dünnen Jacke hoch, steckte die Hände in die Hosentaschen. Der März ist eben vor allem am Morgen noch etwas frisch, sagte er sich. Doch was machte der Mann an der Bank? Roland blickte wie zufällig in Richtung des auf Halt stehenden Signals und dann zum Bahnsteigende. Der Raucher stand immer noch dort und schnippte gerade seinen Zigarettenstummel ins Gleisbett.

Roland konnte es innerlich kaum erwarten, in den Zug zu steigen und fortzukommen, aber die Zeit schlich dahin. Sonst verging sie immer wie im Flug. Vor allem, wenn er früh zur Arbeit ins Werk musste und sich schnell aufs Fahrrad schwang. Es reichte gerade für eine Tasse Tee. Jetzt würde er im Ernst-Grube-Werk wieder am Fließband stehen und Achsen für die Lastkraftwagen montieren. Die Kollegen werden seinen Platz ausfüllen müssen. Für zwei Urlaubswochen. So dachten sie bestimmt.

Der Lautsprecher auf dem Bahnsteig meldete sich mit einem lauten Knacken. Bemüht, ihr Sächsisch zu unterdrücken, plärrte die Bahnhofsvorsteherin: „Achtung, bitte von der Bahnsteigkante zurücktreten! Einfahrt hat der D-Zug aus Zwickau zur Weiterfahrt nach Leipzig. Fahrplanmäßige Abfahrt 7.25 Uhr."

Alle drehten sich in Richtung des Zuges, der in einer grauweißen Rauchwolke aus einer Kurve in den dämmernden Morgen brach. Die sieben Waggons hinter sich herziehende Lok hielt fauchend und quietschend am Bahnsteig. Gelangweilt sah der Lokführer, seinen schwarzen Koloss unter Dampf haltend, aus dem kleinen Fenster herab: Werdau eben, nicht das quirlige Leipziger Hauptbahnhofgetöse! Das kam später. Er lüftete seine speckige Mütze und wischte sich den Schweiß von der Stirn.

Die Ledermütze mit dem Flügelrad über dem Schirm erinnerte Roland an seinen Onkel Karl. Der war schon vor dem Krieg Lokführer der Deutschen Reichsbahn im benachbarten Zwickau. Als die Russen kamen, so hatte ihm der Opa erzählt, holten sie Karl wahrscheinlich wegen seines Berufsstandes und verhörten ihn, denn die Eisenbahntransporte in die Konzentrationslager führte die Reichsbahn durch. Doch Karl hatte damit nichts zu tun. Er wurde wieder freigelassen.

Überhaupt war die Familie Geipel mit der Eisenbahn, mit Eisen und Bahn, eng verbunden: Onkel Karl als Lokführer, Opa Willy als ehemaliger Schmied im Reichsbahnausbesserungswerk Zwickau und sogar Oma Lidda als Verkäuferin in einer Eisenwarenhandlung der Stadt an der Mulde. Nach Rolands Geburt widmete sie sich der Erziehung ihres Enkels.

Auf dem Bahnhof zuerst vor dem Zug zurückweichend und dann vorwärtsdrängend, stiegen die Fahrgäste aus und ein. Die Oma verabschiedete sich hastig von ihrer Tochter mit dem Kinderwagen. Roland, der vor derselben Tür des Waggons stand, half der jungen Mutti beim Einsteigen. Dabei bemerkte er nicht, wie der Mann, von dem er sich auf dem Bahnsteig beobachtet fühlte, gleich hinter ihm in den Gang kam, wohl um einen Fensterplatz zu ergattern.

Ein Platz am Fenster war Roland egal. Hauptsache, er konnte sitzen und seine Gedanken sammeln, denn es ging nun doch alles sehr schnell. Er kam gar nicht so richtig zum Nachdenken. Der Abschied ... Ja, Oma und Opa ließ er zurück und Mutter und Bruder. Zu seiner Mutter hatte er wenig, aber doch eine herzliche Beziehung. Als geschiedene Frau war sie oft mit sich selbst beschäftigt und musste für den Unterhalt der Kinder sorgen. So blieben Roland nur die Großeltern. Seinen leiblichen Vater kannte er nicht, nur ein kleines Porträtfoto, das ihm seine Mutter mal zeigte. Es wies ihn als einen stattlichen Mann aus.

Roland konnte sich noch an einen anderen Mann erinnern. Der heiratete seine Mutter mitten im Krieg in Dessau, wo sie in den Junkerswerken arbeitete. Roland streute zur Trauung Blumen und durfte ganz stolz in der Hochzeitskutsche mitfahren. Leider bekam der Dreijährige trotzdem keinen Vater. Der Bräutigam heiratete in Wehrmachtsuniform mit Käppi und musste gleich wieder an die Front. Zum Abschied spielte das Grammophon das Lied „Adieu, mein kleiner Gardeoffizier". Kurze Zeit später fuhr der Junge mit seinen Großeltern ins heimatliche Leubnitz zurück.

Am Tag vor der Abreise lernte er, damals noch unbewusst, den Ernst des Krieges kennen. Bei einer der Bombardierungen der Dessauer Rüstungsbetriebe schlug eine Fliegerbombe unmittelbar neben dem Haus ein, in dem er bei seiner Mutter wohnte. Zum Glück war niemand daheim. Wiedergekommen sah der Junge den großen, tiefen Krater im Garten, in dem der zerrissene halbe Zaun lag. Er nahm es spielerisch und stellte sich rennend vor, er wäre ein Auto, das immer um den Bombentrichter fuhr.

Inzwischen hatte der D-Zug nach einem schrillen Pfiff Fahrt aufgenommen. Der Bahnhof mit dem Schild „Hbf. Werdau (Sachsen)" war längst verschwunden. Auch die kleine, graue Stadt. Die Räder des Zuges fuhren ratternd über die Schienen. Am Fenster flogen Dampffetzen der Lok vorbei, die Stadt Crimmitschau mit ihren eintönigen Fabrikgebäuden und Schloten ...

Macht's gut, dachte Roland und lehnte sich auf seinem Platz zurück. Ein Stück Heimat, ein Stück Leben. Ist jetzt meine Jugend zu Ende? Was kommt auf mich zu?

Als kurz ein Sportplatz am Zugfenster auftauchte, musste er sofort an Fußball denken, an die A-Mannschaft von Motor Werdau, in der er leidenschaftlich gern spielte. Wird er fehlen? Was werden seine Mannschaftskameraden zum Training sagen? Hat er sie verraten? Wo war sein Mannschaftsgeist geblieben? Aber vielleicht waren sie gar nicht überrascht. Christian, der Torwart, sagte kürzlich vor allen in der Umkleide, dass es nicht mehr lange dauern würde, bis Roland seinem Freund Helmut in den Westen folgt. Roland hatte nur abgewunken, obwohl er sich schon auf die große Reise vorbereitete.

„Ich kenne dich doch aus dem Ernst-Grube-Werk?“

Roland blickte erstaunt auf. Vor ihm stand der rauchende Mann vom Bahnsteig. Was wollte dieser Mensch von ihm? Wird er doch bespitzelt? Er fühlte, wie ihm das Blut ins Gesicht schoss. Also mal ganz dumm stellen: „Ich wüsste nicht!“ Doch jetzt erkannte Roland ihn. Der Mann war wirklich aus seinem Werk und wurde Bademeister genannt, weil er dafür sorgte, dass die sanitären Anlagen immer in Ordnung waren.

„Ach ja, der Herr Bademeister. Ich bin aus der Achsenmontage, Jungfacharbeiter. Geipel, Roland, mein Name.“

„Angenehm, Horst Schreiner. Wo soll es denn hingehen?“

„Zu meinem Onkel Herbert nach Mainz. Ich mache 14 Tage Urlaub.“

„Und ich fahre nach Leipzig zu meiner Schwester. Sie liegt im Krankenhaus.“

„Das ist bedauerlich. Dann wünsche ich ihr gute Besserung.“

„Danke. Ich wäre lieber mit meiner Familie in den Zoo gefahren, aber ...“

„Die Schwester geht vor“, fiel ihm Roland ins Wort.

„Genau.“

Roland stand auf und nahm seinen Rucksack aus dem Gepäcknetz, um das Gespräch zu beenden. Er setzte sich wieder und kramte eine Blechdose hervor, öffnete sie. Die Schnitten mit Butter, Wurst, Käse und Ei dufteten verführerisch.

„Na dann guten Appetit!“, sagte der Bademeister. „Ich werde mich noch mal auf die Suche nach einem Fensterplatz begeben. In Altenburg steigen meist mehr Leute aus.“

„Dann viel Glück!", entgegnete Roland und biss herzhaft in sein Brot.

„Gleichfalls. Man sieht sich. Spätestens in 14 Tagen wieder im Werk! Eine gute Reise noch!", meinte Schreiner und schob die Tür zum nächsten Waggon auf.

„In 14 Tagen", sinnierte Roland leise vor sich hin, „fragt sich nur, in welchem Werk?" Er sah aus dem Fenster, auf das scheinbar vorbeifliegende Land, aus dem er eigentlich floh.

2 Im Westen

Wirtschaftswunderland

März 1957

Darauf mussten sie anstoßen: Roland war zehn Tage in Mainz und hatte heute einen Job bekommen, wie es hier im Westen hieß. Sein Freund Helmut lachte ebenfalls. Die Flaschen gaben einen dumpfen Klang von sich, als sie aneinanderschlugen. Jetzt blickte Roland zuversichtlich in die Zukunft. Es kam Geld in die Tasche. Seinen bevorstehenden 18. Geburtstag würden sie nun zünftig feiern können. Und auch die Miete, die Helmut ihm einen Monat vorschoss, konnte er jetzt zurückzahlen.

Als ihn sein Freund am 1. März nach der Tagesreise aus Werdau vom Mainzer Bahnhof abholte und er erstmals die Lichter der Großstadt sah, kam ihm alles wie ein

Traum vor. Es war schon beeindruckend: Das neu erbaute Hotel gleich gegenüber dem Bahnhof und die Fahrt mit der Straßenbahn in den südwestlich liegenden Stadtteil Bretzenheim, wo Helmut wohnte. Einerseits staunte Roland über die Neubauten in der Stadt, andererseits nahm er zur Kenntnis, dass Mainz im Krieg durch Bombenangriffe zu 80 Prozent zerstört wurde. Ein Schock für den Jugendlichen, der in Leubnitz und Ruppertsgrün in gepflegten Siedlungen fast wie im Frieden aufgewachsen war und so gut wie keine Ruinen kannte. Das musste er erst mal verkraften.

Wie versprochen, hatte Helmut seinen Freund mit Einverständnis des Vermieters bei sich aufgenommen. Nachdem Roland eine Postkarte aus Mainz bekam, ließ er nicht lange auf sich warten. Helmut hatte ihm geschrieben, dass er in Untermiete und in Arbeit war. Einige Monate später wäre Rolands Flucht nicht mehr möglich gewesen. Im Dezember verschärfte die DDR die Einreisebestimmungen in die Bundesrepublik drastisch, und ab 1961 ging nach dem Mauerbau gar nichts mehr.

Jedenfalls waren beide wieder zusammen und das im wahrsten Sinne des Wortes: Sie wohnten gemeinsam in einer Dachwohnung mit eineinhalb Zimmern. Das Einfamilienhaus gehörte zu einer Siedlung gleich in der Nähe der Mainzer Johannes-Gutenberg-Universität.

Vom neuen Zuhause bis zur Arbeitsstätte war es nicht weit. Sie lag in der Nähe des Hauptbahnhofes. Irgendwie kamen Roland die Gebäude bekannt vor. Ja, sie erinnerten ihn an die heimatlichen Bauernhöfe im sächsischen Leubnitz. Die Firma, ein Pkw-Großhändler, befand sich auf einem ehemaligen Vierseithof. Sie bestand aus einem Autohaus mit Werkstatt, Sattlerei und Lackiererei. Geführt wurde das Unternehmen von zwei Brüdern, die auf dem Hof wohnten. Sie waren nicht begeistert, als Helmut für seinen Freund um Arbeit bat. Aber Roland hatte wahrscheinlich den Bonus, aus der DDR geflohen und Facharbeiter zu sein. So wurde er eingestellt; aber vorerst nicht als Autoschlosser.

Roland schluckte. Tankwart war nicht gerade sein Traum. Autowäscher auch nicht. Aber was tun? Sein Freund Helmut beschwichtigte: „Du hast jetzt erst mal den Fuß in der Tür. Sei froh, dass es so geklappt hat! Der Chef will dich testen. Wenn du jetzt gleich die Flinte ins Korn wirfst, dann bist du weg vom Fenster."

Das leuchtete Roland ein. Außerdem fühlte er sich vom Chef geschmeichelt, als der seine Handschrift lobte. So einen jungen Mann brauchte er. Endlich mal einer, der in seiner Tankstelle die Buchführung gewissenhaft und vor allem leserlich erledigen könnte … Und da hätte er gleich noch eine andere, sehr wichtige Aufgabe für ihn: das Ersatzteillager. Gesagt, getan.

Nun lernte Roland das Wirtschaftswunder kennen: Kraftstoff so viel man brauchte, Ersatzteile in Mengen. Und vor allem Autos. Da wurden gleich 40 Wagen auf einmal bestellt, verteilt und zum Verkauf vorbereitet. Keine Mangelwirtschaft wie im Werdauer Kfz-Werk, das ohnehin nur Lkw herstellte, oder im Zwickauer Automobilwerk „Sachsenring", das den „Trabant" produzierte. Auf den musste man in der DDR, wenn überhaupt, jahrelang warten, wie er aus einem Brief seiner Mutter erfuhr. Also hatte Roland wohl alles richtig gemacht. Zudem wurde ihm die Chance geboten, später als Kfz-Schlosser arbeiten zu dürfen.

Aber das reichte Roland nicht. Seine Arbeit erinnerte ihn an Werdau, an Monotonie. Schließlich konnte er den Chef doch überzeugen, ihm die gewünschte Tätigkeit zuzuweisen, denn der wollte sich nicht nachsagen lassen, einen hoffnungsvollen, qualifizierten Facharbeiter wie

Roland, der noch dazu aus der Zone kam, nicht zu fördern. Er sah ja, dass sich der junge Mann beweisen wollte und stets alle Aufgaben zur Zufriedenheit erledigte.

Jetzt also Autoschlosser! Es war ein Glücksgefühl. Endlich. Rolands Zielstrebigkeit hatte zum Erfolg geführt. Nun hieß es, die verschiedenen Autotypen nicht nur kennen zu lernen, sondern zu studieren und zu beherrschen.

Fahrzeuginspektionen, Motorenaustausch – die ganze Palette gehörte zu Rolands Arbeitsaufgaben. Und dass auf seinem Arbeitskittel das Werkslogo prangte, erfüllte ihn mit besonderem Stolz. Roland schien angekommen.

Der Mittagstisch wurde von der Belegschaft in einem Hotel eingenommen. Undenkbar in der DDR. Selbst in Mainz ein Privileg. Roland spürte dort eine besondere Atmosphäre, einen Zusammenhalt. Kollegen, die er sonst nur an den Fahrzeugen bei der Arbeit sah, sprachen jetzt miteinander, lachten, zeigten Fotos von ihren Familien, unterhielten sich. Der eine machte bald Urlaub in Italien, der andere plauderte über die ersten Zähne seines jüngsten Sohnes. Genauso selbstverständlich wurde über den katholischen Glauben gesprochen, der in Mainz dominierte, und sogar über Engel. Roland hörte zu, glaubte aber, dass es mehr um Schutzengel im Straßenverkehr ging.

Bei allen diesen Gesprächen konnte er nicht mithalten, sondern nur Ohren und Augen weit aufsperren. Was sollte ein 18-Jähriger schon zu erzählen haben? Vielleicht, dass er vor ein paar Tagen bei Dauerregen nur mit der Badehose bekleidet auf der Landstraße zur Werkstatt gelaufen war? Oder dass ihn sein Nachbar im Pkw öft mit auf Arbeit nahm? Da hätte er mit Hut einsteigen können, so hoch war der Himmel des Daches. Das Auto wurde noch vor dem Krieg in großer Stückzahl hergestellt.

Es hatte das Ersatzrad auf dem rechten Kotflügel und keinen Kofferraum. Doch das alles war für die Kollegen nicht neu. Trotzdem bezogen sie den Jungfacharbeiter ab und zu mehr aus Höflichkeit in ihre Gespräche ein.

Vor allem Meister Schrader bemühte sich um ihn, denn er stammte ebenfalls aus Sachsen, aus Leipzig. Er hatte sich hier in der Werkstatt qualifiziert. „Es sind noch mehr aus dem Osten hier", verriet er Roland. „Die hängen es nur nicht an die große Glocke. Aber schämen brauchen sie sich auch nicht."

Unwillkürlich musste Roland an seinen Opa Willy denken, an dessen Worte über die Sachsen, die überall auf der Welt als gefragte Leute gelten würden. Für Roland war das Ansporn, als Autoschlosser noch besser als die anderen zu werden, sich weiterzubilden. Er arbeitete oft aus freien Stücken länger. Das wurde bemerkt, und er durfte zusätzlich als Vertrauensbeweis die Vermessung von Pkw übernehmen, eine sehr verantwortungsvolle Tätigkeit.

In seiner Freizeit und an den Wochenenden entspannte sich der 18-Jährige beim Tanzen, Wandern und Schwimmen. Schön, dass es gleich gegenüber der Firma ein Freibad und ein Hallenbad gab. Es war insgesamt ein Lebensgefühl, bei dem nichts fehlte, nur der Führerschein. Doch Roland holte ihn sich im Handumdrehen.

Uniform, Kasernenhof …

März 1960

Kalt erwischt! Keine Sekunde hatte Roland an die Bundeswehr gedacht. Und nun hielt er diesen amtlichen Brief in den Händen. Er wurde zur Musterung aufgefordert. Jetzt, wo er sich in Trossingen, im Autohaus von Rolf, einem Kundendienstberater aus Mainzer Tagen, erst so richtig eingearbeitet hatte. Am liebsten zerriss er den Brief.

Sein neuer Chef hatte sich vor ein paar Monaten mit 33 Jahren selbstständig gemacht und baute nun seinen eigenen Autohandel auf. Als er Roland im Dezember in Mainz gemeinsam mit seiner Frau zu Hause besuchte und auf eine freie Stelle in seiner Firma ansprach, musste der erst im Autoatlas nachsehen, wo denn die Kleinstadt lag. Also südwärts in Richtung Bodensee. Zwischen Schwarzwald und Schwäbischer Alb. Baden-Württemberg.

Bei den guten Aussichten auf Karriere in Mainz gab es für Roland einiges zu bedenken und abzuwägen. Was würde er verlieren, wenn er von hier wegging? Doch der Jungunternehmer bemühte sich sehr. Er kannte Roland als guten Mann vom Fach und wollte nicht auf ihn verzichten.

Roland dachte nach und überlegte, was er verlangen könnte. Vielleicht Kundendienstberater zu werden? Der Chef schien Rolands Gedanken lesen zu können. Angebot und Nachfrage trafen sich im selben Augenblick. Roland sollte sofort als Kundendienstberater eingestellt werden. Ein verlockendes Angebot, dem Roland schließlich nicht widerstehen konnte. Zudem schien es für ihn wieder Zeit für Veränderung zu sein.

Sein Arbeitstag war ausgefüllt. Es kamen weitere Monteure. Wenn die Kunden es wollten, durften sie an ihrem Auto in der Werkstatt stehen. Ein Umstand, der Roland gefiel wie seine Tätigkeit insgesamt. Neue Arbeit, neue Wohnung zur Untermiete, neue Freizeitvergnügen: Lesen, Theater, Kino. Und jetzt? Uniform, Kasernenhof, Schießen, Befehle… Bundeswehr! Am Montag Musterung in der Kreisstadt Sigmaringen; mit 21 Jahren reichlich spät, wie Roland meinte, denn es ließ sich inzwischen auch ohne Wehrdienst ganz gut leben.

Dabei war er der Bundeswehr im Prinzip nicht abgeneigt gewesen. Es reizte ihn schon sehr, zur Marine zu gehen und so die Welt zu erkunden. Später vielleicht als Schiffsoffizier bei der Handelsmarine? Als er diese Absicht seiner Mutter in einem Brief mitteilte, war sie strikt dagegen und gab ihm zu bedenken, dass er als Berufssoldat nicht mehr zu ihr in die DDR einreisen dürfe. Das hatte ihn sehr berührt, denn er wollte seine Familie auf alle Fälle gern wiedersehen und nicht verlieren. Opa Willy war ja auch schon 80 Jahre alt. Außerdem dachte Roland an die Worte seiner Mutter damals in Ruppertsgrün, dass dem, der jemals eine Waffe ergreift, die Hand abfallen soll.

Mit einem Brief seines Chefs in der Tasche stand Roland in Sigmaringen vor der Musterungskommission. Der war auch nicht einverstanden, dass sein bester Mann dem Autohaus auf absehbare Zeit nicht mehr zur Verfügung stehen sollte. Doch das half nichts. Erst als Roland Mutters Brief vorlegte, den er vorsorglich mitnahm, bemerkte er eine Regung im Gesicht des eher väterlich wirkenden Offiziers. Der las die Stelle im Brief laut vor: „Wenn du zur Bundeswehr gehst, dann darfst du nicht

mehr in die DDR." Die anderen Kommissionsmitglieder
schienen zu nicken. Und Roland dachte nicht richtig zu
hören, als der Offizier zu ihm sagte, dass er zwar wehr-
tauglich sei, aber angesichts der Worte seiner Mutter mit
der Einberufung wohl bis zur Wiedervereinigung
Deutschlands warten müsse. Roland kam sich vor wie
der Hochstapler Felix Krull, nur dass er der Kommission
nichts vorgaukeln musste. Wahrscheinlich war heute
sein Glückstag, ein Fünfer im Lotto. Oder wohl noch
mehr.

Als er dann in Sigmaringen an der Donau gut gelaunt
einen Abstecher zum imposanten Schloss der Hohenzol-
lern machte, kam er vor dem Tor am Denkmal von Karl
Anton, des letzten regierenden Fürsten von Hohenzol-
lern-Sigmaringen, vorbei. Am Sockel war die Inschrift
eingemeißelt: „Soll die Einheit Deutschlands aus dem
Reich der Träume in die Wirklichkeit treten, so darf kein
Opfer zu groß sein". Roland glaubte noch lange zu träumen.

Unverhofftes Wiedersehen

Oktober 1960

Roland war kaum aus dem Urlaub an der italienischen
Riviera nach Trossingen zurückgekehrt, da stand sein
Freund Helmut vor der Tür. Verdutzt blickte einer den
anderen an. Sie hatten sich über zwei Jahre nicht gesehen. Damals war Helmut aus seiner Wohnung in Mainz
ausgezogen, die er mit Roland teilte und ihm dann

überließ. Der war froh darüber, denn Helmuts Freundin Gerda kam oft und lange zu Besuch. Während dieser Zeit, meist an den Wochenenden, unternahm Roland ausgedehnte Tagesausflüge. Der Schwarzwald, die Schwäbische Alb und der Bodensee boten sich dazu an. Trossingen war für Roland ohnehin eine Kleinstadt, die er nach seiner Zeit in Mainz nicht gerade liebte. Jedenfalls hatte er Helmut, der seine Freundin später heiratete, alles Gute gewünscht.

Nachdem sich Roland und Helmut herzlich umarmt und gegenseitig auf die Schultern geklopft hatten, gab es natürlich eine Menge zu erzählen.

„Wieso bist du hier?", fragte Roland erstaunt.

„Das ist eine lange Geschichte", entgegnete Helmut. „Wie du weißt, habe ich Gerda geheiratet, und wir sind in Mainz geblieben."

„Und warum hast du damals gekündigt?"

„Das hatte nichts mit dir zu tun. Es ging nur ums Geld, das wir dringend brauchten. Die Miete war sehr hoch, und die neue Werkstatt zahlte einfach mehr. Und dass ich dir nichts gesagt habe, lag daran, dass es nur diese einzige freie Stelle gab, die ich unbedingt haben musste."

Roland zog die Augenbrauen hoch. Er hatte für Helmut Verständnis, hätte wahrscheinlich ebenso gehandelt, wenn er für eine Frau sorgen müsste. Verantwortung zu tragen war nicht leicht. Das wusste er von seiner Mutter, die allein zwei Kinder großzog.

„Aber nun Trosssingen?", fragte er weiter.

Helmut holte tief Luft, als sollte der folgende Satz in Ewigkeit enden. „Was ich jetzt erzähle, wirst du vielleicht nicht verstehen. Ein halbes Jahr später meldete sich meine Mutter aus Werdau, dass sie mich sehr vermisst. Sie sei so allein und schwer krank. Mein Vater war schon vor fünf Jahren gestorben. Und Geschwister hatte sie auch keine. Sie wüsste nicht, wie es mit ihr weitergehen solle. Ich wäre doch ihre einzige Stütze, und auf Gerda würde sie sich auch sehr freuen. Vielleicht wäre schon ein Enkelchen im Anmarsch? Ob wir denn nicht bald zu ihr ziehen könnten? Ich wäre im Westen doch auch allein … Jedenfalls gingen ein paar Wochen lang viele Briefe und einige Anrufe, die allerdings in Tränen endeten, hin und her."

Roland merkte, wie intensiv sich Helmut nochmals in diese schwierige Zeit hineinversetzte. Auch er war nachdenklich geworden. Es waren immerhin ihre Mütter, die sie beide im Osten, in der DDR, zurückgelassen hatten. Wie mag es gerade in diesem Augenblick seiner Mutter Helene in Ruppertsgrün gehen? Sie war sicher auf Arbeit, aber nicht schwer krank wie Helmuts Mutter. Eigentlich hatte sich Roland nicht übertrieben um seine Mutter gekümmert. Aber nun dachte er schon an sie. Allerdings ließ sie nie Zweifel aufkommen, dass seine Flucht in den Westen nicht richtig war. Sie informierte ihn gelegentlich in Briefen über das Leben der kleinen Familie, bestellte Grüße der Großeltern, über die er sich besonders freute.

Was musste sein Freund durchgemacht haben? Roland legte ihm die Hand auf die Schulter und schwieg. Er wusste, dass das ein wenig helfen konnte.

„Schließlich zogen wir nach Werdau zu meiner Mutter. Es blieb uns wohl nichts anderes übrig", erzählte Helmut weiter. „Du kannst mir glauben, wie schwer uns das fiel. Für Gerda war es eine vollkommen andere, fremde Welt. Und für mich auch. Ich hatte mich schon zu sehr an den Westen gewöhnt."

Roland war erschüttert. Gut, dass er schon saß, sonst wäre er sofort im Sessel gelandet. Wo sie doch erst vor ein paar Jahren aus der DDR in den Westen gegangen waren. Und nun zurück. Er verstand einen solchen Schritt kaum. Konnte das eine Mutter von ihrem Sohn verlangen? Wie verzweifelt muss sie gewesen sein? Oder war es die Gehorsamkeit des Sohnes, der an ihr hing und Schuldgefühle zeigte? Hatte Helmut sein Schicksal in die eigenen Hände genommen oder wurde er gelenkt, geleitet? Wer ließ ihn seine Entscheidung treffen? Je mehr Roland darüber nachdachte, desto mehr fragte er sich, was er in einer solchen extremen Situation getan hätte.

„Den Rest erspare ich dir. Nur so viel: Es wurde für uns unerträglich", unterbrach Helmut Rolands Gedanken. „Die Krankheit meiner Mutter war nicht so schlimm, wie es den Anschein hatte. Und später lernte sie sogar noch einen Mann kennen, der dann zu ihr zog. Gerda und ich versuchten auf allen Wegen wieder in den Westen zu gelangen. Erst beim dritten Versuch klappte es über Westberlin. Wir kommen geradewegs aus dem Notaufnahmelager. Von dort schrieb ich einen Brief an dich an unsere alte Adresse in Mainz, wo ich dich noch vermutete. Der Vermieter leitete ihn dann nach Trossingen zur Werkstatt weiter."

„Wo ich ihn wahrscheinlich noch vom Chef bekomme", nahm Roland den Faden auf.

„Ja, bestimmt. Du warst in Urlaub und der Brief, mit allerlei Vermerken versehen, deutete auf eine gewisse Wichtigkeit hin. Da hat er den Brief geöffnet. Du bist ihm wie ich aus dem Mainzer Autohaus sowieso bestens bekannt", sagte Helmut.

„Toll, dass er dich nach Trossingen mitnahm."

„Ich ging nur, weil er mir versprach, dass ich Kundendienstberater werde", ergänzte Roland.

Helmut machte spaßeshalber einen Diener und sagte: „Wie du siehst, bin ich hier gelandet, und außerdem sind

wir jetzt wieder Kollegen. Zudem erwies sich unser Chef
mehr als großzügig: Er spendete mir und Gerda als Starthilfe 5000 D-Mark für die Einrichtung unserer neuen
Wohnung, über die wir uns natürlich sehr gefreut haben."

Verschwundene Träume

Juni 1961

Roland trat in die Pedale. Er war spät dran. Die gestrige
Nacht in der Rotterdamer Hafenkneipe hatte kein Ende
genommen. Wie hieß sie doch gleich? „Zum Kap der Guten Hoffnung". Nun eilte er, nach kurzem Schlaf, mit seinem Fahrrad zum Kai.

Während ihn der kühle, morgendliche Wind erfrischte, sah er sich in Gedanken schon an Bord eines Schiffs,
das von Möwen umkreist hinter dem Horizont verschwand.

In die weite Welt hinausfahren, ein Traum, der für
ihn Wirklichkeit wurde. Nicht wie in seiner Heimat, in
Sachsen auf dem Lande. Dabei war es paradox: Er floh in
die Bundesrepublik und durfte nicht zurück. Die Leute
in der Zone konnten nicht Urlaub machen, wo sie gern
möchten, nicht in Italien, Spanien oder wo immer in der
Welt. Nein, es ging mit dem Feriendienst der Gewerk-
schaft zum Beispiel an die Ostsee, ins Gebirge oder auch
mit dem Reisebüro in die Sowjetunion. Allerdings waren
die Kosten vergleichsweise gering. Nur wer Funktionär
war, der durfte weiter weg, auch mal nach Jugoslawien.

Roland konnte erst wieder in die DDR einreisen und die Familie besuchen, als sein Opa Willy im April gestorben war. Nach vier Jahren wurde ihm erstmals ein Aufenthalt von drei Tagen in Ruppertsgrün bei seiner Mutter gestattet. Wie er hörte, hatte sich im Kfz-Werk, wo er lernte und arbeitete, einiges getan. Die Lkw-Produktion war gänzlich eingestellt. Stattdessen wurden nur noch Lkw-Anhänger hergestellt. Die Laster kamen jetzt aus Ludwigsfelde bei Berlin. Das war der Planwirtschaft der sozialistischen Länder zu verdanken.

Mehr über dieses Thema und über Politik erfuhr Roland vom Vater einer Freundin im Nachbarort Fraureuth, die er nach dem Austausch einiger Briefe auf deren Bauernhof besuchte. Der Entwicklungsingenieur hatte mehrere Patente angemeldet, war aber durch einen Unfall halbseitig gelähmt. Er und Roland sprachen den ganzen Abend so intensiv über Gott und die Welt, dass sie nicht nur die Zeit, sondern Roland sogar die Freundin vergaß. Sie war ständig damit beschäftigt, den beiden belegte Brote zu servieren. Jedenfalls zog es Roland schnell wieder aus der DDR nach Trossingen.

Nur noch ein paar Straßen mit dem Rad durch die Altstadt von Rotterdam und dann kam schon der Hafen. Roland hatte das Fernweh gepackt. Kein Wunder, denn das Gespräch mit diesem Hendrik in der Kneipe „Zum Kap der Guten Hoffnung" beflügelte Rolands Fantasie. Hendrik war ein Seemann aus Antwerpen und geschätzte zehn Jahre älter als er. Wettergegerbtes Gesicht, Vollbart, starke gebräunte Oberarme. Ganz wie ein Seemann aus dem Bilderbuch. Einfach unglaublich. Genauso die Tatsache, dass er mit Roland bis in die Nacht an einem blank gescheuerten Tisch saß und von Palmenstränden,

Männerfreundschaften, harter Arbeit und flotten Mädchen, Stürmen und der stillen See fabulierte.

Sicher trugen das Stimmengewirr und der Tabakqualm im Gebälk, in dem Schiffsmodelle mit vergilbten Segeln hingen, auch dazu bei, Rolands Sinne für das Meer zu öffnen. Dabei wusste er nicht einmal, ob Hendrik Matrose oder Bootsmann war. Er gab es nicht preis. Egal. Jedenfalls schien ihm ein unbedarfter, junger Mann gerade recht zu kommen, den er als Schiffsjunge anheuern konnte.

Obwohl Rolands Kopf jetzt wieder klarer war, gingen ihm die Bilder, die Hendrik heraufbeschworen hatte, nicht mehr aus dem Sinn. War das ein Zeichen oder nur Verlockung? Hatte er nicht schon einmal in Erwägung gezogen, zur See zu fahren? Vor seiner Musterung wäre er fast zur Marine gegangen. Dieser Herausforderung hätte er sich gern gestellt. Aber es sollte anders kommen.

Gleich hinter dem riesigen Silo müsste der Frachter am Kai liegen. „Schwarzer Rumpf, weiße Aufbauten und blauer Schornstein. Am Bug und am Heck kannst du `Amado´ lesen. Heimathafen ist Antwerpen", erklärte ihm Hendrik zum späten Abschied am frühen Morgen in der Kneipe.

Und nun? Sofort als Schiffsjunge auf den Frachter gehen? Ungelernt? So nach und nach würde ihm schon alles beigebracht, meinte Hendrik gestern. Mit seiner Arbeit als Helfer könnte sich Roland die Überfahrt nach New York verdienen. Schon heute sollte es losgehen.

Aber, um zur See zu fahren gehörte mehr dazu, als mit Fahrrad und Freund Manfred durch halb Westeuropa zu fahren, wie er es gerade tat. Rotterdam war der Wendepunkt ihrer zweimonatigen Tour. Morgen ging es eigentlich wieder Richtung Heimat. Oder doch nicht?

Luft in die Reifen pumpen oder sich eine steife Brise um die Ohren wehen lassen?

Roland wusste genau, dass Manfred seine Entscheidung, welche er auch immer trifft, akzeptieren würde. Genau so ging Roland auf die Vorschläge des Freundes ein. Nachdem er im April im Autohaus in Trossingen gekündigt hatte und wieder in Mainz war, kam Manfred auf eine tolle Idee: „Lass uns doch ein, zwei Monate durch Westeuropa radeln, ehe du wieder hier anfängst. Da kannst du den Kleinstadtmief, den du ohnehin nicht riechen kannst, am besten vergessen."

Roland fand das gut. Ab Juli wollte er wieder als Kundendienstberater einsteigen.

Da lag er vor ihm, der Frachter „Amado". Sein stählerner Schiffsrumpf reckte sich, mit Nieten beschlagen, in die Höhe. Zwei Taue hielten ihn an den Pollern fest. Vom steinernen Kai führte eine schmale Gangway zur Reling hinauf. Der Schornstein rauchte. Das Schiff war beladen und zum Auslaufen bereit.

Roland stellte sein Fahrrad an einer Schuppenwand ab, bedacht, dass es vom Frachter aus nicht gesehen werden konnte. Hendrik brauchte nicht zu wissen, dass er mit einem Damenfahrrad unterwegs war, noch dazu mit solch einem alten Modell. Der hätte ihn womöglich ausgelacht und gesagt, dass es angesichts dieses Drahtesels doch schon sehr an der Zeit sei, mal den fahrenden Untersatz zu wechseln, und sich auf einen anderen Erdteil zu begeben.

Da hatte Hendrik wohl recht. In den Jugendherbergen, in denen sie übernachteten, trafen sie einige junge Männer, die sich die Welt nicht nur auf dem Globus anschauten. Da war ein Uhrmacher aus der Schweiz, der fuhr nach seinem Meisterabschluss drei Monate per

Fahrrad durch Spanien. Warum? Es machte ihm Spaß, und wann würde er sich so eine Auszeit noch mal leisten können, wenn er eine eigene Firma gründete. Er wollte weiter nach Deutschland. Doch bald ziehe es ihn wieder nach Hause, in seine Badewanne, die er dann nicht so gleich verlassen würde, sagte er Roland. Oder der Weltenbummler aus Dänemark, der mit 40 Jahren fast alle Länder sah? Roland war gerade 22. Wie sollte er eine Familie gründen, Kinder haben, wenn er auch auf einen solchen Tripp geht? fragte er sich.

Während Roland beobachtete, wie die letzten Matrosen mit ihren Seesäcken die Gangway hinaufstiegen und an Bord gingen, wurde ihm klar, welche Bedeutung die Spruchweisheit gerade jetzt für ihn hat, die bei seinen Großeltern im Wohnzimmer hing. „Was immer du tust, handele klug und bedenke das Ende". Wenn er das Ende seines Ansinnens bedachte? Er würde wahrscheinlich unter Strapazen in Amerika ankommen, kein Geld in der Tasche haben und müsste sich sofort ein anderes Schiff suchen, um weiter oder wieder nach Hause zu kommen. War er überhaupt seetüchtig, und wie sah der Kahn denn aus? Doch eher wie ein „Seelenverkäufer", wenn er ehrlich war. Nicht sehr Vertrauen erweckend.

War da oben am Bug nicht Hendrik? Roland machte einen Schritt hinter den Schuppen, um von ihm nicht gesehen zu werden. Der zog mit einem weiteren Matrosen das zweite Tau auf das Schiff zurück, nachdem es ein Hafenarbeiter vom Poller befreit hatte.

Warum verstecken? Rolands Entschluss stand fest: Er geht nicht an Bord! Mit einem Schritt in Richtung Schiff untermauerte er seine Position.

Nun hatte Hendrik ihn entdeckt und winkte ihm zu. Er solle schnell heraufkommen; das Schiff würde jede Minute ablegen.

Roland erwiderte den Gruß und winkte ab. Hendrik grinste. Er hatte sowieso nicht geglaubt, dass aus dem Jungen über Nacht ein Schiffsjunge wird. Aber immerhin war dieser Roland zum Kai gekommen. Er rief zu ihm: „Ahoi!"

Etwas wehleidig, aber erleichtert, antwortete Roland ebenfalls: „Ahoi!" Hendrik nahm es ihm doch nicht übel, dass er nicht anheuerte und mit nach New York fuhr? Als Entschuldigung wollte ihm Roland noch den Spruch zurufen, den er sich zu Herzen genommen hatte, aber im selben Augenblick ertönte ohrenbetäubend die Schiffssirene zum Ablegen.

Der schwimmende Koloss aus Stahl setzte sich unter Dampf langsam in Bewegung. Beim Auslaufen schien Roland Hendrik noch mal an der Reling zu erkennen. Dann wandte ihm der Frachter im aufschäumenden Wasser das Heck zu.

Roland setzte sich auf den Poller, als wollte er die Kraft verspüren, die er in ihm glaubte, und sah dem Schiff lange nach. Verschwanden jetzt seine Träume von der Neuen Welt? Er besann sich und ging zum Fahrrad. Auch wenn es ein Damenfahrrad war, hatte er damit doch über 1000 Kilometer durch Westeuropa zurückgelegt. Es gehörte der Mutter seines Freundes Dieter, der inzwischen bei der Bundeswehr war und ihm sagte, dass er das Rad so lange behalten kann, wie er es braucht.

New York hin, New York her! Roland kam es plötzlich in den Sinn: Er hätte gar nicht nach Amerika gekonnt. Nein! Er musste das Fahrrad wieder in Mainz abliefern. Das war er seinem Freund Dieter schuldig.

Dienst am Kunden

August 1961

Durch den Ärmelkanal schwimmen. Von Calais nach Dover. Das wäre einen Versuch wert. Roland wollte zeigen, was er auf dem Kasten hat, nicht nur fachlich. Da klappte so weit alles. Nun sollte es auf die sportliche Art sein. Eigentlich ging es ihm ums Ausprobieren, Testen. Das Schwimmen hatte er im Werdauer Freibad als Kind gelernt und es sogar zu sportlichen Ehren gebracht, wenn auch bescheidenen. Was lag näher, als ein neues Ziel anzuvisieren, zumal gleich gegenüber dem Mainzer Autohaus ein Freibad war. Also ging es jeden Tag nach der Arbeit ins Wasser, auch bei Regen und als es kälter wurde. Roland übte ständig, verlängerte kontinuierlich die Strecke und orientierte sich an der großen Uhr des Sommerbades nach der geschwommenen Zeit.

Langsam wurde der Schwimmmeister auf ihn aufmerksam. Roland kam nicht umhin, ihn über seine Absicht aufzuklären und erntete nur ein Lächeln. Das hätten schon andere versucht und zum Teil auch geschafft. Er wollte als Schwimmmeister vor Jahren ebenfalls den Kanal durchqueren. Aber die 35 Kilometer, die 1875 ein Engländer zum ersten Mal schaffte, waren für ihn nicht machbar. Trotzdem würde die Strecke jedes Jahr nicht nur von Sportlern in Angriff genommen. Bei vielen sei es schief gegangen. Und das wollte Roland doch nicht etwa riskieren? meinte der Schwimmmeister. Ob er denn kein anderes Hobby hätte? Doch Roland ließ sich nicht beirren. Er wollte es durchziehen, obwohl er manchmal am Ende seiner Kräfte war und zweifelte. Schließlich gab er

Anfang Herbst sein Vorhaben auf, was so gar nicht seiner Natur entsprach.

Er stürzte sich nicht mehr ins Wasser, sondern umso mehr in die Arbeit, die Erfolg versprechender war. Sein Chef sagte ihm, dass er noch ein Jahr in der Motor-Getriebe-Abteilung arbeiten soll. Er hatte sich dafür in seiner Trossingener Zeit in Wolfsburg qualifiziert. Wenn er sich bewährte, stünde einem Aufstieg zum Kundendienstberater nichts im Wege. Er könnte sich ihn in dieser Funktion gut vorstellen. Dass Roland dazu nur sechs Monate brauchen würde, das hätte er nicht gedacht. Er wurde mit 22 Jahren der jüngste Kundendienstberater des Mainzer Autohauses.

„Sie möchten ein Auto kaufen? Welcher Typ spricht Sie an? Limousine oder Cabrio? Machen Sie bitte zuerst eine Probefahrt. Da finden Sie am besten heraus, was Ihnen gefällt." Der Dienst am Kunden, einen Pkw vorzustellen, vorzuführen, gehörte ab sofort zu den vorrangigen Aufgaben des jungen Roland. Und es machte ihm Spaß herauszufinden, was sie wollten. War es das erste Auto oder gab es schon Erfahrung? Ging es um den Wechsel der Fahrzeugmarke? Woher kam der Interessent?

Manchmal betrat eine Frau allein das Autohaus, was nicht üblich war. Autos wurden von Männern gekauft. Die Ehefrau durfte sich höchstens die Farbe aussuchen. Eine Frau zu beraten, die vielleicht Unternehmerin und von Autos begeistert war, oblag dem Chef. Roland konnte daraus nur lernen. Da entschied oft die Sympathie über Kauf oder Nichtkauf. Fingerspitzengefühl war gefragt, keine Aufdringlichkeit. Und bei der letzten Entscheidung galt wohl mehr das Aussehen als die Motorleistung. Es sei denn, die Frau liebte das Gaspedal.

Beim Autokauf war auf alle Fälle der Geldbeutel maßgebend. Da gab es die Familienväter, die sich erstmals einen Pkw leisteten, und die Gutbetuchten, die mit ihren Pferdestärken nie zufrieden waren. Jeder wollte und sollte umworben werden. Roland erlangte dabei viel Menschenkenntnis, ging auf die speziellen Bedürfnisse ein und vergaß nicht, auch mal nach der Familie zu fragen, wenn es ein Stammkunde war. Das alles fühlte sich für Roland gut an. So gut, dass sein Chef konstatierte: Herr Geipel hat sich in relativ kurzer Zeit erstaunlich schnell in sein neues Aufgabengebiet eingearbeitet.

So mancher Unternehmer hätte ihn gern in seiner Firma gehabt. Und Roland überlegte sich diverse Angebote genau, das Autohaus zu wechseln oder in eine andere Firma einzusteigen. Er blieb, wenn er auch mehr Geld gebrauchen konnte. Allein die Einraumwohnung kostete ihm monatlich 100 D-Mark. Aber der Gedanke daran, dass Geld Einfluss bedeutete, ließ ihn nicht los. Warum wollten ihn die reichen Kunden sonst abwerben? Mit Geld konnte man sich alles, fast alles, kaufen.

Es war ein Kaufrausch. Hast du etwas, dann bist du etwas. Wenn es Roland recht bedachte, trug er mit seiner Strategie dazu bei, dass immer mehr verkauft wurde. Es entstand ein Zwang, eine endlose Spirale, die nach oben offen war, aber auch nach unten, wenn es schief ging. Das irritierte ihn. Er betrachtete sich als ein Rädchen im Getriebe, das gut funktionierte. Und er begriff: Die Unternehmer kamen nicht von ungefähr auf seine Person zu sprechen, sondern weil er besondere Leistungen vorwies. Wenn ich etwas gebe, leiste, dann kann ich auch eine Gegenleistung, Hilfe, erwarten. Es bringt dich voran. Doch nicht um jeden Preis. Da war seine Freundin Sybille, eine Arzttochter. Nur ein Wort von ihm hätte genügt, und er wäre mit seinem bescheidenen Gehalt in höhere Kreise aufgestiegen, im sicheren Hafen der Ehe gelandet. So ganz nach dem Motto: Der Papa wird es schon richten! Dann lieber ade. So jung wollte sich Roland nicht binden. Die ganze Welt stand ihm offen. Es gab noch viel zu lernen und zu erleben.

Zum Beispiel imponierte ihm sein Freund Dieter. Der holte nach Feierabend die Fachschulreife nach und ging zur Bundeswehr, um zu studieren. Roland besuchte den Offiziersschüler in Fürstenfeldbruck und übernachtete im Wohnheim. Neben vielen interessanten Gesprächen lernte er bei dieser Gelegenheit zwei Tage und Nächte lang München kennen. Aber die Bundeswehr war für Roland kein Thema mehr, gleichwohl wollte er sein Leben wie Dieter in die Reihe bringen, weiter an sich arbeiten, vorankommen.

Je mehr Leute ich kennenlerne, sagte er sich, desto mehr Erfahrungen mache ich, und je mehr ich lerne, desto besser kann ich in der Gesamtheit mein Leben mitgestalten. Gelenkt und geleitet wird es von oben, da war er sicher, von Gott im Unterbewusstsein, was andere oft Schicksal nannten. Oder wie sollte er es sonst bezeichnen, als er in Trossingen einen Autounfall nur mit ein paar blutigen Blessuren überstand? Ein Lkw war mit voller Wucht auf den Pkw gefahren, in dem Roland saß.

Bodelschwingh

Februar 1964

Nun war seit Rolands Skiunfall auf dem Großen Feldberg im Taunus schon über ein Jahr vergangen. Zum Glück hatte er nichts gebrochen, nur schlimme Zerrungen und Wasser im Knie. Trotzdem zog sich die Krankheit drei Monate hin.

Um in dieser Zeit seinen Wissensdurst zu stillen, kaufte Roland für einen Monatslohn von 250 D-Mark ein mehrbändiges Lexikon. Nicht dass er es auswendig lernen wollte, aber er möchte nachschlagen können, was ihn interessierte. Das waren zum Beispiel Wissenschaften wie Biologie, aber auch Philosophie. Dabei konnte er sein Knie wenigstens ein bisschen vergessen, konnte von der Antarktis nach Kanada blättern und zum Beispiel die Arten von Bären unterscheiden lernen.

Es war auch Zeit genug, um sich über den weiteren Lebensplan Gedanken zu machen. Seiner Meinung nach hatte Freund Dieter den richtigen Weg eingeschlagen. Auch Roland musste in die Bildung investieren. Also wieder die Schulbank drücken?

Ja, doch! Schluss mit dem „Hinundhergerissensein" und der ständigen Suche nach dem „Ich", sagte sich Roland. Ich will die Fachschulreife, und zwar möglichst schnell. Dann kann ich ein Ingenieurstudium aufnehmen.

Mit dieser Vorgabe begann Roland am Mainzer Karmeliterkloster eine zweieinhalbjährige Abendschule zu absolvieren. Jeden Mittwoch nach Feierabend und jeden Samstag strebte er die Fachschulreife an. Dabei erzielte er so gute Leistungen, dass ihm angeboten wurde, von der Abendschule an die Berufsaufbauschule der Karmeliter zu wechseln. Sein Vorteil: Er könnte das Pensum bis zum Abschluss der Mittleren Reife innerhalb eines Jahres schaffen.

Roland nahm an und hängte seinen Beruf als Kundendienstberater, den er sehr liebte, an den berühmten Nagel. Sein Chef befürwortete das, vielleicht mit dem Hintergedanken, dass der künftige Herr Ingenieur zum Autohaus zurückkehrt. Aber Roland blieb dem Unternehmen auch so treu, denn er schob auf dem großen Parkplatz Nachtdienst und verdiente in den Sommerferien als Kundendienstberater noch etwas hinzu. Er sparte sich seinen Lebensunterhalt buchstäblich vom Munde ab. Kein Kino, kein Eis, keine Extras. Zielstrebig erreichte Roland, auch zur Freude seiner Lehrer, ein sehr gutes Halbjahreszeugnis und gehörte zu den besten der 23 Schüler seiner Klasse. An der Berufsaufbauschule besuchte er den Religionsunterricht der Evangelischen Kirche.

Als es im Geschichtsunterricht hieß, ein Referat über Sozialreformer des 19. Jahrhunderts auszuarbeiten, meldete sich Roland. Er hatte die Wahl zwischen dem Mainzer Bischof Wilhelm Emmanuel von Ketteler und dem westfälischen Pfarrer Friedrich von Bodelschwingh. Roland entschied sich für den evangelischen Bodelschwingh. Einer der Söhne des Adligen hatte über ihn eine Biografie verfasst, die Roland nun begeistert las.

Friedrich von Bodelschwingh, dessen Vater preußischer Finanzminister war und dem Königshaus sehr nah stand, wurde Landwirt. Er arbeitete in Hinterpommern als Gutsverwalter. Das war üblich, denn er hatte als Adliger kein Land zu erben. Täglich mit der Armut und der Schufterei der Landarbeiter konfrontiert, möchte Bodelschwingh etwas ändern und deshalb Missionar werden.

Schließlich studierte er Theologie und wurde ein erfolgreicher Pfarrer, der sich auch der sozialen Arbeit widmete.

Das wäre etwas für mich, überlegte Roland. Den Menschen nah sein, ihre Sorgen und Nöte kennen, ihnen helfen. Welcher Beruf wäre dafür besser geeignet als Pfarrer? Er kam ja aus einer christlichen Familie. Die Großeltern, die Mutter hatten ihm Nächstenliebe, Gottvertrauen vorgelebt. Mehr und mehr sah Roland seinen Weg von der Christenlehre und der Konfirmation bis zum jetzigen Religionsunterricht vorgezeichnet. Als er sich dem Pfarrer anvertraute, fand er in ihm einen väterlichen Freund, der ihn bei seinem Vorhaben unterstützte, evangelischer Theologe zu werden. Er gab ihm den Rat, in diesem Sinne doch besser das Altsprachliche, als das Technische Abitur zu absolvieren. Latein und Altgriechisch wären eine gute Basis für sein anschließendes Studium.

Und der Pfarrer beriet Roland nicht nur, sondern er sorgte auch dafür, dass sein Schützling in der Abiturzeit ein Kirchenstipendium von monatlich 260 D-Mark bekam. Im vierten Jahr wird er 300 D-Mark erhalten. Jährlich musste Roland mit seiner Unterschrift bestätigen, dass er Pfarrer werden wollte. Zudem wurde ihm empfohlen, das Abitur am neu gegründeten Ketteler-Kolleg abzulegen und sich von einem pensionierten Kollegen unterstützen zu lassen. Der hatte schon viele künftige Studenten unter seine Fittiche genommen. Besonders konnte er Roland bei den Sprachen und in Kirchengeschichte helfen.

Der Pfarrer war auf seinem Gebiet eine Koryphäe, aber körperlich von Kinderlähmung und Augenleiden gezeichnet. So ging ihm Roland gern zur Hand, reparierte den defekten Wasserhahn, kaufte ein oder half bei der Gartenarbeit. Beide ergänzten sich gewissermaßen. Sehr wichtig war dem Theologen das Vorlesen, was nicht nur die Tageszeitung betraf. Zum Beispiel lag ihm viel an der Biografie über Dietrich Bonhoeffer. Der nahm am Widerstand gegen die Nazis teil, setzte sich gegen die Judenverfolgung ein und wurde einen Monat vor Kriegsende auf Befehl Hitlers hingerichtet, obwohl er gar nicht am Attentat auf ihn beteiligt war.

Zwischen Roland und dem Pfarrer, der ihn auch an die Mainzer Universität zu Vorlesungen mitnahm, entstand ein starkes Vertrauen. Der Gottesmann half ihm auf diese Weise eine neue Welt zu entdecken, die Roland als gelernter Automechaniker vielleicht nie erfahren hätte. So bereitete er seinen Schüler auf das Studium vor und freute sich, dass er es ihm nicht nur mit guten Zensuren dankte.

Rolands Freundin Maria bestärkte ihn in seinem Lerneifer. Er sah die Sekretärin vor einem reichlichen Jahr am Nikolaustag zum ersten Mal. Es war ein Tanzabend, der in einem fahrenden Zug mit unbekanntem Ziel veranstaltet wurde. Jedenfalls kamen beide wieder am heimatlichen Bahnhof an und verabredeten sich. Die Sympathie war auf beiden Seiten. Auch Marias Mutter und ihr Bruder nahmen den jungen Mann in ihre Familie auf. Nach einem weiteren Jahr machte Maria ihm einen Antrag. Sie wollte Kinder, Familie. Doch Roland lehnte ab, wenn auch schweren Herzens. In den vor ihm liegenden vier Jahren Abitur, sechs Jahren Theologiestudium und zwei Jahren Vikariat konnte es für ihn keine feste Bindung geben. Sie trennten sich. Später sah er Maria mit einem schlanken, blonden Mann Hand in Hand spazieren gehen. Für Roland war es in Ordnung.

Da er in Mainz keine Familie hatte und auch sonst auf sich allein gestellt war, kümmerte sich ein weiterer Pfarrer um ihn. Er nahm Roland zu seinen Sonntagspredigten in die Johanniskirche mit, dem ältesten Gotteshaus der Stadt gleich neben dem Mainzer Dom. Die Johanniskirche war 1942 nach einem Bombenangriff völlig ausgebrannt und 1956 nach dem Wiederaufbau feierlich geweiht worden.

Oft folgte für Roland nach der Predigt ein Mittagessen im Pfarrhaus. Wolfgang, einer der Söhne des Pfarrers, war sechs Jahre jünger als Roland und auch gerade auf dem Weg zum Abitur. Da gab es viele Gesprächsthemen. So fühlte sich Roland in der Familie wohl, und es war nicht nur eine Frage der Zeit, dass er zu einem gemeinsamen Urlaub in die Alpen nach Kufstein eingeladen wurde. Den dazu gehörenden Tiroler Hut besaß er bereits. Roland, der begeisterte Bergwanderer, kaufte ihn schon vor zwei Jahren in seinem Urlaub in Südtirol. Noch lange schwärmte Roland von der traumhaften Landschaft, von Wiesen voller Enzian, von Schnee und Steinböcken in über 2000 Meter Höhe.

Unterwegs hatten der Pfarrer und Roland jede Menge Zeit, um sich in Sachen Theologie auszutauschen. Dass Pfarrer nicht nur ein Beruf, sondern Berufung ist, dass man den Beruf leben muss, war Roland nicht neu. Als er gefragt wurde, ob er nicht lieber ein guter Ingenieur werden wollte, der nicht jeden Sonntag Dienst wie ein Pfarrer hat, durchschaute ihn Roland. Sein Förderer wollte ihn testen. Aber wenn Roland sich etwas vornahm, dann setzte er es auch durch.

„Lassen Sie es mich versuchen", antwortete er dem Pfarrer ernst, der sich ein Lächeln ob seiner Frage nicht verkneifen konnte.

Susanne

Februar 1965

Der Weg durch die leeren Felder war teilweise vereist, und Roland musste sich vorsehen, um bei seinem Lauf nicht auszurutschen. Obwohl er in heimatlichen Gefilden im sächsischen Ruppertsgrün bei seiner Mutter und Bruder Wieland für zehn Tage zu Besuch war, wollte er auf seinen Sport nicht verzichten und fit bleiben. Bis 15 Uhr würde er es schon schaffen und zu Hause sein. Denn es war Besuch angekündigt: sein Patenonkel mit Familie aus Gera. Der hatte ihm zur Konfirmation eine Armbanduhr geschickt. Das war vor über zehn Jahren und wäre schon längst abgehakt, wenn ihn nicht seine Mutter Helene vor ein paar Monaten auf die Silberhochzeit des Geraer Malermeisters aufmerksam gemacht hätte. Es wäre doch schön, wenn ihr Sohn ihm zum Ehejubiläum ein kleines Westpaket in die DDR schickte. Eine kleine Gefälligkeit, die bestimmt viel Freude auslöste. Also brachte Roland Bohnenkaffee, Schokolade und weitere diverse Sachen auf den Postweg zu den Werners.

Während er die kühle Winterluft genoss, aus der kleine Schneeflocken fielen, musste Roland daran denken, wie er bei seiner Ankunft in Ruppertsgrün mit einem kleinen Koffer in der Hand vor der Wohnung stand. Gerade wollte er an der Klingel drehen, da ging auch schon die Tür auf. Die Freude war groß, nicht nur über die Geschenke für Mutter, Großmutter und Bruder. Roland zeigte am Kaffeetisch stolz einen Zeitungsausschnitt, in dem über den erfolgreichen Abschluss des ersten Intensivkurses zur Fachschulreife an der Berufsaufbauschule im einstigen Karmeliterkloster berichtet wurde.

23 junge Männer hatten so nach ihrer Berufsausbildung die Möglichkeit, das Abitur anzusteuern. Roland gehörte dazu. Als ältester Schüler war er nicht nur der Klassensprecher, sondern auch einer der drei besten Absolventen.

Roland klopfte sich den Schnee vom Trainingsanzug und trat ins Wohnzimmer. Da saß sie schon, die Familie Werner mit Tochter Susanne. Natürlich interessierte ihn die Familiengeschichte, aus der eifrig erzählt wurde, dass sich die Bekanntschaft beider Familien über die Großmütter entwickelte, dass seine Mutter mit ihm als Baby nach Gera fuhr und dass Frau Werner damals schon mit dem älteren Bruder von Susanne schwanger war. Alle lachten in der Kaffeerunde, denn er sollte ebenfalls Roland heißen. Und als noch zur Sprache kam, dass der Bruder in Leipzig in der Holsteinstraße wohnte, staunte man ob der Zufälle, denn Roland Geipel wohnte in Mainz auch in einer Holsteinstraße.

War es vielleicht auch Zufall, überlegte Roland, dass Susanne, die 17-jährige Tochter der Werners, hier seinen Weg kreuzte? Sie gefiel ihm, so hübsch, schlank und dunkelhaarig, wie sie war. Ihr Lachen steckte an, und die beiden fanden gleich einen gemeinsamen Nenner: das Abitur, das sie noch vor sich hatten. Roland erzählte vom Ketteler-Kolleg in Mainz, einen neu erbauten, modernen Gebäudekomplex, in dem er ab April bestimmt gut lernen kann. Doch bis zu seinem Abitur auf dem zweiten Bildungsweg wird es noch vier Jahre dauern. Bei Susanne ging es hingegen langsam in den Endspurt. Dem Mädchen imponierte, dass Roland so zielstrebig war. Und auch die Fotografie vom letzten Tag in der Berufsaufbauschule, die er ihr zeigte, beeindruckte sie. Da trugen ihn seine Mitschüler lachend auf ihren Händen. So etwas konnte nur den Besten geschehen.

Inzwischen war es Zeit, sich zu verabschieden. Die Familie Werner brach auf und ging zu ihrem Pkw, einem P 70 aus dem VEB Automobilwerk Zwickau. Der Kleinwagen hatte eine Kunststoffkarosserie und fand natürlich Rolands besondere Aufmerksamkeit als einer der ersten Fahrzeuge aus Plaste, das in Serie gefertigt wurde. Bei aller Fachsimpelei mit seinem Patenonkel vergaß Automechaniker Roland fast Susanne. Sie gaben sich zum Abschied die Hand und versprachen, einander Briefe zu schreiben, war es doch interessant zu wissen, wie sie das Abitur meistern werden. Und das Mädchen hatte nichts dagegen, so einen netten, jungen Mann näher kennen zu lernen.

In geheimer Mission

August 1966

Roland machte sich wieder einmal auf den Weg. Das Fernweh brachte ihn zum Mainzer Hauptbahnhof und hieß ihn in den Zug einzusteigen. Es sollte eine große Reise werden. Sie ging nach Osten in die Sowjetunion oder wie man sie hier nannte: Russland. Obwohl diese Bezeichnung abwertend gemeint war, so hatte dieses Russland immerhin vor allen anderen einen Sputnik ins All gebracht. „Sputnik" hieß auch Rolands Reisebüro.

Eigentlich wollte er in diesem Jahr in die USA fliegen und sich auf die „Traumstraße der Welt" begeben. Er hatte im Kino einen zweiteiligen Dokumentarfilm darüber gesehen und war begeistert. Ein wirklicher Traum, der auch einer bleiben sollte. Von New York wollte Roland auf der Panamericana über Mittelamerika bis nach Chile fahren und von dort über Brasilien wieder in die USA. Aus Geldmangel wurde daraus leider nichts. Er wollte Pfarrer werden und da musste er Kompromisse machen. Sparen war angesagt, was ihm durch seine Bescheidenheit nicht sonderlich schwerfiel. Trotzdem vergewisserte er sich nach dem ersten Halbjahreszeugnis am Ketteler-Kolleg, ob sein Berufswunsch wirklich unerschütterlich feststand. Aber da das Zeugnis recht gut ausgefallen war, konnte die Antwort nur lauten: Pfarrer werden, kein Ingenieur!

Durch das Stipendium der Kirche und eisernes Sparen hatte er finanziell etwas Spielraum. So reichte es zwar nicht für eine USA-Reise, aber als er von Wolfgang, dem Sohn des befreundeten Pfarrers, gefragt wurde, ob er statt in die USA mit ihm und seiner Abiturklasse nicht lieber in die Sowjetunion fahren wollte, hatte er spontan „Ja" gesagt. Die „Traumstraße" würde ihm im wahrsten Sinne des Wortes bleiben, aber die sozialistische Sowjetunion, Moskau und Leningrad?

„Das ist die Reise deines Lebens!", rief Wolfgang begeistert und klopfte ihm auf die Schulter. Die Fahrt hinter den Eisernen Vorhang sollte zehn Tage dauern. Der Gymnasiast freute sich, dass Roland mit ihm die Sowjetunion erkunden und Land und Leute kennenlernen wollte. Ursprünglich hatten beide vor, gemeinsam zu studieren, doch Wolfgang entschied sich, Jurist zu werden. Bevor er sein Studium aufnahm und ihre Wege sich trennten, wollte er mit Roland unbedingt diese große Reise unternehmen.

Außerdem würden noch zwei junge Männer mitfahren, meinte Wolfgang. Da wäre die Konversation für Roland nicht so nervig wie mit ihm. Die beiden waren Referendare auf Lehramt und auf Jura. Für Roland immerhin interessant, denn er war sehr wissbegierig. Sonst führte er mit seinen Klassenkameraden am Ketteler-Kolleg wenig Gespräche, und wenn, dann waren sie tiefsinnig. Dabei störte sich auch keiner an seinem leicht sächselnden Tonfall, der verriet, dass er nicht aus Hessen kam. Und nicht nur, weil er einige Jahre älter als seine Mitschüler war, wurde der als willensstark eingeschätzte junge Mann akzeptiert. Für ihn sprachen auch seine schulischen Leistungen.

Nun saß Roland im D-Zug. Ihm gegenüber am Fenster der Pfarrersohn. Wolfgang rutschte ungeduldig auf seinem Platz hin und her und konnte die Abfahrt kaum erwarten.

„Weißt du, was ich herausgefunden habe?", fragte Wolfgang.

Ohne eine Antwort abzuwarten, sprudelte er heraus: „In Ostberlin soll eine Reisegruppe von Jugendtourist aus der Zone zusteigen."

„Von wem hast du das?"

„Na, von der Hübschen da draußen, von der Bundesbahn", antwortete Wolfgang aufgeregt. „Hoffentlich fährt sie bis Leningrad mit."

Roland nahm es gelassen. Ihm war jetzt aber zunehmend bewusst, dass die Fahrt nach Moskau zuerst durch die DDR und dann durch Polen verlief. Ihre Reise wurde im Auftrag des sowjetischen Jugendreisebüros „Sputnik" organisiert, das mit dem Jugendreisebüro „Jugendtourist" der DDR zusammenarbeitete. Darüber hatte er mal bei seiner Mutter in der Zeitung gelesen. Also fuhren die Jugendlichen aus der DDR, vermutlich FDJler, mit demselben Zug.

„Das kann ja heiter werden", sagte Roland. Vielleicht trifft er noch Bekannte? Wie wird es ihm gehen, wenn der Zug durch seine alte Heimat fährt, die er vor neun Jahren verlassen hatte und er wie damals aus dem Fenster schaut? Flau im Magen, traurig oder froh oder beides? Hat sich etwas verändert? Wird er nach dem erlebten Glanz und Gloria des Westens immer noch die gleiche Tristesse und das Einheitsgrau der Häuser im Osten sehen?

Mitten im Kalten Krieg nach Russland zu fahren, das ist schon eine Herausforderung, dachte Roland. Als begeisterter Leser von Literatur-Nobelpreisträger Heinrich Böll erinnerte er sich an dessen Reisen vor ein paar Jahren in die Sowjetunion und die Texte darüber. Bei allen Unterschieden, meinte Roland den Schriftsteller zu verstehen, sei es an der Zeit, sich dem Osten, der Sowjetunion, zu nähern. Genauso wünschte der sich das Gegenteil. Dabei ging es nicht um große Politik, sondern vor allem um die Menschen, wie sie leben, lernen und lieben, dass sie sich gegenseitig besser verstehen. Es reizte Roland sehr, den Spuren Heinrich Bölls nach Moskau und Leningrad zu folgen.

Außerdem reiste er in geheimer Mission. Und die war ihm heilig. Über die Kirchenleute lernte er in Mainz ein Ehepaar kennen. Der Mann hatte promoviert und war in einem großen Konzern Chemiker. Er bewunderte Rolands Absicht, Pfarrer zu werden, ja er beneidete ihn. Offen für die Welt kamen sie ins Gespräch. Neben den Religionen ging es auch um den Marxismus/Leninismus, der für beide keine Offenbarung sein konnte. Aber ohne über diese Weltanschauung Bescheid zu wissen, sei es unmöglich, ihr entgegenzutreten, sie zu entkräften, sagte der Doktor. Roland hatte desgleichen selbst schon im Autohaus von Studenten gehört, die ihm rieten, Karl Marx zu lesen. Der wäre ein Philosoph. Er hatte dem aber wenig Bedeutung beigemessen.

Als ihm nun selbst geraten wurde, das Theologiestudium an einer staatlichen Hochschule zu absolvieren, um dort zusätzlich Vorlesungen in diesem Fach belegen zu können, begann er ernsthaft darüber nachzudenken. Gleichzeitig bot der Chemiker Roland an, ihm als Privatlehrer für Marxismus/Leninismus zur Seite zu stehen. Auch seiner Empfehlung, sich durchaus einmal Hegel und Lenin zu Gemüte zu führen, Materialismus und Empiriokritizismus, folgte Roland gern. Er sollte es nicht bereuen.

Als „sein Lehrer" erfuhr, dass Roland in die Sowjetunion reisen würde, erzählte er ihm über seine Fahrt im vergangenen Jahr nach Moskau. Er wollte mit eigenen Augen sehen, wie die Leute dort leben und ob alles stimmte, was über das kommunistische Land in den Zeitungen stand. Um sich von seiner Reisegruppe absetzen zu können, täuschte er im Hotel eine Krankheit vor, die es ihm ermöglichte, auf eigene Faust fast einen ganzen Tag eine Baptistengemeinde zu besuchen. Dabei machte er einige Bekanntschaften.

Das christliche Leben in der sowjetischen Hauptstadt war wie im ganzen Land nicht einfach. Da es oft am Nötigsten fehlte, wie zum Beispiel an Bibeln, bat er Roland um einen großen Gefallen. Er sollte drei russische Exemplare von ihm mitnehmen und sie der Gemeinde an Ort und Stelle übergeben.

Eine große Bitte, die Roland als künftiger Pfarrer nicht abschlagen konnte. Doch es war auch ein Risiko. Wird er gleich an der DDR-Grenze beim Schmuggeln ertappt, waren die Bücher weg und er für immer gebrandmarkt.

Das Theologiestudium konnte er dann wahrscheinlich abschreiben.

Trotzdem begab sich Roland in eine gewisse Gefahr. Dabei waren die Bibeln in kyrillischer Schrift keine dicken Bücher, sondern handlich und schmal. Die drei Dünndrucke konnte Roland leicht in seinen Taschen verstecken. Da er schon mehrmals bei Besuchen seiner Mutter und Großeltern die DDR-Grenze passierte, verfügte er bei den Kontrollen über einige Erfahrungen. An der Grenze angekommen, brauchte er seine Tasche nur kurz zu öffnen. Die Kontrolle verlief recht oberflächlich. Ja, man muss eben auch Glück haben.

Mit den Gedanken im Kopf, selbstlos zu helfen und dem Chemiker auf diese Weise zu danken, ging Roland dessen Instruktionen noch einmal durch. Vor allem musste er sich ebenfalls von der Reisegruppe für einige Zeit entfernen, ohne in Schwierigkeiten zu geraten. Da war guter Rat teuer. Man durfte auf keinen Fall die Reisegruppe verlassen und sich eigenständig auf den Weg machen, wohin auch immer.

Für Reiseleiter Gerald wäre dann seine zweite Fahrt in die Sowjetunion die Letzte gewesen. Und mit den Gymnasiasten hatte er ohnehin alle Hände voll zu tun. Dabei saß er zwischen zwei Stühlen. Er musste die Gruppe führen und war doch so in die Moskauer Dolmetscherin Larissa verliebt. Sie kannten sich bereits zwei Jahre, wenn auch überwiegend durch Briefe. Schon auf Geralds erster Reise hatte es zwischen ihnen gefunkt. Roland und die beiden Referendare „im gesetzten Alter" hatten natürlich Verständnis, dass es jetzt viel mehr Freizeit für die Gymnasiasten geben sollte und versprachen, ein Auge auf die Jugendlichen zu werfen, während Gerald und Larissa am Ufer der Moskwa eng umschlungen spazieren gingen.

Es war am vorletzten Tag des Aufenthaltes in Moskau, als Roland seine Bibel-Mission erfüllte. Er hatte den Reiseleiter zwar informiert, dass er als angehender Pfarrer am Rand von Moskau eine besondere Kirche besichtigen wollte, aber nichts von den Bibeln gesagt. Es lag ihm fern, Gerald damit zu belasten. Doch die beiden Referendare aus seinem Abteil waren eingeweiht, denn Roland wollte die russischen Bibeln nicht allein mit dem Taxi zur Baptistengemeinde bringen. Jeder der drei hatte ein Buch in seiner Tasche versteckt. Man konnte nie wissen. Der sowjetische Geheimdienst KGB hatte auch Touristen im Visier. Sollte doch einer von ihnen kontrolliert werden, dann waren wenigstens zwei Bibeln gerettet, meinte Roland.

Um gut und vor allem zum Ziel zu gelangen, hatte der Doktor aus Mainz Roland intensiv instruiert. Die Taxifahrt dauerte genau 45 Minuten und führte vom Zentrum in Richtung Süden. Punkt 18 Uhr mussten sie an der Kirche sein. Dort würde ein Mann stehen, der aufpasst, dass der Gottesdienst nicht gestört wird. Die Straße führte kerzengerade dorthin. Der Mann wäre schon aus einem Kilometer Entfernung zu sehen. Und so war es auch.

Roland ließ das Taxi erst an der Kirche vorbeifahren und in einer Seitenstraße halten. Wie ihm aufgetragen wurde, stieg Roland aus dem „Wolga"-Taxi und ging auf den Mann in dem Moment zu, in dem sich die Kirchentür öffnete. Das Kennwort lautete „Doktor Mainz". Dann ging alles sehr schnell. Kaum hatte Roland die drei Bücher an den Mann gebracht, wurde er nicht in die Kirche gebeten, sondern von einer Menschentraube, die sich schützend vor dem Eingang gebildet hatte, hineingeschoben.

Die Referendare, die im Taxi zurückgeblieben waren, warteten vergeblich, dass ihr Missionar wieder aus der Kirchentür kam. Sie vermuteten schon das Schlimmste, da trat Roland von hinten an das Auto heran. Er war vorsorglich durch einen Notausgang der Kirche in den anderen Teil des Parks geleitet worden. Bewegt erzählte Roland, wie herzlich er von den Baptisten begrüßt und aufgenommen wurde. Die Bibeln waren für sie besonders kostbare Kleinode und gingen von Hand zu Hand. In den Augen der älteren Leute standen vor Dankbarkeit Tränen, denn Gottes Wort gab es hier nicht zu kaufen.

Wie Moskau, so beeindruckte Roland auch Leningrad als nächste Station seiner Reise. Für ihn war die Stadt der Weißen Nächte, die er erlebte, das München des Nordens und München das Leningrad des Westens. Die Eremitage hinterließ bleibende Eindrücke. In einer Buchhandlung, in die es ihn immer nahezu automatisch zog, staunte er über das große Angebot und die niedrigen Preise. Auch Bücher von Heinrich Böll standen in den Regalen. Und sogar in Deutsch. Da musste Roland zugreifen. Eine Schallplatte kostete zwei Rubel. Für zwei D-Mark erhielt man einen Rubel. Das war der für ihn nicht so günstige offizielle Umtauschkurs. Doch oft genug wurden sie von Russen auf der Straße hinter vorgehaltener Hand gefragt, ob sie ihre D-Mark für einen besseren Kurs verkaufen wollten. Warum nicht?

Dass diese Leute mit schweren Strafen rechnen mussten, wenn sie gestellt wurden, war der Reisegruppe bekannt. Ahnten die illegalen Geldtauscher, dass man sie entdeckt hatte, dann schlugen sie Haken und fuhren bis zu einer Stunde kreuz und quer mit der U-Bahn, um die Verfolger abzuschütteln. Zwei 17-Jährigen schien das zu umständlich zu sein. Sie wollten in einem Hausflur von Roland und Wolfgang für 100 Rubel gar Hemden und

Hosen tauschen, was jedoch nicht akzeptabel und noch lange heiteres Gesprächsthema war.

Heiter ging es auch im Zug zu. Da saßen die Deutschen aus zwei verschiedenen Staaten und die Russen tagelang sozusagen in einem Boot. „Lassen wir die Politik doch mal aus dem Spiel und uns Gelassenheit zeigen", meinte Roland. „Vielleicht können wir so Politik machen?" Für die Jugendlichen aus der DDR war die Reise eine Auszeichnung, also kostenlos. Über deren Verpflegung konnte Roland nur staunen. Für ihn und die Gymnasiasten war das Essen eher bescheiden. Dafür mussten die FDJler drei Ost-Mark für einen Rubel locker machen. Während sie ihren Reiseleiter ständig fragten, wo sie am besten essen und trinken könnten, wollten die Westler wissen, wo eine Buchhandlung war und wo es Schallplatten zu kaufen gibt.

Die Russen schien das alles nicht zu interessieren. Sie tranken mit allen Nationen im Zug Wodka, aßen Speck und Schokolade und ließen sich von den Germanski vorsingen, was passiert, wenn das Wasser im Rhein lauter Wein wäre. Ein seriöser junger Mann, der in der österreichischen Botschaft tätig war und mitfuhr, sagte Roland, dass es für die Russen wahrscheinlich besser war, zu singen, als sich an das Breshnew-Regime zu gewöhnen. Die Zeitungen „Prawda" und „Iswestija" würden schlimme Sachen über den Westen schreiben. Schlimmer sei aber noch, dass ihre Leser das auch alles glaubten.

Außer Atem

Oktober 1967

Es war sieben Minuten vor 24 Uhr, als Roland etwas außer Atem am DDR-Grenzübergang Bornholmer Straße in Ostberlin ankam. Der Grenzer musterte Passierschein und Pass. Wahrscheinlich war er auch so müde wie Roland, denn die Papiere erregten kurz vor Mitternacht wenig Aufmerksamkeit. Trotzdem kam ein mürrisches: „Schwein gehabt!" aus seinem Mund. Roland wusste Bescheid, denn er war sozusagen in letzter Minute als letzter Mann erschienen, der wieder in den Westen wollte. Der Abschied von Susanne fiel ihm täglich immer schwerer.

„Was würde denn passieren, wenn ich zu spät gekommen wäre?", fragte Roland ganz unvermittelt und mit Unschuldsmiene.

Gelangweilt erwiderte der Grenzpolizist: „Das können Sie sich aussuchen: Entweder werden Sie erschossen oder Sie erschießen sich selbst!"

Roland verstand nicht auf Anhieb, dass es sich um einen Scherz handeln sollte. Er wurde nachdenklich. Der Unterleutnant hatte ein hämisches Gesicht aufgesetzt, wissend, dass sein Spruch getroffen hatte. Obwohl es eine angenehme Nacht war, flog Rolands romantische Stimmung davon. Er dachte an die Männer, die auf der Flucht in den Westen ihr Leben ließen, die erschossen wurden. Er war auf der einen Seite der Mauer, Susanne auf der anderen. Sie wollten nur zusammen sein. Wie viele Familien waren getrennt? Eltern von ihren Kindern, Ehepaare, Liebespaare wie sie …

Noch in der S-Bahn nach Spandau ging ihm nicht aus dem Kopf, wie widersinnig das ganze Grenzregime der DDR war. Seit sechs Jahren stand die Mauer an der Grenze zu Westberlin und zur Bundesrepublik. An ihr hatten sich menschliche Tragödien abgespielt, wie sie sich kein Drehbuchautor in Hollywood ausdenken konnte. Doch spurlos schien das an den DDR-Bonzen nicht vorbeigegangen zu sein, denn seit 1963 konnten Westdeutsche und Westberliner alle drei bis vier Monate einen Passierschein für einige Tage beantragen. Er war jeweils von acht bis 24 Uhr gültig, damit sie ihre Verwandten im Osten besuchen konnten.

Diese Gelegenheit nutzte auch Roland, um sich mit Susanne in der Wohnung seines Cousins gleich in der Nähe des Grenzüberganges zu treffen. Sie kam mit dem Zug aus Gera, er mit dem Flugzeug von Frankfurt/Main nach Berlin-Tempelhof, obwohl es für ihn nur ein Katzensprung war. Aber er hatte extra dafür gespart. Das musste für seine Freundin schon sein! Liebesbriefe zu schreiben war die eine Sache, aber solch ein Rendezvous, das Tage dauerte, eine ganz andere.

Vor allem hatte sich auch die Situation geändert. Im Sommer fragte er Susanne nach rund zwei Jahren Briefwechsel bei einem Besuch in Gera, ob sie seine Frau werden wollte. Sie sagte erfreut: „Ja". Und ihre Eltern waren ebenfalls einverstanden.

Vorher wollten sich beide verloben. Nächstes Jahr zu Ostern, hoch über Gera im Terrassencafé „Osterstein". Osterstein hieß das ehemalige Schloss auf dem Hainberg, das zu Kriegsende zerbombt und dessen Ruine später gesprengt wurde. Nur Wirtschaftsgebäude und Bergfried blieben erhalten.

In den vier Tagen seines Aufenthaltes in Berlin startete Roland immer kurz nach 6 Uhr von der Gartenkolonie in Groß-Glienicke. Dort übernachtete er in der Laube eines Pfarrers. Dann ging es mit dem Bus nach Spandau, wo er in die S-Bahn stieg und quer durch Westberlin bis zur Bornholmer Straße im Osten fuhr. Schon vor 8 Uhr stand er am Grenzübergang. Von dort war es dann nicht mehr weit bis zur Wohnung, in der Susanne wartete. Sie holte ihn aus Sicherheitsgründen nicht ab. Das Wiedersehen war überwältigend. Bis in den Abend erkundeten sie täglich gemeinsam Ostberlin, besuchten die Museumsinsel und andere Sehenswürdigkeiten, sogar das Kabarett „Die Distel". Dann hieß es rechtzeitig Abschied nehmen, denn eine Verspätung konnte sich Roland an der Grenze nicht leisten. Doch schon am nächsten Morgen gab es ein Wiedersehen. Da klingelte Roland an der Tür.

Die junge Frau war Feuer und Flamme und konnte sich keinen anderen Mann als ihren Roland vorstellen. Er entsprach ihrem Ideal. Sie schätzte an ihm besonders seine Art, seinen Charakter. Beide waren total verliebt. Ihre Gefühle standen im Mittelpunkt, nicht die Frage, wie es mit ihnen angesichts der Mauer weiter gehen sollte. Dabei hatte es Susanne nicht leicht. Während ihre Freundinnen sich einfach mit ihren Liebsten trafen, ins Kino oder Schwimmen gingen, glich das Verhältnis mit Roland fast schon einem Staatsgeheimnis. Niemand durfte erfahren, dass sie mit einem Westdeutschen zusammen war. Ihren Kolleginnen erzählte sie, dass sie einen Freund in Werdau im Bezirk Karl-Marx-Stadt hat. Jeder freie Tag wurde von ihr gesammelt, um in Rolands Herbstferien nach Berlin fahren zu können.

Roland wollte Pfarrer werden und die Liebe leben. Doch wie passte das zusammen? Die Gespräche mit Susanne drehten sich immer mehr um dieses Thema. Roland zog in Erwägung, in Berlin zu studieren. Sollte seine

Freundin über die Mauer flüchten? Das kam nicht infrage. Wie sähe es mit einer Familienzusammenführung nach einer Heirat aus? Freunde rieten ihm ab. Aus Erfahrung wussten sie, dass es unter Umständen bis zu sieben Jahre und länger dauern konnte, ehe Susanne als seine Ehefrau in den Westen ausreisen durfte.

Das nahm Roland nicht hin. Kann sie nicht zu mir, dann gehe ich eben zu ihr. Im Radio hatte er gehört, dass Pfarrer aus der Bundesrepublik nach der Ausbildung in die DDR übersiedeln können. Warum nicht gleich dort studieren und bleiben? fragte er sich.

Als er seiner Susanne in einer stillen Stunde sagte, dass er sich vorstellen könnte, in Gera Pfarrer zu sein, fiel sie ihm um den Hals. Auch die Schwiegereltern waren davon angetan. Aber er geriet in Gewissensnot, denn die Kirche im Westen finanzierte ihm das Abitur. Sollte er mit dem Zeugnis in der Tasche einfach ade sagen? Doch das stellte sich nicht als Problem dar. Im Gegenteil: Er konnte weiter darauf zählen, dass sich sein Stipendium laut Staffelung auf 300 D-Mark erhöht. Offenbar war der Kirche ein Pfarrer, der in die DDR ging, sehr wichtig.

Auf der Suche nach einem Kontakt zur Kirche in der DDR, wurde Roland an den Oberkonsistorialrat Schröder in Ostberlin verwiesen, der über die entsprechenden Verbindungen verfügte. Der fragte ihn: Was kommt auf Sie zu, wenn Sie das machen wollen? Das Studium wäre kein Problem, aber Sie würden für die Hauptstadt keinen Zuzug erhalten. Schröder riet ihm, nach Thüringen zu gehen, da seine künftige Ehefrau in Gera wohnte. Studieren könnte er auch in Jena an der Universität. Er würde Roland dem thüringischen Landesbischof Moritz Mitzenheim empfehlen.

Der war begeistert, als sich Roland und Susanne bei ihm in Eisenach vorstellten und die Übersiedelung in die

DDR ankündigten. Dass die Staatssicherheit erst später von dem inoffiziellen Ausflug erfuhr, war wohl einem Stau im Kommunikationsfluss geschuldet. Trotzdem geriet der angehende Theologiestudent in ihr Visier.

Mit offenen Armen wurde Roland auch beim Rat der Stadt Gera während seines Aufenthaltes bei Susanne empfangen. Stadtrat Krause freute sich, dass der junge Mann aus Mainz nach Gera ziehen und dort nach dem Studium als Pfarrer tätig werden möchte.

Visionen und Realität

September 1968

Roland sah sich schemenhaft in einem Gerichtssaal. Vor ihm hing das Emblem der DDR mit Hammer, Zirkel und Ährenkranz an der Wand. Ein Mann mit Brille, Kinnbart und Halbglatze redete auf ihn ein, fing an zu gestikulieren. Dann verschwand die Erscheinung und tauchte als Porträt im Ährenkranz wieder auf. Roland blickte zu Walter Ulbricht, der noch immer den Mund bewegte, aber keinen Ton herausbrachte.

Jetzt schlug Roland, der einen schwarzen Talar trug, mit der Faust auf den Tisch. Gut überlegt und selbstsicher sagte er zu den Leuten im voll besetzten Saal, was Sozialismus nicht sein kann. Eine Partei, die für das Volk da sein will und es unterdrückt, einsperrt. Wahlen, die manipuliert werden, um der Welt zu zeigen, dass ein Volk fast zu 100 Prozent zur Regierung steht und doch betrogen wird. Keine Reisefreiheit für alle Bürger in den anderen Teil Deutschlands. Ein Spitzelapparat, der die Sicherheit des Staates auf Kosten eines freien Lebens und mit allen Mitteln durchsetzt. Eine Mauer, die ein ganzes Volk zerteilt. Das kann kein Sozialismus sein!

Im Gerichtssaal brandete der Beifall der Leute auf, wurde immer stärker. Das Staatsemblem an der Wand begann zu wackeln und fiel herab.

Der tosende Applaus verwandelte sich in einen schrill pfeifenden Ton, der Roland erschrocken aufwachen ließ. Er drehte sich schnell zum Wasserkessel um und nahm ihn von der Elektroplatte. Roland hatte geträumt wie so oft in den letzten Wochen.

Nach seinem Besuch bei Susanne in Ostberlin, der Hauptstadt der Deutschen Demokratischen Republik, wie die Stadt dort bezeichnet wurde, obwohl sie eigentlich die Stadt aller Deutschen war, plagten ihn solche Träume und Visionen besonders. Das Lesen vieler Zeitungen in der DDR und die erlebte Wirklichkeit, die Konfrontation von Partei und Volk wühlten ihn auf. War die Diktatur des Proletariats das Nonplusultra? Warum ging es dem Volk dann nicht prächtig? Musste immer weiter aufgerüstet werden? Das konnte nicht die Lösung für den Frieden sein. Nur im Dialog gab es ein Miteinander, ein achtbares Ergebnis.

Das galt seiner Meinung nach auch für die Studentenbewegung in der BRD und in Westberlin. Durch die intensive Schule und Feierabendarbeit größtenteils abgelenkt, konnte Roland das dramatische Geschehen nur sporadisch verfolgen.

Wo war denn nur die Zuckerdose? Roland suchte auf dem kleinen Tisch, auf der Fensterbank. Natürlich stand sie gleich neben der Kaffeebüchse, die er anschließend auch vermisst hätte. Er war ganz schön durchgedreht. Na, wie die Welt. Bis zu seiner nächsten Runde über den

Parkplatz hatte er noch Zeit für die „Tagesschau". Mal sehen, was es Neues gab.

Eigentlich war Roland kein Freund von Fernsehen. Er besaß nie ein solches Gerät. Aber für einen Parkplatznachtwächter wie ihm gehörte es zum Inventar. Der Chef brauchte nicht zu sagen, dass er sich davon bei seinen Kontrollen nicht ablenken lassen soll. 200 neue Pkw standen auf dem Platz und wollten an die Kunden gebracht werden.

Um 18 Uhr hatte Roland seine Schicht angetreten. Jetzt wurde es langsam dunkel. Noch mal die Taschenlampe überprüfen und das Telefon. Er schaltete im kleinen Wächterhäuschen die Leuchten auf dem Platz ein. Deren Schein spiegelte sich auf den Dächern der Autos wider. Wenigstens regnete es nicht wie gestern. So waren die Abende und Nächte erträglich.

Roland, der sich tagsüber am Ketteler-Kolleg auf das Abitur vorbereitete, brauchte diesen Job, das Geld. Das Stipendium der Kirche reichte nicht aus, um seine Wünsche erfüllen zu können. Der Flug nach Westberlin zu Susanne gehörte dazu. Und die Miete musste auch bezahlt werden. Sie machte mit 100 D-Mark ein Drittel seines Einkommens aus. Zudem arbeitete er in den Schulferien im Autohaus in seinem alten Beruf, wenn er sich nicht gerade für ein paar Tage, wie bald wieder in den Herbstferien, in Berlin mit Susanne traf.

Pünktlich um 20.15 Uhr saß Roland in seinem Häuschen, das an einen Gartenbungalow erinnerte, vor dem Fernseher. Das Tagesgeschehen interessierte ihn gegenwärtig sehr, da es in der CSSR zu einem politischen Umbruch kam, der sich schon lange ankündigte. Das sozialistische Nachbarland hatte sich dem Westen geöffnet, verließ die starre Ideologie. Alle Welt sah zur Prager Burg, dem Hradschin, und musste schon im August erleben, wie der „Prager Frühling" durch den Einmarsch sowjetischer Panzer zunichte gemacht wurde.

Wäre so ein Umdenken, eine sanfte Revolvion, nicht auch in der DDR möglich? sinnierte Roland vor sich hin. Er könnte mit seiner Übersiedelung warten. Dann wäre vieles einfacher. Susanne würde zu ihm ziehen, ohne lange Wartezeit. Sie könnten sich einrichten, eine Familie gründen. Sollte er also warten, seine Übersiedelung verschieben? Doch wie lange? Die Sowjetunion sah sicher auch weiterhin nicht tatenlos zu, wie sich eines ihrer Bruderländer abspaltete.

Die desolate Lage in der CSSR, der Tschechoslowakischen Sozialistischen Republik, hatte sich auch in der DDR bemerkbar gemacht. Nervosität kam auf, man war um Machterhaltung bemüht, wollte keine Konterrevolution, wie dort der Prager Versuch bezeichnet wurde. Roland erinnerte sich an einen Brief seiner Mutter aus Ruppertsgrün. Im April schrieb sie ihm, dass Hilmar, ein Junge aus der Nachbarschaft, mit seiner Berufsschulklasse zum Ferienaustausch in der CSSR war und an der Grenze festgehalten wurde.

Als Hilmar und die anderen Lehrlinge mit dem Bus am DDR-Grenzübergang Schmilka ankamen und kontrolliert wurden, mussten einige von ihnen aussteigen. Sie wurden von Grenzsoldaten in eine Baracke geleitet. Da sich Hilmar darüber aufregte, nahmen sie ihn auch gleich mit. Durch seine Schlaghose mit breitem Ledergürtel und den blauen Blazer mit buntem Schlips war er sowieso schon negativ aufgefallen. Viel zu modisch, viel zu westlich, verdächtig.

In der Baracke wurden sie nochmals kontrolliert. Doch diesmal war es nicht nur der Ausweis. Leibesvisitation! Dann standen Hilmar und sein Klassenkamerad Reinhard vor dem Schreibtisch eines Leutnants der Grenztruppen. Ein Unteroffizier war ebenfalls anwesend. Sämtliche Taschen mussten geleert werden. Beide Jugendliche wurden nach dem Grund ihrer Reise gefragt, nach Kontakten zu tschechischen Bürgern, wie lange sie bleiben und was ihre Kleidung zu bedeuten habe. Nach den Antworten kamen die Fragen noch drei Mal. Reinhard traf es besonders, weil sein dickes Notizbuch mit zahlreichen Adressen und Telefonnummern auf dem Tisch lag. Er hatte als eifriger Diskogänger eben viele Freunde. Trotzdem dumm gelaufen.

Um Reinhard weiter allein verhören zu können, wurde Hilmar entlassen. Sie sagten ihm, dass er auf seinen Kumpel nicht zu warten brauchte. Beunruhigend für Hilmar, der aus der Baracke trat und vergeblich nach dem Bus Ausschau hielt. Keiner mehr da. Auch in der Seitenstraße stand er nicht. Ein Grenzer sagte ihm, dass der Bus sicher schon in der CSSR, in Hrensko, warten würde. Also blieb Hilmar nichts weiter übrig, als auf der Landstraße neben der Elbe über drei Kilometer bis zum tschechoslowakischen Grenzposten zu wandern. Dabei kam er ins Grübeln, hatte er sich doch gleich nach der Lehre für drei Jahre Dienst in der Nationalen Volksarmee verpflichtet.

Der Reisebus stand tatsächlich in Hrensko auf einem Parkplatz. Aber auf Reinhard mussten sie noch eine Stunde warten.

Diese Geschichte machte Roland klar, dass er nicht auf eine gesellschaftliche Veränderung in der DDR zu hoffen brauchte. Panzer waren ein schweres Argument. Er musste sich den gegebenen Verhältnissen stellen und seine Vorhaben verwirklichen, was eine echte Herausforderung war. Es sollte spannend werden in der DDR.

Was war sein Ziel?

Nach den Abiturprüfungen im Februar 69 wollte er in die DDR übersiedeln. Dann Heirat mit Susanne, Theologiestudium in Jena und anschließend Pfarrer mit Familie in Gera. Um das Studium aufnehmen zu können, musste er vorher in Gera in einem Betrieb praktisch arbeiten. Am besten in seinem erlernten Beruf als Autoschlosser. Erst danach würde Roland von dort an die Universität delegiert. Das hatten sie ihm gesagt. Und warum verlor er gerade jetzt seine anspruchsvollen Vorhaben aus den Augen?

Pauken für das Abitur, Susanne, Ulbricht, „Prager Frühling", Träume, Übersiedelung, Visionen …

Was war am wichtigsten, um alles erreichen zu können? Das Abitur! Genau da klemmte es. Gewaltig. Seine schulischen Leistungen ließen nach. Das Einnicken im Unterricht war nach dem Nachtdienst noch zu entschuldigen. Da drückte der Lehrer ein Auge zu, denn was sein Schüler ihnen über das wirkliche Leben in der DDR und der Sowjetunion berichten konnte, stand nicht in der Zeitung.

Rolands Konzentration sank in fast allen Fächern auf dem Tiefpunkt. Er war verliebt, dachte mehr an Susanne als an Mathematik. Und er setzte sich gedanklich immer wieder mit dem DDR-Regime auseinander, verglich die demokratischen Strukturen der Bundesrepublik mit der DDR. Er las Wolfgang Leonhardts Buch „Die Revolution entlässt ihre Kinder". Der enge Mitstreiter Walter Ulbrichts war 1949 noch vor der Gründung der DDR in den Westen geflüchtet. Dabei erinnerte sich Roland an seine eigene Flucht, nur acht Jahre später, in die Bundesrepublik.

Doch so konnte es mit Roland nicht weitergehen. Unter dem Leitspruch „Wenn du jetzt nicht in der Spur bleibst, dann fliegst du aus der Kurve!", riss er sich mit Hilfe seiner Abiturklasse zusammen und erreichte wieder stabile Leistungen.

Die Zäsur

März 1969

Jetzt kam Roland langsam auf die Zielgerade. Das Abitur war nach vier Jahren bestanden. Er schaffte die gleiche Prüfung wie die normal Studierenden. Und das mit einem beachtlichen Ergebnis für einen 29-Jährigen. Die Fächer Latein, Altgriechisch, Mathematik und Physik waren für ihn eine besondere Herausforderung. Sie bildeten für sein künftiges Theologiestudium einen insgesamt guten Grundstock.

Inzwischen war geklärt, dass er in die DDR kann und Susanne informiert, die sich sehr freute und es kaum erwarten konnte, bis Roland zu ihr kam. Zu Weihnachten weilte er zum letzten Mal vor seiner Ausreise bei der Familie seiner Verlobten in Gera. Sie schmiedeten Pläne, wie alles werden wird. Absprachen wurden getroffen. Unterkommen würde Roland vorerst im Zimmer von Susanne.

Nun waren es noch zwei Wochen, bis er über die Grenze fahren wird. Er hatte sich auf Anraten von Oberkirchenrat Braecklein, mit dem er in Eisenach sprach, extra einen Pkw gekauft. Der meinte, dass es in der DDR jahrelang dauern würde, bis er ein Auto bekommen könnte. Ein blauer Pkw mit Heckmotor und amerikanischem Rammschutz sollte es sein. Den fünf Jahre alten Wagen überließ ihm ein Kollege zu einem günstigen Preis. Das Geld dazu hatte Roland ursprünglich für seine USA-Reise zurückgelegt. Es reichte sogar noch für einige Ersatzteile, die er vorsorglich kaufte.

Seinen Umzug in Mainz hatte Roland auch geschafft. Vom Pfarrhaus der Johanniskirche, in dem er bisher wohnte, war es bis zur neuen Unterkunft in der Bodelschwinghstraße nicht allzu weit. Die Garage des neuen Pfarrhauses musste reichen, aber zum Glück würde er dort bis zu seiner Ausreise nicht lange wohnen. Er zog um, weil sein Zimmer anderweitig gebraucht wurde.

Der Pfarrer konnte die Garage entbehren und stellte sogar einige Möbel hinein, auch eine kleine Elektroheizung, denn der Frühling kam noch nicht so richtig in Schwung. Roland machte aus der Situation das Beste. Nur vermisste er sehr die Glocken der Johanniskirche und des Domes, an deren Klang er sich gewöhnt hatte. Er hörte sie, wie jetzt um 18 Uhr, noch aus der Ferne.

In der vergangenen Woche war Roland um diese Zeit mit dem Fahrrad zum Dienst im Autohaus unterwegs. Seinen Job erledigte nun ein anderer. Ehe ihm aber hier in der engen Garage die sprichwörtliche Decke auf den Kopf fiel, machte er sich mit seinem Drahtesel zum Rheinufer auf den Weg. Der frische Fahrtwind tat ihm gut. Von der Theodor-Heuss-Brücke aus bewunderte er den Sonnenuntergang und die vorbeifahrenden Lastkähne. Er dachte an Susanne.

Und er dachte an die Zeit der Übersiedelung. Er würde nicht gleich bei Susanne sein, sondern erst ein Aufnahmeverfahren durchlaufen. Das hatten ihm die Kirchenleute in den Vorbereitungsgesprächen klar gemacht. Die DDR-Behörden misstrauten Leuten aus der Bundesrepublik, die dauerhaft bleiben wollten. Da wurde eine straffreie Vergangenheit vorausgesetzt und dass sie sich dem Staat gegenüber wohlwollend verhielten, mit ihm sympathisierten. Beim geringsten Zweifel ging es in die BRD zurück.

Er hatte sich diesen Schritt reiflich überlegt, wenn ihn auch eine Bekannte in Mainz warnte. Sie war unter anderen Voraussetzungen als Roland aus der DDR geflüchtet. Sie fragte: „Du willst in die DDR zurück? Wirklich? Ein Freund in Dresden, der Lehrer ist, arbeitet jetzt nicht etwa in einer Schule, sondern auf einem Holzplatz. Nur weil er seine Meinung über die Zustände im Land sagte. Dabei hatte er Glück, dass er nicht in Stasi-Haft kam."

Die Meinungen über Rolands Vorhaben waren geteilt. Einerseits wurde er verurteilt, andererseits bewundert. Am Kolleg wusste nur ein kleiner Kreis aus seinem Kurs Bescheid, auch Lehrer. Die meisten waren nicht begeistert. Aber diejenigen, die Roland sagten: „Sie schaffen das!", machten ihm Mut. Er hatte sich von allen ohne große Zeremonie verabschiedet. Da war ein Freund. Sie schauten sich nur in die Augen. Ein anderer schenkte ihm für seinen Pkw zwei Winterreifen.

Die Übersiedelung war eine Zäsur in Rolands Leben. Nicht nur, dass er in ein anderes Gesellschaftssystem wechselte. Sein Leben wurde buchstäblich auf den Kopf gestellt. Und er musste es vollbringen, dort wieder auf die Beine zu kommen, den Kopf oben zu behalten.

Jetzt hieß es, alle Kontakte hier im Westen abzubrechen, Tagebuchaufzeichnungen zu vernichten, damit die Staatssicherheit, mit der er es bestimmt zu tun bekommen würde, keine Rückschlüsse ziehen konnte oder Angriffspunkte hatte. Fotos nahm er bis auf wenige Ausnahmen keine mit. Zu den Auflagen, die er bis zur Ausreise erfüllen musste, gehörte das Auflisten seiner über 300 Bücher, bis auf Verlag und Erscheinungsjahr, die er mitnehmen wollte. Bände von Solschenizyn, Leonhardt und weiteren Systemkritikern verschenkte Roland. Sie hätten ihm ohnehin nur Ärger bereitet.

Bei all dem half ihm die Ehefrau des Chemikers. Ohne sie hätte es Roland in der kurzen Zeit nicht geschafft, seine Sachen stundenlang mit der Schreibmaschine zu dokumentieren. Auch sein anderes Hab und Gut musste in dreifacher Ausfertigung aufgeschrieben werden. Dabei konnte Roland nicht alle Sachen in seinem Pkw unterbringen, der ohnehin schon bis zur Höchstgrenze belastet war. Die Bundesbahn stellte ihm noch einen Transportbehälter zur Verfügung. Der war immerhin so groß, dass auch sein geliebtes Fahrrad hineinpasste.

Dieser Drahtesel leistete Roland seit Jahren gute Dienste. Jetzt lehnte er am Brückengeländer. Ihm fielen die Touren wieder ein, die er damit unternahm, und auch so manche Panne. Gerade jetzt, kurz vor seiner Übersiedelung, war ihm das Rad nahezu täglich ein treuer Wegbegleiter. Er fuhr öfter als sonst durch die Straßen der Stadt, am Rheinufer entlang und durch die Parks. Vertraute Wege einer Station seines Lebens. Hoffen und Bangen.

3 Wieder im Osten

Niemandsland

März 1969

Das endlos scheinende Band der Autobahn machte Roland müde. Auf ihren Seitenstreifen lagen in diesen letzten Märztagen noch Schneereste. Seine am Autoheck festgeschnallten Ski würde er wohl erst im nächsten Winter nutzen können. Er gähnte. Mehr als 300 Kilometer war er schon unterwegs. Die letzte Rast hatte Roland im Brückenrestaurant „Frankenwald" gemacht, das sich imposant quer über die Autobahn spannte. Er kurbelte die Scheibe des Seitenfensters zur Hälfte herunter und erfrischte sich am Fahrtwind.

Sein Fahrzeug war vollgepackt. Er merkte es an der schwerfälligen Lenkung. Auch beim Bremsen gab es Verzögerungen. Das kannte Roland von dem blauen Auto mit dem silbernen amerikanischen Rammschutz sonst nicht. Selbst wenn er in den Urlaub fuhr, hatte er dabei kaum einen Unterschied bemerkt. Aber nun war er sprichwörtlich mit Sack und Pack unterwegs. Sogar die zwei Autoreifen von einem Bekannten hatten Platz gefunden.

Auf dem Beifahrersitz und im Fonds standen und lagen Koffer, Kartons und Beutel. All das ließ diese Fahrt irgendwie endgültig erscheinen. Aber bald würde er für immer bei seiner Susanne sein. Vor einer knappen Stunde war er extra von der Autobahn nach Hof abgefahren, um mit ihr von dort in Ruhe telefonieren zu können, ehe er von Bayern über die Grenze nach Thüringen fuhr. Das wird so bald nicht mehr möglich sein.

Ihm wurde zunehmend bewusst, dass er im Begriff war, sein Leben zu teilen. Gerade hatte er den Grenzübergang Rudolphstein/Autobahn passiert, der nicht nur die Grenze des Freistaates Bayern, sondern gleichzeitig die Staatsgrenze der Bundesrepublik Deutschland zur DDR markierte. Die bayerischen Grenzer hatten ihn skeptisch angesehen, als sie hörten, dass er nicht mehr zurückkommen würde. Einer legte sogar die Hand an den Mützenschirm und salutierte. Dann hatte Roland Gas gegeben. Ein schlichtes weißes Schild am Straßenrand mit der Aufschrift „Halt! Hier Grenze – Bundesgrenzschutz" war der letzte Hinweis auf das beginnende Niemandsland.

Er fuhr jetzt langsam auf die steinerne Brücke zu, die sich über die Saale spannte. Die Mitte des Flusses war die Grenze zwischen der BRD und der DDR, zwischen zwei Welten. Roland wurde mulmig im Magen. Aber jetzt musste er zu seiner Entscheidung stehen. Jetzt musste er durch! Dabei war ihm klar: Das da drüben ist ein anderes System, ein totalitärer Staat. Das hatte er schon mitbekommen, immer, wenn er in der DDR zu Besuch war. An der Grenze diese Kontrollen; alles auspacken. Ihm wurde klar, dass alles noch ganz anders werden wird.

Am anderen Ufer angekommen, sollte bis auf die Landschaft mit den bewaldeten Berghängen wirklich alles anders sein. Schon von weitem hatte er das große Transparent „Herzlich willkommen in der DDR!" gesehen, das über der Straße hing. Herzlich willkommen? Roland holte tief Luft. Nur nicht kneifen! Er sollte gelassen sein, souverän ... Leicht gesagt. Vorn rechts sah er die Gebäude der DDR-Grenzübergangsstelle Hirschberg.

Roland steuerte an diesem 27. März auf eine andere Welt zu, die er zwar als Kind und Jugendlicher kannte, die ihm aber doch fremd geworden war. Selbst als er seine Mutter und die Großeltern im Bezirk Karl-Marx-Stadt mehrmals mit dem Zug besuchen durfte, kam zu diesem Land keine Vertrautheit mehr auf. Der Grenzzaun, die Wachtürme und die Grenzer mit den Maschinenpistolen, die er nun auf seinem Weg sah, verstärkten diesen Eindruck, beunruhigten ihn. Er kam wie in eine Festung. Bei den früheren Einreisen hatte sich Roland gesagt: Du kannst zurück in die Freiheit, kannst wieder nach Mainz, wann immer du willst. Aber nun wollte er aus freien Stücken bleiben, wollte zu seiner Verlobten Susanne, in der DDR studieren, Pfarrer werden.

Nach dem Passieren des Schlagbaumes und dem Einreisestempel in den Pass musste Roland mit seinem blauen Auto auf der Betonstraße rechts abbiegen und an einem Garagenkomplex halten. Anschließend wurde er aufgefordert, das Fahrzeug abzuschließen und in das benachbarte Gebäude zu gehen. Dort konnte er es sich in einem Aufenthaltsraum mit großen Fenstern bequem machen. Wie zufällig standen an einer Wand offene Kisten mit Broschüren herum. Roland las interessiert den Titel „Die Verfassung der Deutschen Demokratischen Republik“. Es mussten Hunderte Broschüren sein, schätzte er. An der gehefteten Titelseite zog sich ein schwarz-rot-goldener Streifen entlang.

Krieg es Zufall, dass die Kisten hier standen oder Absicht? Ein Mann in Zivil trat ein und fragte ihn freundlich, ob er einen Kaffee trinken möchte. Roland bejahte, denn es war inzwischen Nachmittag. Auf die Broschüren deutend, sagte der Zivilist, dass Roland gern darin lesen könne. Natürlich war er neugierig geworden, neugierig auf das Land, in dem er leben wollte. Zudem konnte er stundenlang lesen. Und wenn es wie jetzt für ihn sogar etwas Neues gab ... Gewohnt, seine Zeit zu nutzen, vertiefte er sich dankbar und entspannt in die offizielle Lektüre.

Diese Verfassung, die zweite seit 1949, war am 9. April 1968 in Kraft getreten, also vor knapp einem Jahr. Roland hatte sich in Mainz schon damit befasst, hatte verfolgt, was die Medien darüber veröffentlichten. Er bezweifelte stark, dass die neue Verfassung vorher vom Volk diskutiert wurde, wie es offiziell von DDR-Seite hieß. Dann soll es zu einer Volksabstimmung gekommen sein. Die DDR-Führung gab bekannt, dass 98,08 Prozent der Wahlberechtigten teilnahmen. Verwundert hatte ihn, dass wesentlich mehr Stimmenthaltungen und Gegenstimmen zugegeben wurden als bei den Volkskammerwahlen.

Die DDR sei nun ein sozialistischer Staat deutscher Nation, musste Roland lesen. Der Sozialismus würde unter Führung der Arbeiterklasse und ihrer Partei verwirklicht. Festgeschrieben wurde, dass es zwei deutsche Staaten gäbe. Roland grübelte nachdenklich über den Passus, dass die vom Imperialismus aufgezwungene Spaltung der deutschen Nation überwunden werden soll. Zudem würde eine Vereinigung auf der Grundlage der Demokratie und des Sozialismus angestrebt. Eine Vereinigung wollte Roland auch, aber niemals auf sozialistischer Grundlage. Höchstens mit seiner Susanne in der DDR. Dabei war beiden schon heute klar: Es wird nicht ohne Kompromisse gehen. Aber keiner soll und wird sich verbiegen.

Als künftiger Pfarrer war für ihn in der Verfassung der Satz, dass die Gewissens- und Glaubensfreiheit gewährleistet sind, von großer Bedeutung. Und da er Susanne heiraten wollte, gaben ihm die Worte „Jeder Bürger hat das Recht auf Schutz und Förderung seiner Familie" Zuversicht. Er prägte sich ein, dass die Familie die kleinste Zelle der Gesellschaft ist, und wenn diese Zelle in Ordnung ist, dann ist auch der Staat in Ordnung.

Roland wertete die neue Verfassung der DDR als einen Fortschritt. Er wollte die Zukunft mit gestalten helfen und merkte bei seiner Lektüre nicht, wie schnell die Zeit verging. 23.05 Uhr, sah er beim Blick auf seine Uhr, als die Tür gegenüber auf ging. Roland wurde etwas unsanft in den realen Sozialismus zurückgeholt. Bald stand er in einer großen Garage vor seinem Pkw und musste ihn, ungläubig wegen der späten Stunde, in Anwesenheit eines Zöllners bis auf die Fußmatten komplett ausräumen. Danach wurde jedes Gepäckstück anhand von seitenlangen Listen abgehakt.

Der Zöllner, ein Mann in Rolands Alter, war sehr gewissenhaft. Da gab es keine Halbheiten. Jede Tasche, jeder Karton musste vorgezeigt werden. Obwohl der Zöllner eine penible Korrektheit an den Tag legte, die Roland nervte, konnte er sich einer gewissen Sympathie nicht erwehren. War es das Alter? War es sein Aussehen? Oder war es gar doch die Akkuratesse? Auch Roland achtete sehr auf Genauigkeit. Das hatte er vom Opa gelernt. Jedenfalls fühlte sich Roland dem jungen Zöllner zwar nicht verbunden, aber er hielt ihn für die bessere Variante, als sich mit einem bärbeißigen, alten Zollkommissar abgeben zu müssen.

Nun kam der Mann vom Zoll in den für Roland heiklen Bereich seiner aufgereihten Siebensachen. Der Beutel mit den Modezeitschriften. Roland wollte ihn noch unauffällig bei Seite bringen, als ein Henkel riss und die Hefte auf den Betonboden fielen. Alles aus, dachte Roland erschrocken. Susanne wird sie nicht lesen können. Sie werden jetzt im Reißwolf landen. Aber der Zöllner schien die bunten Titelseiten zu kennen und lächelte. Roland beschwichtigte: „Für meine Verlobte, nichts Politisches." „Okay", sagte der Zöllner und legte die Zeitschriften zum Bücherstapel größeren Ausmaßes an der Wand. Dieser Stapel war Roland allerdings wichtiger als die Hefte. Heinrich Böll, Weltgeschichte ... alles Literatur, die er von seinem Mainzer Bücherschatz ausgesucht hatte, damit sie ihm bei der Einreise nicht hinderlich sein konnte. Inzwischen waren seine Habseligkeiten, die er im Pkw hatte, auf dem Garagenboden ausgebreitet. Fein säuberlich daneben standen die leeren Koffer, Kisten, Beutel und Taschen.

Roland schien jegliches Zeitgefühl verloren zu haben. Nur am Dienstwechsel der Zöllner merkte er, dass einige Stunden vergangen sein mussten. So nahm er es dann auch übermüdet hin, sich vor drei Uniformierten, darunter eine Frau, ausziehen zu müssen und peinlichst bis unter die Haut kontrollieren zu lassen.

Anschließend durfte er seine Sachen wieder einladen. Außer Bücher und Schallplatten. Diese Dinge, die ihm am liebsten waren, wurden in einem grauen „Barkas"-Transporter verstaut, warum auch immer.

Weit nach Mitternacht stieg Roland in seinen Pkw und folgte dem „Barkas" unter strengsten Auflagen: Ein Abweichen von der Strecke oder Zurückbleiben machte die Einreise sofort zunichte!

Das „Aufnahmeheim für Rückkehrer und Übersiedler" in Saasa im Bezirk Gera war eine gute Autostunde entfernt.

Kein Kontakt zur Außenwelt

März 1969

Der Morgen graute langsam am Horizont, als die beiden Fahrzeuge am bewachten Tor des Heimes, das von außen schwach beleuchtet war, ankamen. Auf der Fahrt hatte Roland versucht, sich an die DDR-Landkarte zu erinnern, die er vor seiner Ausreise studierte. Das Aufnahmeheim in der Gemeinde Saasa lag bei Eisenberg im Bezirk Gera. Mit dem Auto waren es von hier bis zur Bezirksstadt nur rund 30 Kilometer, eine halbe Stunde bis zu Susanne ...

Roland fuhr dem „Barkas" im umzäunten Gelände hinterher. Ein Uniformierter wies ihn an, auf dem Rasen zu parken. „Endstation, die Autoschlüssel und Fahrzeugpapiere!", forderte der Fahrer des Kleintransporters arrogant. Mit leicht zitternden Fingern händigte er ihm übermüdet beides aus. Ob er sein schönes blaues Auto je wieder sah?

„Sie nehmen nur Ihre persönlichen Sachen mit!" Der Mann in Zivil öffnete die Autotüren und warf prüfende Blicke ins Fahrzeug. „Alles andere bleibt drin!" Dann schloss er den Pkw ab und steckte auch den zweiten Zündschlüssel ein. Anschließend ging er mit Roland in das große, dreistöckige Gebäude, das ein massives Walmdach mit Erkerfenstern trug. Es wurde vom Schornstein des Heizhauses überragt.

Roland musste eine Weile im Flur des Erdgeschosses warten, ehe er in ein Zimmer gerufen wurde. Am Schreibtisch saß ein Offizier. Das konnte er an den silberfarbenen Schulterstücken mit je einem Stern erkennen.

Vor ihm standen ein quadratischer Tisch und ein Stuhl. Über allem wachte ein Porträt von Walter Ulbricht.

Nach dem Abfragen der Angaben zur Person musste Roland Brieftasche und Portemonnaie auf den Tisch legen. Dafür interessierte sich der Unterleutnant besonders und für seine Vermögensverhältnisse. Ob er Schulden hätte?

„Nicht das ich wüsste", antwortete Roland. Seine ersparten knapp 150 D-Mark wurden einkassiert. Dafür gab es eine Quittung und den kurzen Hinweis, dass die Scheine hier sowieso nicht galten.

Der Offizier, ein Mann von schlanker Gestalt, sah ihn mit eindringlichen braunen Augen herausfordernd an.

„Das ist doch alles?"

„Ja", antwortete Roland wahrheitsgemäß, außerdem hatte er keine Lust zu provozieren und sich erneut einer Leibesvisitation zu unterziehen. Er war nur noch müde.

Nach der Ankündigung, dass ab 8 Uhr weitere Gespräche geführt würden und der Auflage, das Gelände des Aufnahmeheimes nicht zu verlassen und keinen Kontakt nach draußen und zur Familie aufzunehmen, wurde Roland von einem Heimmitarbeiter zu seinem künftigen Zimmer mit der Nummer 106 in der 1. Etage geführt.

„6.30 Uhr ist Wecken, dann Frühstück im Speisesaal im Erdgeschoss. Übrigens wird hier um 22 Uhr das Licht ausgemacht", sagte sein Begleiter und verschwand. Rolands Armbanduhr zeigte 5.24 Uhr. Na prima!

Da noch Nachtruhe war, öffnete Roland, ohne anzuklopfen, vorsichtig die Zimmertür. Durch das geöffnete Fenster fiel fahles Mondlicht. Zwei der drei Betten waren belegt. Roland legte sich leise auf das nicht bezogene Bett gleich neben der Tür und nahm die Decke, die am Fußende lag. Unversehens war er eingeschlafen.

Als er erwachte, kamen die zwei Zimmergenossen gerade von der Morgentoilette herein. Sie waren jünger als er und guter Laune. Im Gespräch stellte sich heraus, dass beide wie er ebenfalls aus Sachsen stammten und wieder in der DDR leben wollten. Im Speisesaal, zu dem sie ihn mitgenommen hatten, erzählten sie, dass in seinem Bett bis vor Kurzem ein junger Franzose geschlafen hätte, von dem man sich im Heim erzählte, dass ihm die Verhöre der Staatssicherheit gar nicht gefielen. Wahrscheinlich wurde er abgeschoben. Er hatte sich unter DDR wohl etwas anderes vorgestellt.

Die zwei jungen Männer aus dem Zimmer sah Roland beim Frühstück zum letzten Mal. Sie waren verschwunden. Später hegte er den Verdacht, dass sie gar keine Rückkehrer waren, sondern Stasi-Leute, die ihn im Schlaf aushorchen sollten. Die restliche Zeit in Saasa wohnte Roland allein in dem Zimmer.

„Teestunde" mit Becker

April 1969

Es war Donnerstag nach Ostern. Roland saß in seinem kargen Zimmer auf dem Bettrand und betrachtete den Inhalt des kleinen Päckchens, den er auf dem Nachttisch neben sich ausgebreitet hatte. Von Susanne, seiner Verlobten. Es war nicht viel, nur ein paar Aufmerksamkeiten zum Fest. Immer wieder nahm er das bunte, ausgeblasene Ei in die Hand und betrachtete es. Seine Susanne hatte es kunstvoll bemalt. Was war dagegen der Osterhase aus Schokolade? Ein Gaumenschmaus, weiter nichts. Der hält sich nicht lange. Aber das Ei! Ein wahres Kunstwerk!

Eine noch größere Freude war Susannes Brief, der mit im Osterpäckchen lag. Roland las ihre Zeilen mehrmals. Sie schrieb, dass sie ihn gern für immer in Gera in ihre Arme schließen möchte ... Leider waren im Aufnahmeheim Besuche untersagt.

Ein energisches Klopfen an der Zimmertür riss ihn aus seinen Gedanken. Nach dem „Herein!" trat die Sekretärin des Heimleiters ein. Sie war eine adrette Frau der alten Schule, aber ohne altmodisch zu wirken. Dass sie selbst anklopfte, war dem Anlass geschuldet. Er wusste schon, was jetzt kam.

„Herr Geipel, ich bitte Sie um 15 Uhr in der Heimleitung zu erscheinen. Mit Ihnen wird ein Gespräch geführt. Bitte seien Sie pünktlich!"

„Geht in Ordnung, Frau Gentsch. Ich werde pünktlich sein", entgegnete Roland freundlich, der die schwarze Stasi-Limousine mit den drei Frontscheinwerfern schon vor einer halben Stunde im Gelände gesehen hatte. Seine Armbanduhr zeigte 14.45 Uhr. Heute wird es nicht einfach, sagte er sich. Er verstaute die Ostersachen im Nachttischkasten und zog die Jacke über. Nach einem prüfenden Blick in den Spiegel verließ er das Zimmer.

Der Tee in der gläsernen Kanne begann das heiße Wasser langsam bräunlich zu färben. Zwei Teegläser mit Untertassen und Löffeln standen bereit. In einer kleinen Schale lag brauner Kandiszucker, daneben Gebäck. Roland hatte am Tisch Platz genommen. Sein Gegenüber schmunzelte selbstzufrieden. Grauer Anzug, modischer blauer Binder, schwarze Halbschuhe, schütteres, leicht ergrautes Haar. Selbst die randlose Brille passte ins Gesamtbild des um die 50 Jahre alten Mannes.

Dem Herrn Leutnant Becker schien es gut zu gehen, dachte Roland. Er hatte sich beim ersten Treffen am vergangenen Donnerstag jedenfalls als Leutnant vorgestellt. In seinem Alter sollte der Geheimdienstler mindestens Major sein. Aber da er keine Uniform trug, konnte und sollte man das eben nicht wirklich sehen. Was soll's?

Heute also „Teestunde". Mal etwas anderes. In einem der Gespräche hatte Roland durchblicken lassen, dass ihm Teetrinken wichtig sei. Aber eigentlich war er Kaffeetrinker. Ein Bekannter in Mainz hatte ihn in die Geheimnisse der Zubereitung eingeweiht. Doch immer neugierig und Neues probierend, war Roland dann zeitweise auf Tee umgeschwenkt. Nicht dass er ihn kaufte, nein, er sammelte selbst im Wald und auf der Wiese, hatte sogar schon eine Bahndamm-Mischung versucht.

„Glas aus Thüringen", sagte Herr Becker stolz und deutete auf das Service, „mit Tee aus dem Westen."

„Vielen Dank."

Roland zeigte sich zum Leidwesen Beckers nicht sehr überrascht oder hoch erfreut. „West-Tee" sagte ihm eigentlich nichts. Er hielt sich zurück. Und Thüringer Glas war auch in der Bundesrepublik gefragt. Der Leutnant hatte einen Köder ausgeworfen, aber Roland biss nicht an. Den Bezug zu Jena erkannte er jedoch sofort. Dort wollte er an der Friedrich-Schiller-Universität Theologie studieren.

„Es ist ein wirklich schönes Teeservice, zeitlos und praktisch", fügte Roland hinzu, um wenigstens eine Reaktion zu zeigen.

Becker schenkte ihm Tee ein. „Und noch dazu Weltniveau! Greifen Sie zu!"

„Danke."

Eigentlich hatte er Kräutertee erwartet. Roland nahm einen Schluck und verbrannte sich fast die Lippen. Eine kleine Erinnerung daran, dass es nicht auf Anhieb eine Wiedervereinigung geben würde. Und sei es zwischen Ost-Tasse und West-Tee. Er war es ja, der beides zusammengebracht hatte. Also nicht so hitzig und übereilt! Der Tee im Glas musste erst abkühlen.

Der Leutnant musterte ihn. „Bald haben wir Mai, den Wonnemonat. Wie alt sind Sie eigentlich?"

Als ob er das nicht schon wüsste. „Ich werde nächste Woche am 15. April 30 Jahre."

„Ja richtig, da können Sie Ihren Geburtstag ja schon in der DDR feiern."

Davon konnte keine Rede sein. Hier, in diesem Internierungslager. Schöner Geburtstag! Er durfte nicht mal Besuch empfangen, geschweige denn telefonieren.

„Ich habe gehört, Sie sind verlobt?", lenkte Becker ab.

„Ja."

„Mit wem, wann und wo?", fragte er forsch.

„Im vorigen Jahr habe ich mich bei einem Besuch in Gera mit Susanne verlobt. Sie ist 21 Jahre."

„Und hübsch, denke ich."

Roland starrte auf sein Teeglas. Das ging ihn gar nichts an!

„Hier im Heim ist es nicht sehr wohnlich, aber es ist ja nur ein Übergang. Besser wäre es bei der Verlobten."

Roland glaubte, nicht richtig zu hören. Das war bislang kein Thema.

„Ihre Susanne hält es bestimmt kaum noch aus, so lange ohne Mann ..."

Becker wartete auf die Wirkung seiner Worte. Konnte er Roland, den Rückkehrer, aus der Reserve locken? Er bemerkte, wie sich dessen Hand an der Tasse verkrampfte und er die Zähne zusammenbiss.

„Oh, wie schade, dass Susanne am Ostersonntag nicht zu Ihnen konnte."

Wenn er noch einmal das Wort „Susanne" in den Mund nimmt, schütte ich ihm den Tee ins Gesicht! sagte sich Roland. Seine Finger zuckten nervös.

„War keine gute Idee von ihr und ihren Eltern. Man kann nicht einfach hierherfahren und am Zaun spazieren gehen. Noch dazu in einem aufreizenden Kleid!", drehte Becker weiter an seiner Schraube.

Rolands Körper war angespannt. Ein starkes Stück von Becker! Nur nicht weiter aufregen!

„Ich habe Sie eigentlich für vernünftig gehalten, aber was Sie dann getan haben, war nicht in Ordnung."

Na, was schon? Was jeder in seiner Situation getan hätte, um der Liebe seines Lebens nur einen Moment ganz nah zu sein.

Susanne und ihre Eltern waren auf gut Glück mit dem Auto nach Saasa gefahren und hatten trotz des Halteverbotes am Zaun des Heimgeländes geparkt. Roland bekam das alles mehr zufällig mit. Er und ein Übersiedler spielten in der Nähe des Zaunes auf einer Wiese, die zum großen Park gehörte, Fußball. Susanne stieg aus dem „Wartburg" und ging am hohen Maschendrahtgeflecht entlang. Sie winkte Roland voller Freude zu. Das war für die Wachleute ein Alarmsignal! Zur selben Zeit, als ein Polizist auf der Straße in ihre Richtung eilte, schoss der Übersiedler, wie kurz abgesprochen, den Fußball an den Zaun zu Susanne, und Roland stürmte hinterher. Egal, ob er beobachtet wurde, egal, was mit ihm passieren würde.

Es waren nur ein paar Sekunden, in denen sie sich in die Augen sahen und lächelten. Er konnte Susannes

Hand durch den Zaun nicht mehr berühren, denn ihre Eltern waren mit dem Auto bereits zur Stelle. Sie stieg schnell ein. Der „Wartburg"-Kombi startete durch, noch bevor der Polizist das Kennzeichen notieren konnte.

„So ein dummes Vorkommnis! Sie wollen doch bald entlassen werden?", ereiferte sich der Leutnant.

Roland horchte auf. Natürlich war das alles ein Fehler, der einem Rückschlag gleichkam. Aber er bereute nichts.

Wieder beruhigt, schlürfte Becker höhnisch lächelnd seinen Tee. „Das wird wohl erst mal nichts werden, mit der Entlassung. Abgesehen davon, dass Ihre Verlobte und ihre Eltern Schwierigkeiten bekommen."

Jetzt zu reden, hätte alles nur noch schlimmer gemacht. Roland stieg das Blut in den Kopf, er drohte zu platzen. Seine Schläfen hämmerten. Es hatte ihn schwer getroffen.

Becker genoss die lange Pause. Er labte sich am Leid und an der Unsicherheit des anderen. Hält sich wohl für einen Intelligenzbolzen, der Geipel! Dabei ist er nichts weiter als ein kleiner Rückkehrer aus dem Westen. Dem hatte er es aber gegeben! Den würden sie im Auge behalten! Allerdings musste er ihm wieder Hoffnung machen. Sie brauchten ihn.

„Herr Geipel, nehmen Sie es nicht so tragisch. Die Liebe findet ihren Weg. Auch zu Ihrer Susanne. Ich wüsste da eine Möglichkeit."

Becker holte aus seiner Aktentasche einen roten Hefter, schlug ihn auf und legte ihn mit einem silbernen Füllfederhalter vor Roland auf den Tisch.

„Hier fehlt noch immer Ihre Unterschrift!"

Der wunde Punkt

April 1969

In den sechs Wochen seines Aufenthaltes im Heim musste Roland immer wieder zum Verhör, nur durfte er dieses Wort nicht aussprechen, denn das hörte die Stasi nicht gern. Offiziell hieß es Gespräch, das jeden Donnerstag geführt wurde. Wiederholt legte man ihm Fotos aus seinem Besitz vor. Fragen nach der Familie und Verwandtschaft spielten scheinbar eine große Rolle. Was sein Bruder über die DDR denkt, seine Mutter in ihrer Freizeit unternimmt … Roland war froh, die Tagebücher, viele Fotos und zahlreiche, restliche Bücher nicht mitgenommen zu haben. Sie hätten ihn nur belastet. Nicht auszudenken, welche Fragen gekommen wären.

Andererseits musste sich Roland nun sagen lassen, dass er aus diesem Grund nicht mit Leib und Seele in die DDR wollte. Auf das Hab und Gut bezogen, mag das gestimmt haben, doch sein Besitz war nicht unermesslich. Er war eigentlich nur reich an Büchern gewesen, jetzt nur noch an Wissen. Sogar eine subversive Absicht warf ihm die Stasi vor: Roland hätte ins Kalkül gezogen, nicht lange in der DDR zu bleiben. Er wäre ein Spion des Bundesnachrichtendienstes BND, bluffte sein Vernehmer Leutnant Becker, was Roland permanent als eine glatte und primitive Lüge bezeichnete.

Am meisten berührte ihn aber, wenn es in den Gesprächen um seine Großeltern ging. Es tat sehr weh zu hören, dass sie bei seiner Erziehung etwas falsch gemacht haben. Er stellte sich vor, wie Oma und Opa verhört wurden. Sie wären wegen seiner Flucht sehr krank geworden. Die Stasi-Leute wussten schon bald, dass sie damit einen wunden Punkt trafen. Allerdings fand es Roland sonderbar, dass Oma und Opa und auch seine Mutter bei Besuchen nie über Krankheiten redeten. Als er das dem Leutnant mitteilte, meinte der: „Glauben Sie, dass sie Ihnen die Wahrheit gesagt haben? Würden Sie Ihrem Kind, das sich in Ihrer Situation befindet, erzählen, wie schlecht es Ihnen wirklich geht?"

Auf diese Art und Weise versuchten sie, Roland zu erpressen, wollten ihn für die Staatssicherheit werben. Doch vergebens. Schließlich boten sie ihm an, als Doppelagent tätig zu sein. Damit könnte er doppelt so viel Geld verdienen. Roland lehnte ab und sagte kein Wort mehr.

Ausgangspunkt für den BND-Spionagevorwurf muss die Tatsache gewesen sein, dass er vor fast acht Jahren durch Westeuropa radelte. Das erschien ihnen äußerst verdächtig. Roland hatte die Staaten gewissenhaft und wahrheitsgemäß auf einer Frageliste aufgezählt: Luxemburg, Frankreich, Belgien und Holland. Da konnte er zehn Mal erzählen, dass es sich nur um eine Fahrradtour mit seinem Freund handelte. Höhnisch grinsend und ungläubig nahmen sie ihm die Fahrt über rund 1800 Kilometer nicht ab, zumal er sie gar auf einem Damenfahrrad absolvierte. Und neidisch waren sie auch. Das merkte Roland an ihren Gesichtern, die einfroren, als er zum Beispiel von den wunderbaren Grachten in Amsterdam schwärmte.

Jedenfalls half alles nichts, ihn als einen vermeintlichen in Westeuropa agierenden Agenten zu enttarnen. Roland wies auf seinen Jugendherbergsausweis hin, den sie ihm gleich bei der Ankunft abgenommen hatten. Auf acht Seiten waren alle Stationen der Radtour mit Stempel und Datum belegt. Und welcher Spion nächtigte schon in einer Jugendherberge? Das war selbst der Staatssicherheit plausibel. Seinen Ausweis sah Roland allerdings nie mehr. Er konnte sich denken, dass das Dokument längst mit einer neuen Identität ausgestattet war.

Roland verblüffte immer wieder die Hartnäckigkeit der Stasi, mit der sie ihre Fäden zog. Ein künftiger Theologiestudent als Inoffizieller Mitarbeiter in Kirchenkreisen wäre für sie ein bedeutender Erfolg. Komisch, dachte er, als er 1957 aus der DDR in Mainz ankam, hatten die westlichen Geheimdienste allen Grund, sich für ihn zu interessieren. Aber außer einer Anfrage der Amerikaner, auf die er nicht antwortete, geschah nichts. Vielleicht auch deshalb, weil er in Mainz sofort Arbeit und Wohnung fand.

Hatten sich die Donnerstagsgespräche mit Stasi-Leutnant Becker anfangs auf die Gefühlswelt Rolands konzentriert, so ging der Vernehmer nun dazu über, dessen rationalen Kern zu erkunden und herauszufordern. Er beschäftigte sich unter anderem mit dem Wunsch, Theologie zu studieren und noch dazu in der DDR. Wie kam es dazu? Roland erklärte, dass er wie sein großes Vorbild Bodelschwingh zu gesellschaftlichen Veränderungen beitragen wollte, dass alle Menschen sinngemäß nicht von morgens bis abends auf den Feldern schuften, sondern menschenwürdig leben sollten.

Als ehemaliger Kundendienstberater hat Roland begreifen müssen, dass für ihn die Aussage mancher seiner betuchten Kunden: „Wer nicht lügt, der ist kein Geschäftsmann" inakzeptabel war. Er konnte sich nicht damit abfinden, dass die Welt nur auf Verkauf und Kapital ausgerichtet sein soll. Dabei hatte er genug Angebote, in dieser Richtung tätig zu werden: Geipel, du kannst mehr als die Kunden beraten, komm in meine Flugzeugwerft. Ich biete dir ein besseres Gehalt als hier. Oder: Geipel, mit deinem Können und deiner Wirkung auf Kunden kannst du in mein Unternehmen als Abteilungsleiter einsteigen.

Doch Roland ließ sich nicht locken. Er sah in der DDR eine Alternative, war im Begriff, seinem Leben eine Zäsur zu verpassen. Schließlich wartete dort auch Susanne, seine Liebe, auf ihn. Aber er gab Leutnant Becker zu bedenken, dass er mit seiner Absicht schon jetzt scheitern könnte, dass es ja noch in den Sternen stand, überhaupt in die DDR übersiedeln zu dürfen. Er spielte den Ball an den Leutnant zurück: „Lassen Sie mich nicht einreisen, dann können Sie sich auch keine Hoffnung machen, mich jemals anwerben zu können. Und ob ich das Studium in Jena schaffe, steht auf einem anderen Blatt."

„Was würden Sie dann tun?", fragte der Leutnant.

„Vielleicht Psychologie studieren."

Es waren Gespräche auf Augenhöhe. Beide wussten, was sie voneinander wollten. Keiner gab klein bei, obwohl Leutnant Becker am längeren Hebel saß. Auch dass Roland während einer seiner letzten DDR-Besuche beim Bischof der Thüringer Landeskirche in Eisenach, Moritz Mitzenheim, war und seine Absicht erklärt hatte, überzusiedeln und an der Jenaer Universität Theologie zu studieren, kannte die Stasi bereits. Leutnant Becker regte sich über diese nicht genehmigte Aktion mächtig auf.

Roland verkniff sich das „Man wird doch mal fragen dürfen" und verwies auf den Landesbischof, der über ihn als künftigen Pfarrer mit den Worten „Thüringen wartet auf Sie!" erfreut war.

„Das ist kein Freibrief für Sie", antwortete Becker. „Der Bischof kann zehn Mal sagen, dass Sie hier Pfarrer werden, aber darüber bestimmt einzig und allein der Staat!", erschütterte er Rolands Erwartungen.

In Saasa hielt sich Roland zurück. Er hatte sein Ziel vor den Augen, las Goethe, Schiller, Dostojewski in der Heimbibliothek, schrieb Briefe an seine Susanne und versuchte nicht aufzufallen, denn das Blatt konnte sich schnell wenden, wie er erlebte. Da war eine Mutter, Mittdreißigerin, mit drei Kindern. Sie wollte wieder zurück in die DDR, hatte in der Bundesrepublik nicht Fuß fassen können. Ihre Ehe war schief gegangen. Mit ihr unterhielt sich Roland oft im Speisesaal nach dem Essen. Sie tat ihm leid. Er machte ihr Mut, munterte die Kinder auf. Sie hoffte auf die alles entscheidende positive Nachricht. Dann wurde ihr mitgeteilt, dass sie sofort nach Bielefeld zurückmuss, obwohl ihre Eltern in Erfurt sehnlich auf sie und die Enkel warteten. Er kannte den Grund der Abschiebung nicht. Aber gab es überhaupt einen?

Gerhard, den Sohn eines Bäckermeisters aus Köthen, lernte Roland beim Sport kennen. Er war Ende zwanzig, hatte schon lichtes Haar und einen kleinen Bauch. Sie liefen oft gemeinsam im großen Park des Heimes auf einem bescheidenen Rundkurs, wie sie die Wege nannten. Gerhard war ebenfalls Bäcker und in Fürth in Bayern zu Hause. Schon vor einem halben Jahr habe der Vater ihm geschrieben, dass er krank sei und die Familienbäckerei nicht mehr halten könne, erzählte er Roland. Er hatte Angst, dass sie verstaatlicht wird. Nur er als Sohn könne die Bäckerei übernehmen. Da die Zeit drängte, hatte Gerhard nach langer Überlegung die Einbürgerung beantragt und saß nun schon zwei Monate in Saasa fest. Es war augenscheinlich, dass die DDR kein Interesse daran hatte, das private Handwerk zu fördern. Als nervtötend empfand er nun den Bescheid, in ein Übergangsheim nach Dessau zu müssen und dort weiter zu warten.

Da es im Speisesaal des Heimes am Abend Flaschenbier gab, schlug mancher über die Stränge. Gestresst von den Vernehmungen und der langen Wartezeit, wurde oft zu tief ins Glas gesehen. Der Alkohol löste die Zunge. Und wer nur einen Witz über die DDR oder die Stasi machte oder provozierte, der war schon am nächsten Tag verschwunden. Roland analysierte nüchtern die Lage. Er hatte während seines Aufenthaltes festgestellt, dass, statistisch gesehen, von zehn Leuten, die im Heim ankamen und einreisen wollten, nur drei in Saasa blieben. Insgesamt waren ständig 20 bis 30 Antragsteller mit oder ohne Familie da. Wem von ihnen konnte Roland trauen? Er wusste nicht, wer im Speisesaal wirklich an seinem Tisch saß. Auf alle Fälle das Misstrauen. Die Ohren der Stasi waren überall.

Die einzige annehmbare Konstante in Saasa war für Roland das Küchenpersonal. An der Essenausgabe stand ein älterer Mann, der Roland immer etwas zusätzlich auf den Teller gab. Mal ein Löffel Kartoffelbrei, mal Soße … Vielleicht fand er ihn besonders sympathisch oder er meinte, dass der hoch gewachsene, junge Mann einfach mehr verdrücken könnte. Roland nahm es gern, bedankte sich höflich bei dem vermeintlichen Koch mit dem gutmütigen Gesicht.

Als er bemerkte, dass der Mann nach der Ausgabe des Mittagessens stets auf den Hof ging und sich in einer windgeschützten Ecke eine Zigarette anzündete, ergriff Roland die Gelegenheit. Er sprach ihn an. Das war zwar verboten, doch der Mann zeigte Interesse. So erfuhr Roland, dass es mal eine Phase gab, in der die Eingereisten in die Stadt durften, nach Eisenberg. Dann soll dort zwischen Heimbewohnern und Einheimischen eine Schlägerei stattgefunden haben.

Seitdem war der Ausgang nicht mehr erlaubt. In die Stadt ging es höchstens zum Arzt, aber dann auch nur in Begleitung. Und hinter vorgehaltener Hand warnte der

Koch Roland: Er solle mit allem vorsichtig sein. Die Stasi wäre unberechenbar. So friedlich, wie es hier aussehen würde, sei es nicht. Die Menschen im Heim wären manchmal sehr verzweifelt, bis zu Selbstmorden.

Das gab Roland zu denken. Obwohl er zu dem Koch Vertrauen gefasst hatte, blieb er mit seinen Äußerungen vorsichtig. Er gab nur preis, dass er wegen seiner Verlobten in die DDR zurückkam und Pfarrer werden wollte. So etwas hatte der Koch noch nicht gehört. Roland spürte, dass seine Geschichte wegen ihrer Ungewöhnlichkeit Misstrauen erregte. Hatte er zu viel gesagt? Was dachte der Koch jetzt, der nervös an seiner Zigarette zog? Beide waren verunsichert.

Gespräch hin, Gespräch her. Hatte selbst hier die Staatssicherheit ihre Hände im Spiel? Konnten sie einander überhaupt trauen? Sympathie war die eine Seite der Medaille, Ablehnung die andere. Welche überwog? Die Allgegenwärtigkeit der Stasi brachte es fertig, dass sich zwei Menschen in dieser besonderen Situation nicht wirklich öffnen konnten. Einer misstraute dem anderen. War das in der DDR ein Prinzip? Sich ständig beobachtet fühlen, seine ehrliche Meinung nicht sagen dürfen ... Roland dachte nach, ob er wirklich in diesem Land leben wollte, das doch ein Staat der Arbeiter und Bauern war, aber von der SED unterdrückt wurde.

Der Koch rauchte nicht zu Ende, warf die Zigarette in eine kleine Pfütze vor der Hauswand und verschwand ohne ein weiteres Wort in der Küche. Auch Roland hielt es für besser, zu schweigen und zu gehen. Wer weiß, aus welchem Fenster schon ein Fernglas auf sie gerichtet war. Jedenfalls hoffte er, dass der Koch ihn bei der Essenausgabe auch weiterhin großzügig behandelte. Obwohl das der Fall war, gingen beide in den nächsten Tagen scheinbar auf Distanz. Keiner konnte Ärger gebrauchen.

Sauberer Vorteil

April 1969

Es gab im Aufnahmeheim eine besondere Ehre: den Sanitärtrakt der Heimleitung und des Wachpersonals reinigen zu dürfen. Wer das tat, der hatte gegenüber den anderen Wartenden einen Vorteil. Der galt anscheinend als würdig, vom Staat DDR bevorzugt aufgenommen zu werden. So kursierte es jedenfalls im Heim. Obwohl Roland der Reinigungsdienst einige Überwindung kostete, hatte er ihn sich auferlegt, denn er durfte arbeiten und musste nicht weiter tatenlos in seinem Zimmer sitzen und warten.

Die anderen Toiletten im Aufnahmeheim mussten die Rückkehrer und Übersiedler säubern, die über kurz oder lang wieder in die Bundesrepublik abgeschoben wurden. Zurzeit war da ein junger Mann tätig, der eine Bank überfallen hatte, so hieß es. Er wollte hier in der DDR untertauchen, hatte aber keine Chance, in deren Alltag entlassen zu werden. Das gelang nur Übersiedlern und Rückkehrern, die in der BRD zum Beispiel nicht straffällig geworden waren. Fadenscheinige Gründe zählten nicht. Und bestand nur der geringste Zweifel an ihrer Loyalität gegenüber der DDR, war die Abschiebung unvermeidlich.

Nein, Roland ging es nicht ums Anbiedern. Er wollte in diesen zwei Wochen Toilettendienst auch kein Vertrauen aufbauen, sondern eher zeigen, dass er bis zu einem gewissen Grad einfach alles tat, um aus dem Aufnahmeheim unbeschadet nach Gera entlassen zu werden. Außerdem war dieser Dienst für ihn eine Arbeit wie jede andere auch, nichts Ehrenrühriges, Erniedrigendes. Für 80 Pfennig die Stunde.

Es gab Schlimmeres. Wenn es zum Beispiel ums Überleben ging. Was kann da ein Mensch aus Verzweiflung tun? fragte sich Roland. Was unternahm der, um sein Ziel zu erreichen? Beten und Gottvertrauen gaben zwar Kraft, halfen aber nicht allein. Obwohl sich Roland in Saasa wie in einem Internierungslager fühlte, kannte er aus Büchern doch den Unterschied zu Zuchthaus, Konzentrationslager oder gar dem Gulag in Sibirien. Hätte er dort für eine doppelte Ration Brot vielleicht sogar Leichen transportiert? Niemand konnte wirklich sagen, zu was er in Todesangst oder in Grenzsituationen fähig ist, dachte Roland. Was waren dagegen profane Toiletten?

Er wollte so schnell wie möglich raus aus dem Heim! Aber erst musste stets alles vor Sauberkeit blitzen. Die Spiegel, die Fliesen, die Becken ... Roland verfolgte kontinuierlich sein Ziel, sich mit korrekter Arbeit hervorzutun. Egal, ob es noch vor einigen Wochen im Autohaus oder jetzt hier im Toilettentrakt war.

Nur wann ließ ihn die Staatssicherheit in Ruhe? War das ein frommer Wunsch? Zu intensiv und aufwendig waren ihre Bemühungen, ihn zu einer Stasi-Mitarbeit zu bewegen. Dabei dachte Roland an den nächsten Donnerstag. Da wird wieder die schwarze Limousine mit den Chromleisten durch das Tor gewunken. Ein „Tatra 603", wie er ihn schon mal in Mainz sah. Als Kfz-Mechaniker hatte er sich damals kundig gemacht. Der PKW aus der Tschechoslowakei erreichte mit seinen 100 PS durchaus Westniveau. Sein Auto kam mit 30 Pferdestärken bescheidener daher.

Je kleiner der Stasi-Mann, desto größer das Auto, dachte der lange Roland etwas spöttisch. Das durfte wohl erlaubt sein. Jedenfalls würde der kleine, geschniegelte und gebügelte Herr im grauen Anzug ihn wieder zu sich kommen lassen. Roland brauchte dann im Gespräch mit ihm seine ganze Konzentration, um den provokanten Fragen geschickt ausweichen oder sie möglichst nichts sagend beantworten zu können.

„Mitnahme ohne Bedenken"

Mai 1969

Endlich konnte Roland Gas geben. Saasa ade! Das Lenkrad liebevoll umschlungen, bog er mit seinem überladenen Pkw vom Tor des Heimes auf die Straße nach Gera ein. Susanne, ich bin in einer halben Stunde bei dir! Das heutige Datum, den 6. Mai, würde er sich merken.

Neben seinen Sachen, die sechs Wochen im verschlossenen Auto aushalten mussten, hatten sie ihm auch die Schallplatten und Bücher wieder ins Auto geladen. Die lange Bücherliste trug nun nach penibler Überprüfung den hässlichen Stempel „Mitnahme ohne Bedenken". Wahrscheinlich waren Musik und Lektüre bei dem einen oder anderen Stasi-Mann zu Hause gewesen. Die meisten der mehr als 300 Bücher Rolands, Kleidung und sein Fahrrad warteten in einem größeren verplombten Transportbehälter der Bundesbahn in Gera auf ihn.

Bei allem Glücksgefühl musste Roland an die letzten Tage im Heim denken, an die hoffnungsvollen Leute, die dort noch immer verharrten. Und an gestern, als er unvermittelt in das Aufnahmeheim des Bezirkes Gera nach Kraftsdorf gebracht wurde. Im Gespräch mit einem Leutnant wurde Roland gefragt, wie er sich seine Zukunft vorstellt. Familie mit Susanne, Theologiestudium in Jena, Pfarrer in Gera, antwortete Roland kurz. Wo er denn in Gera wohnen würde? interessierte den Offizier weiter. Nun, bei den Schwiegereltern, so Roland. Glück gehabt, war die Reaktion des Stasi-Mannes. Würde er dort nicht unterkommen, wäre seine neue Adresse das Aufnahmeheim hier in Kraftsdorf, erklärte der Leutnant hämisch.

Roland, zuerst erschrocken, riss sich innerlich zusammen. Doch es kam noch dicker, als ihm angetragen wurde, dass er über alle in beiden Aufnahmeheimen von der Staatssicherheit mit ihm geführten Gespräche zu schweigen hätte. Verwundert schüttelte Roland den Kopf. Was er jetzt unterschreibe, so meinte er, erzähle er seiner künftigen Ehefrau, denn wie es in der Verfassung der DDR heißt, ist die Familie die kleinste Zelle der Gesellschaft, und wenn die intakt ist, dann ist auch die Gesellschaft intakt. Wie soll er eine Familie gründen, wenn untereinander keine Offenheit herrscht? Genau an diesen Artikel der Verfassung, den er sich bei der Einreise in die DDR in Hirschberg an der Grenzübergangsstelle einprägte, hatte er sich erinnert und nun darauf verwiesen. Der Leutnant nahm es zur Kenntnis.

Teil II

1 Aufbruch

Zurück zu den Wurzeln

August 1969

Mittlerweile hatten sich Rolands neue Kollegen im VEB Kraftfahrzeug-Instandsetzungswerk Gera daran gewöhnt, dass er nach der Mittagspause sofort wieder an die Arbeit ging. Sie standen hingegen zu zweit oder zu dritt in einer Ecke der „Wartburg"-Werkstatt oder liefen umher, bis die Uhr an der Wand „2" anzeigte.

An einem Pkw sollte die Auspuffanlage getauscht werden. Nun war Roland kein Anfänger und machte sich vorher daran, die Rohre nochmals zu überprüfen. Meister Tittel, ein untersetzter kräftiger Mann, sah das, nahm einen Hammer und schlug mit ihm kurz auf die Halterung, die widerstand. „In Ordnung", meinte er, was bedeutete, dass eine Reparatur nicht unbedingt nötig war.

Bei einem Auto in Mainz hätte sich Roland das niemals getraut, zumal die Kunden in der Werkstatt oft danebenstanden.

Manchmal ging es hier in Gera eben archaisch zu, was im Widerspruch zum modernen Sozialismus stand, dachte Roland nach. Auf der einen Seite das tollste Werk, auf der anderen fehlten Ersatzteile. Fünf Auspuffanlagen in vier Wochen auf Zuteilung. Die reichten hinten und vorne nicht.

Nach fast zwei Monaten machte es ihm nichts mehr aus, die mitleidigen Blicke der Männer, die mit ihm zusammenarbeiteten, wegen seiner „Arbeitswut" auf dem Rücken ruhen zu lassen. Dabei leisteten die Kollegen gute Arbeit, sie hielten viel auf ihre Brigade. Es wurde nicht geschludert, aber auch nicht ein bisschen mehr gearbeitet. War die Norm geschafft, legten sie die Hände in den Schoß. Da konnte auch der Meister nichts ausrichten.

Während Roland arbeitete, redeten die anderen über Fußball und Autos, machten Witze. Einmal fragten sie ihn, warum der neue Pkw „Trabant" aus Zwickau wohl die Typbezeichnung 601 tragen würde. Roland zuckte mit den Schultern. Die Antwort lautete, dass 600 Leute den „Trabant" bestellen und nur einer ihn bekommen kann. Ja, der „Trabi" war ein Volkswagen, aber mit enorm langen Wartezeiten. Die Eltern mussten schon ihr Baby für ein Auto anmelden, damit der 18-Jährige dann statt Kinderwagen einen Pkw fahren konnte. Auf alle Fälle war zum Ansparen jede Menge Zeit, die aber auch benötigt wurde.

Darüber konnte sich Roland nur wundern. Jedenfalls hatte er seinen Pkw nach der Entlassung am 6. Mai aus dem Aufnahmeheim in Saasa erfolgreich durch die Kfz-Zulassung der DDR gebracht. Und nun reparierte er in Gera einen „Wartburg", wie ihn auch sein Schwiegervater fuhr. Leider konnte Roland hier nicht den geliebten braunen Arbeitskittel mit dem Logo anziehen. Er trug jetzt einen blauen Schlosseranzug. Der Kittel lag wie immer fein säuberlich im Kofferraum. Musste er sein Auto selbst mal reparieren, dann nur zu Hause im Kittel.

Dass Roland zwei Monate im Instandsetzungswerk, kurz KIW genannt, arbeiten musste, hatte er vorher gewusst. Die Betriebsleitung meinte, er wäre mit seinen Erfahrungen in der „Wartburg"-Abteilung am besten aufgehoben. Roland bereitete sich sozusagen als Kfz-Schlosser auf sein Studium der evangelischen Theologie an der Friedrich-Schiller-Universität Jena vor. In der DDR durften bis auf Ausnahmen nur Arbeiterkinder studieren. Er stammte eigentlich aus einer Arbeiterfamilie, aber ihm hing der vermeintliche Makel an, aus der DDR geflüchtet zu sein. Da war es eben nötig, sein Arbeiterdasein pro forma aufzufrischen, dass er in die vorgeschriebene politisch-bürokratische Schiene passte. Diese Bewährungszeit wollte er bestens nutzen. Der Betrieb würde ihn bei guter Arbeit an die Uni delegieren. Dann hätte alles seine Ordnung. Am 1. September war in Jena die Immatrikulation, in einer Woche.

In Vorbereitung seines Studiums hatte der angehende Pfarrer im Juli schon ein paar Gespräche mit Theologieprofessoren aus Jena hinter sich. Sie wollten ihn testen und wissen, wen sie als künftigen Studenten aus dem Westen vor sich hatten. Da spielte das Abiturwissen eine Rolle, aber auch Religion und Politik standen im Mittelpunkt. Was sagte er zur Oder-Neiße-Linie? Warum möchte er nicht an eine kirchliche Universität in Berlin, Leipzig oder Naumburg gehen?

Roland legte dar, dass er das nicht wollte, weil er an einer staatlichen Universität wie in Jena auch den Marxismus/Leninismus am besten studieren konnte. Er sah darin keinen Widerspruch zu seinem Weltbild. Schon am Ketteler-Kolleg in Mainz hatte er sich dafür interessiert, Lenin gelesen und über ihn ein Referat gehalten. Roland wollte verstehen, Zusammenhänge kennenlernen. Er machte den Professoren seinen Standpunkt klar, ohne einer Partei anzugehören, aber mit Engagement für die Sache.

Ja, mit dem Engagement, einer Voraussetzung für Leistung, war es schon so eine Sache. Bedachte er es richtig, dann fiel ihm die Umstellung von einem privaten Autohaus mit Werkstatt auf einen sozialistischen Großbetrieb nicht leicht. Er schien bei seinen neuen Kollegen eine gewisse Gleichgültigkeit zu bemerken, obwohl der Beruf des Kfz-Schlossers sehr gefragt war und stolz machen musste. Vielleicht lag es an der Größe des volkseigenen Betriebes. Mit über 1000 Mitarbeitern galt das Geraer Kfz-Instandsetzungswerk als das größte der Republik. Vor allem wurden hier Omnibusse des ungarischen Typs „Ikarus" generalüberholt. Doch in den riesigen Hallen kamen auch verschiedene Lkw- und Pkw-Fabrikate an die Reihe.

Als sich Roland Anfang Juli den Brigademitgliedern vorstellte und sie hörten, dass er zuletzt in einem Mainzer Autohaus Kundendienstberater war und Pfarrer werden wollte, läuteten bei ihnen die Alarmglocken, wie es so schön hieß. Da wäre doch bestimmt die Staatssicherheit im Spiel. Die wollte über ihn die Brigade ausspionieren, verlautbarte der Buschfunk. Klar, die Kollegen waren misstrauisch. Da kam einer zwei Monate arbeiten und ging dann studieren. Er soll aus dem Westen sein, aber aus dem Osten stammen. Das ging doch nicht mit rechten Dingen zu! Die Gerüchteküche brodelte.

Um allen Vermutungen den Wind aus den Segeln zu nehmen, hatte Roland vor der Brigade gleich am ersten

Tag rein Schiff gemacht. Er würde tatsächlich von der Stasi beobachtet. Dabei wollte er nur seine Arbeit machen. Dass Roland darin gut war, erlebten sie täglich. Ein Kundendienstberater, der zu seinen Wurzeln zurückkehrte und hoch hinauswollte. Das imponierte und die Kollegen arrangierten sich.

Für Roland lief es mit der Zeit nicht nur beruflich gut. Im Mai war er vom Aufnahmeheim sofort zu Susanne nach Gera geeilt, um sie zu überraschen. Seine Verlobte saß im Datenverarbeitungszentrum in der Berliner Straße an ihrem Tisch und kontrollierte Lochkarten. Ein endloses Band… Gelangweilt sah sie nach 14 Uhr kurz aus dem Fenster und entdeckte unten vor dem Gebäude einen jungen Mann. Der lief hin und her, schien mit einem schicken blauen Auto gekommen zu sein und blickte zu den Fenstern hoch. Was ist das denn für ein Typ? fragte sich Susanne, ehe sie begriff, dass es ihr Roland war. Bis zum Feierabend musste er aber trotzdem warten. Und nicht genug: Bevor es nach Hause ging, war Fahrschule angesagt. Susanne ließ ihre wertvolle Fahrstunde nicht ausfallen. Doch dann war das Hallo im Stadtteil Zwötzen bei den Schwiegereltern umso herzlicher. Die ersten Wochen ging es in der Zweieinhalbzimmerwohnung der Familie Werner etwas eng zu. Das junge Paar schlief in Susannes Kinderzimmer.

Zu Pfingsten heirateten sie im Standesamt Bad Köstritz in kleinem Kreis. Leider waren in Gera die Heiratstermine für die nächsten Wochen schon vergeben. Die schnelle Heirat hatte nicht etwa mit einer Schwangerschaft zu tun, sondern vielmehr mit einer Wohnung für Roland und Susanne Geipel. Die gab es von der Wohnungsverwaltung nur mit Heiratsurkunde. Noch am Abend des 24. Mai starteten die jungen Eheleute nach der

Hochzeitsfeier mit ihrem Auto zum Flitterwochenende nach Ziegenrück im Thüringer Wald.

Die kirchliche Trauung in der evangelischen Kirche Sankt Ursula in Gera-Lusan verschoben sie auf den 30. August. Roland freute sich schon, dass sein jüngerer Bruder Wieland kommen wollte. Beide hatten sich lange nicht gesehen. Wieland leistete gerade drei Jahre Ehrendienst in der Nationalen Volksarmee, wie er es nannte.

Dass die Trauung von Susanne und Roland in Lusan erfolgte, hatte besondere Gründe. Zum einen war Susanne in dieser Kirche getauft worden und zum anderen begingen ihre Großeltern am selben Tag die Goldene Hochzeit. Für den Opa als Kirchenältester war dieser schöne Tag mitten im Sommer von großer Bedeutung. Auch das junge Paar sonnte sich im Glück.

Schon in wenigen Jahren würde rund um dieses jahrhundertealte Gotteshaus das größte Neubaugebiet Geras entstehen und Roland Geipel hier Pfarrer werden.

Mit der Wohnungszuweisung für die junge Familie ging es auch schnell. Ehe sie sich versah, wohnte sie in einem Mietshaus der Feuerbachstraße im 2. Stock. Das Paar freute und wunderte sich zugleich, wenn die eineinhalb Zimmer auch in schlechtem Zustand waren, Trockenklo eine Treppe tiefer inbegriffen. In der Wohnung soll vor ihnen eine alleinstehende Frau gelebt haben. Sie war in die Bundesrepublik ausgereist. Was lag der Wohnungsverwaltung näher, als die Räume einem Rückkehrer aus der BRD zu geben? Die Warteliste der Wohnungssuchenden war sehr lang, aber es ging nach Dringlichkeit, und was dringend war, bestimmte die Staatssicherheit. Nach der Renovierung der kleinen Räume, die Roland mit Hilfe des Schwiegervaters und von Susannes Freunden am Wochenende und nach Feierabend gern erledigte, begann das Familienleben.

Das ließ sich Roland von der manchmal angestrengten Stimmung in der Werkstatt wegen fehlender Ersatzteile nicht verderben. Befremdlich für ihn war auch, dass hier nur eine Hebebühne existierte. In Mainz hatte jeder Kfz-Schlosser eine eigene Bühne und einen fahrbaren Werkzeugkasten.

Wenn der Bereichsleiter zu Mittag im Speisesaal das Sprachrohr der SED, das Parteiblatt „Neues Deutschland", aus der Kitteltasche zog, daraus vorlas und anschließend fragte, ob das alle verstanden hätten, schwieg die Menge nur. Er nahm es gelassen und hatte seine „Aktuelle Stunde" erledigt. Auch die Kfz-Schlosser hakten den Auftritt ab. Dabei vernahm Roland von Kollegen hinter vorgehaltener Hand, oder wenn sie wieder in der Werkstatt waren, unschöne Worte. Sie betrafen auch den Produktionsdirektor, als der sich einmal in ihre Werkstatt verirrte. Wahrscheinlich wegen Rolands Beurteilung für die Delegierung zum Theologiestudium. Ein solch rüdes Verhalten von Kollegen, ihre Respektlosigkeit, irritierte Roland. Hier stimmte etwas nicht im Getriebe.

In der Nachbarabteilung, wo die Busse generalüberholt wurden, entging Roland neben seiner Arbeit nicht, dass einiges effektiver gemacht werden könnte. Er sprach mit dem Bereichsleiter darüber, einem ihm sympathischen Mann. Der fühlte sich belehrt und antwortete ihm höflich, aber bestimmt, dass er mal schön seine Gusche, seinen Mund, halten solle. Das liefe hier anders als im Westen. Sie seien nicht auf Rolands Verbesserungsvorschläge angewiesen. Und übrigens: West-Autos wären hier in der DDR durchaus bekannt. Die Fahrzeuge von verdächtigen Besuchern aus dem Westen und von Übersiedlern würden im Eisenacher Automobilwerk, dem „Wartburg"-Produzenten, sehr genau unter die Lupe genommen. Und Roland wäre als Rückkehrer ja auch erst angekommen. Der Rest war Schweigen.

Jedenfalls erledigte der künftige Theologiestudent seine Arbeitsaufgaben im KIW vorbildlich. Der Technische Direktor stellte ihm ein sehr gutes Zeugnis aus. Wenn Roland möchte, dann könnte er zum Schluss seinen Pkw in die Werkstatt fahren und ihn überprüfen. Roland nahm gern an.

Wem kann er trauen?

September 1970

Über den Platz vor dem Geraer Hauptbahnhof wehte ein frischer Wind. Einzelne Blätter trieben den Asphalt entlang. Roland Geipel, der mit dem Zug aus Jena kam, schloss seine Studentenkutte und strich das schwarze Haar aus der Stirn. Ganz schön gewachsen, dachte er. Vor einigen Wochen trug er seine Haare noch kurz, wie ein Sportler eben. Aber nun als Student? Kutte und langes Haar mussten schon sein, meinte zumindest seine „frisch gebackene" Ehefrau Susanne. Sie war ein bekennender Fan der „Beatles", der Pilzköpfe. Mit ihren Gitarrenklängen revolutionierte diese Band nicht nur die Musikwelt, sondern eine ganze Generation. Wenn Roland dagegen an die 50er Jahre dachte, an den Rock´ n´ Roll … Das war seine Zeit, die er noch heute liebte.

Er hatte sich mit Susanne verabredet. Sie wollten in die Eisdiele an der Elster-Brücke gehen. Dafür war er extra eher gefahren. Die Vorlesung an der Theologischen Fakultät am Nachmittag interessierte ihn nicht sonderlich. Überhaupt, so schätzte er ein, waren zurzeit die Anforderungen an ihn im Vergleich zum Ketteler-Kolleg eher gering. Doch das würde sich bestimmt ändern. Schließlich stand er erst am Anfang seines Studiums.

Susanne war noch nicht in Sicht. Sie freute sich bestimmt wie immer auf ihn. Nach dem eintönigen Dienst an den Lochkarten im Datenverarbeitungszentrum war die gemeinsame Eisschleckerei eine willkommene Abwechslung. Da Susanne in zwei Schichten arbeitete, blieb vom gemeinsamen Feierabend manchmal nicht viel übrig. Sie musste entweder zeitig aufstehen und war nachmittags müde, oder sie war schon auf Arbeit, wenn Roland nach Hause kam. So unternahmen sie an den Wochenenden mit ihrem Auto oft Ausflüge. Weimar, Altenburg und Zwickau gefielen ihnen bisher am besten. Im nächsten Jahr wollten sie den Thüringer Wald erkunden.

Während Roland vor dem Bahnhof hin und her schlenderte und auf seine Frau wartete, begann es leicht zu regnen. Er streifte die Kapuze über den Kopf. Das war nicht seine Art, ertappte er sich. Regen machte ihm sonst nichts aus. Er trug fast nie Mützen oder gar Hüte. Was war los?

Die Kapuze bot ihm Schutz, schien ihn unsichtbar zu machen. „Vogel Strauß" passte nicht zu ihm, aber manchmal fühlte er sich nicht wohl in seiner Haut. Zurück aus dem Westen und doch noch nicht richtig angekommen? Sicher war mit Susanne und dem Studium alles in Ordnung, auch mit den Schwiegereltern.

Die Stasi machte ihm zu schaffen. Sie umgab Roland seit der Zeit im Aufnahmeheim, wo er offensiv mit ihr konfrontiert war. Schon hatte er in Gera gehofft, dass alles vorbei war, da tauchten die Schatten wieder auf.

Nicht nur in seinem Unterbewusstsein. Sie drangen allmählich und alltäglich auf ihn ein.

Gerade hier auf dem Vorplatz des Bahnhofes hatte er vor einigen Wochen die erste Begegnung mit Mister Unbekannt. Wie immer war Roland aus der Halle gekommen, ging aber nicht gleich zur Wohnung in der Feuerbachstraße. Da Susanne schon zur Schicht war, kaufte er eine Zeitung und setzte sich auf eine Parkbank.

Es dauerte nicht lang, da trat ein junger Mann heran und fragte, ob noch Platz für ihn wäre. Roland bejahte und musterte ihn kurz. Blond, schlank, braunes Blouson, dunkelblaue Hosen, Aktentasche, wahrscheinlich auch ein Student.

Sein Nebenmann zog wortlos eine Zeitung aus der Tasche und blätterte darin. Roland warf zufällig einen Blick darauf und staunte. Es war eine Boulevardzeitung.

„Kennen Sie die?", wandte sich der Mann ihm zu.

„Nein", antwortete Roland verwundert.

„Aber ich kenne Sie, Herr Geipel. Gestatten, Müller."

Roland schwante nichts Gutes. Das roch nach Stasi. Wer las denn hier offen dieses Blatt aus dem Westen? Er rückte instinktiv zum linken Rand der Bank.

„Wenn Sie wollen, dann können Sie diese Zeitung jeden Tag lesen", kam prompt ein Angebot.

Das hatte Roland schon in Mainz nicht getan. Er fand das Blatt unseriös. „Und wenn nicht?", fragte er.

„Dann darf es gern auch etwas anderes sein", lautete die Antwort.

Roland stand mit den Worten „Wohl kaum!" auf und ging in Richtung Bahnhof. Dort könnte er den Mann wahrscheinlich am besten abschütteln. Aber gab es überhaupt ein Entkommen?

Jetzt wurde es also konkret. Die Staatssicherheit gab ihm zu verstehen, dass sie ihn nicht aus den Augen lassen würde. Nun wusste Roland schon aus den Gesprächen in Saasa, wie er sich zu verhalten hatte. Wäre er dort auf irgendeine Art und Weise weich geworden, hätte sich beschenken lassen oder Vorteile verlangt, dann hätte er schon im vergangenen Jahr seine Souveränität verloren. Sie wollten doch unbedingt, dass er für sie spitzelt. Vor allem, weil sie wussten, dass er in studentischen und später sicher in kirchlichen Kreisen verkehren würde. Nein, den Dr. Faust wollte er für Mephisto nicht spielen.

Da Roland ein einwandfreies Familienleben führte, konnte ihm die Stasi auch in dieser Hinsicht nichts Negatives anhängen. Auch Erkundigungen des ABV, des Abschnittsbevollmächtigten der Volkspolizei, und Umfragen unter den Nachbarn bestätigten, dass der Student Geipel konsequent sein Ziel verfolgte und Pfarrer werden wollte.

Das äußerte sich auch in seinem Auftreten in den Seminaren an der Theologischen Fakultät, die sich etwas abseits des Universitätskomplexes in einer alten Villa befand. Anders als am Mainzer Ketteler-Kolleg, war Roland zu seinen Kommilitonen offener, umgänglicher und konnte Erfahrungen aus dem Westen einbringen. Ihm gefiel, dass hier im Seminar nicht die sozialistische Ideologie im Mittelpunkt stand, wie in den anderen Fachbereichen der Universität. Er nutzte den Freiraum zur Kritik und beeindruckte seine Mitstudenten. Der Professor machte ihn zum Hilfsassistenten.

Noch immer keine Susanne. Roland wurde ungeduldig. Vielleicht kam sie wegen der Arbeit nicht weg? Sollte er ihr entgegen gehen? Lieber warten. Sie könnten sich verfehlen. So etwas konnte der Stasi nicht passieren. Die wusste wahrscheinlich immer ganz genau, wo er sich befand. Heute war den Genossen bestimmt das Wetter zu mies. Sie fanden ihn, ob am Jenaer Westbahnhof oder in Gera.

Susanne machte sich oft Sorgen, wenn er später als sonst nach Hause kam. Sie wusste von ihm, dass es dann wieder einmal Gespräche gab, dass sie ihn abfingen, wie es Susanne nannte, und wie sehr sie ihn belasteten. Er konnte seine Frau nicht mal über die Verspätungen informieren. Geipels hatten, wie die meisten Leute, kein Telefon.

Zu den Treffen gab Roland nicht nach, waren die Verlockungen auch noch so groß. Vor allem wurden ihm Bücher von gefragten Theologen angeboten, die es in der DDR nicht gab. Je größer das Entgegenkommen der Stasi war, desto zurückhaltender wurde Roland. Er ließ nur unter vier Augen Gespräche zu, keine Informationen über Personen, die sie gern wollten. Er achtete darauf, dass die Treffen stets im Freien stattfanden, wollte mit den wechselnden Stasi-Leuten in der Öffentlichkeit gesehen werden. Er hatte nichts zu verbergen.

Nach den üblichen Floskeln stellten sie ihm konkrete Fragen. Roland blockte ab, erfand Ausreden, ging zu verhaltenem Protest und innerem Widerstand über. Er versuchte, das Mittelmaß zwischen nichts sagenden Antworten zu finden. Die Stasi spielte ausdauernd mit, ließ nicht locker. Dieser Student war ihr umso wichtiger, da die bereits Ende der 60er Jahre angelaufene und immer intensiver werdende Ausreisewelle von DDR-Bürgern in die Bundesrepublik schnellstens gestoppt werden musste. Sie brauchten Roland, der zu solchen Leuten einen guten Draht zu haben schien oder knüpfen konnte.

Wo ist eine Telefonzelle? Roland musste Susanne anrufen. Hoffentlich war nichts passiert. Er ging ins Bahnhofsgebäude zurück. In einer Nische der Halle gab es ein öffentliches Telefon. Zum Glück war der Hörer noch intakt und wenigstens das Kabel nicht durchgeschnitten, wie manchmal. Roland wählte Susannes Arbeitsstelle und erfuhr, dass sie wegen einer Kollegin, die plötzlich erkrankte, Überstunden machen musste. Er ging allein durch den Park und die Feuerbachstraße entlang nach Hause.

Die Stasi belastete Roland mit ihren bohrenden Fragen und fiesen Angeboten sehr. Er musste allein klarkommen, aber manchmal wusste er nicht weiter. An die beiden ihm vertrauten Pfarrer in Mainz konnte sich Roland nicht mehr wenden. Es gab keinen Kontakt. Susanne? Ja, sie gab ihm Beistand, hielt zu ihm. Wem sollte er hier außer seiner Frau trauen? Schließlich wandte er sich in Jena an einen seiner Kommilitonen. Reimund war Jenenser. In der Mittagspause nahm er Roland oft ins Stadtzentrum mit und zeigte ihm die Sehenswürdigkeiten seiner Heimatstadt. Roland fasste Vertrauen und sich ein Herz und erzählte Reimund, wie es um ihn wirklich bestellt war. Die Seminargruppe ließen sie weiter im Dunkeln tappen.

Reimund, der fünf Jahre jünger als Roland war, wusste Hilfe. Er verwies ihn an einen Professor für praktische Theologie. Der ehemalige Studentenpfarrer aus Berlin helfe bei Problemen mit der Staatssicherheit. Zu ihm könnte er jederzeit gehen, auch wenn der fast blind war. Roland hatte keine Berührungsängste. Im Gegenteil, ihm verlangte es Respekt ab, in solch einem Gesundheitszustand sogar Lehrstuhlinhaber zu sein. Wie er erfuhr, war dessen Vater ebenfalls Professor und hatte vor ihm den Lehrstuhl innegehabt.

Innerlich auf eine Begegnung gespannt, vereinbarte Roland kurzerhand einen Termin. Der Professor riet ihm, sich in Sachen Staatssicherheit keinesfalls aus der Reserve locken zu lassen. Er wäre für den Geheimdienst besonders interessant, da er aus der Bundesrepublik zurückkehrte. Daraus würden sich bestimmte Angriffspunkte ergeben. Er kannte Ost und West. So spekuliere die Stasi zum Beispiel darauf, dass er für Ausreisewillige ein wichtiger Mann wäre. Alles, was Roland in den Gesprächen mit den Stasi-Leuten erzähle, solle er mit Bedacht äußern. Sie würden von ihnen komplett ausgewertet. Und: Reiche ihnen nicht den kleinen Finger! Sie nehmen die ganze Hand!

Als sich später Kommilitonen an Roland wandten, die wie er angesprochen wurden und für den DDR-Geheimdienst tätig werden sollten, konnte er wertvolle Tipps geben. Nicht jeder hielt stand. Es wurde auch mit erpresserischen Methoden gearbeitet, die an die Substanz gingen.

Mit Käppi und Koppel

Oktober 1970

Da stand er nun in Reihe und Glied. Mit Käppi und Koppel, die zur Uniform der Zivilverteidigung gehörten. Ausbildung zu Beginn des zweiten Studienjahres in den Kernbergen östlich von Jena. Als größter von Statur richteten sich alle nach Roland Geipel aus wie damals in der Werdauer Fußballmannschaft. Nur waren jetzt fast alles Studentinnen an seiner Seite. Die fanden einzig das zur schlichten Uniform gehörende Käppi gut, das sie mehr oder weniger geschickt auf ihren Frisuren befestigten. Wirklich öde, die Uniform, dachte Roland. Von figurbetont konnte leider keine Rede sein.

Außer ihm und den Studentinnen waren noch einige junge Männer zum Appell angetreten. Sie hatten entweder ein Attest vom Arzt oder wie er den Dienst an der Waffe verweigert. Die anderen Kommilitonen von der Fakultät, die bereits den Wehrdienst in der Nationalen Volksarmee, der NVA, leisteten oder noch gar nicht dienten, mussten in die Ausbildungseinrichtung „Peter Göring" des Ministeriums für Hoch- und Fachschulwesen in Seelingstädt bei Werdau einrücken. Genauer gesagt, war es eine Kaserne der Volksarmee. Sie wurde auch „Seelinggrad" genannt.

Dort wurden die jungen Männer acht Wochen gedrillt, wo sie doch lieber weiter studieren wollten. Aber diese Militärausbildung war für die Fortsetzung ihres Studiums unabdingbar. Bis auf Ausnahmen wie Roland. Die schon Gedienten schluckten alles mehr oder weniger, für die anderen Studenten, die schnell noch vereidigt wurden, war es eine Katastrophe. Am Ende als NVA-Offiziere in die Reserve versetzt, hatten sie im Ernstfall vom Militär trotzdem keine Ahnung.

Die Zivilverteidigungsausbildung, die Roland nun absolvierte, ersparte ihm den Armeedrill und war sein moderater Zugang zum Studium. Bereits vor zehn Jahren stand er in der Bundesrepublik in Sigmaringen vor einer Musterungskommission. Nur der Brief seiner Mutter aus der DDR bewirkte, dass er nicht zum Militär musste. Nun bedurfte es kluger Überlegungen, um nicht noch zur Nationalen Volksarmee eingezogen zu werden.

In einem Brief an die Musterungskommission des Wehrkreiskommandos Gera bat Roland, ihn aus Gewissensgründen vom Waffendienst der NVA freizustellen, und er erklärte sich bereit, bei den Einheiten der Bausoldaten seine Pflicht zu erfüllen. Die Botschaft der Bibel, die er versuche, ernst zu nehmen, versage es ihm, Hass mit Hass und Gewalt mit Gewalt zu vergelten. Seine Hoffnung richte sich auf eine gewaltlose Aufrechterhaltung des Friedens. Die Musterungskommission entschied aufgrund seines Alters für Geipel. Er wurde nicht mehr in eine Bausoldateneinheit eingezogen. 18 Monate mit einem silbernen Spaten auf den Schulterstücken hätten ihn anders geprägt, da war er sicher.

Die sportlichen Anforderungen an die künftigen Zivilverteidiger nahm Roland salopp. Da konnte er seinen Kommilitonen, die zehn Jahre jünger waren als er, etwas vormachen. Den Mädchen fiel der Sport schwer, vor allem, wenn es lange Strecken zurückzulegen galt. Damit waren sie meist noch nie konfrontiert. Aber es wurde ihnen trotzdem abverlangt, was Roland nur schwer verstand.

Genauso unsinnig war für ihn, wenn Studenten wie Christian auf die Sturmbahn geschickt wurden. Sie konnten wegen ihres Schwergewichtes nicht mal an der Oberschule eine Sportplatzrunde bewältigen. Doch sie quälten sich trotzdem über die Strecke. Roland tat Christian leid. Aussichtslos, den Ausbilder zu überzeugen, stellte sich Roland demonstrativ an die übermannshohe Eskaladierwand und wuchtete Christian, der mit aller Gewalt aus dem Lauf zum Sprung ansetzte, über die malträtierten Bretter. Das brachte ihm natürlich den Ärger des Vorgesetzten, aber auch den Beifall seiner Kommilitonen ein.

In den Schulungen der Zivilverteidigung beunruhigte Geipel das Szenario eines Atomkrieges, der vom imperialistischen Westen ausging und vor dessen Schutz sie hier in den Kernbergen angetreten waren. Lachhaft, wie sie in Gräben unter Zeitungspapier die Druckwelle einer Kernexplosion überstehen und anschließend Verwundete versorgen sollten. Meinten die Vorgesetzten ernsthaft, die Vorträge und Übungen würden die Studenten befähigen, in einem solchen Fall als zwangsausgebildete Offiziere der Zivilverteidigung das Leben in einer Atomwüste neu zu organisieren? fragte sich Roland. War die Erhaltung des Friedens nicht sinnvoller?

Wird der Frieden mit der Waffe verteidigt? Diese Frage stellte sich im Seminar an der Uni, bevor Geipel und seine Kommilitonen zur Musterung in ihre Heimatorte fuhren. Gerade bei den angehenden Pfarrern führte das wie bei ihm zu Gewissenskonflikten. Er dachte wiederholt an die beschwörenden Worte seiner Mutter, keine Waffe in die Hand zu nehmen. Während sich einige Studenten sofort bereit erklärten, entschieden andere, trotz ihrer ablehnenden Haltung mitzumachen. Sie befürchteten sonst für ihr weiteres Leben Nachteile. So kam es, dass sich sieben Studenten der Sektion Theologie nach gemeinsamer Diskussion entschlossen, den Dienst mit der Waffe zu verweigern. Ab dem nächsten Studienjahr hatte dies zur Folge, dass an einer staatlichen Universität wie in Jena nur derjenige Theologie studieren durfte, der zum Wehrdienst bereit war.

Kopf im Wind

Juni 1973

Von den drei Pfarrkirchen in der Innenstadt Geras begeisterte Roland Sankt Salvator am meisten. Auf dem Nikolaiberg gelegen, bot der 250-jährige Barockbau einen imposanten Anblick. Noch mehr gefiel dem Theologiestudenten das Innere des Gotteshauses. Zu Beginn des 20. Jahrhunderts wurde es im Jugendstil neugestaltet und die Kirche war mit dieser Ausstattung in Thüringen und darüber hinaus von hohem Rang. Kein Wunder, dass es die junge Familie Geipel mit dem Kinderwagen oft auf den Nikolaiberg zog, um das Gebäude zu bewundern. Roland interessierte sich sehr für die verschiedenen Baustile der Kirchen und für deren Geschichte. Nicht nur, weil er Pfarrer werden wollte.

So erfuhr er auch, dass der mächtigen Freitreppe, die aus Richtung Markt bis zum Plateau des Kirchplatzes hinaufführt, einst Wohnhäuser weichen mussten. An den links von ihr stehenden Häusern geht an deren Fronten eine weitere, aber schlichte Treppe nach oben. Dort befindet sich gleich gegenüber der Salvatorkirche das Schreibersche Haus. Es ist das einzige Gebäude, das dem großen Stadtbrand von 1686 widerstand. Selbst die Kirche wurde damals Opfer der Flammen.

Dass die Geipels besonders oft zu dieser Kirche spazierten, hatte noch eine andere Bewandtnis: Im Eckhaus links der Freitreppe befindet sich im Erdgeschoß noch heute das Atelier eines Fotografen. Von ihm ließen sich Roland und Susanne vor vier Jahren zur Hochzeit ablichten. Das Foto gelang so gut, dass es mit Einverständnis des Brautpaares längere Zeit im Schaufenster platziert

wurde. Es zeigte eine lächelnde Braut mit hoch gesteck-
tem Haar und einem Strauß voller orangener Gerbera.
Der Bräutigam stand stolz mit weißer Fliege und dunk-
lem Anzug daneben. Fliege trägt er noch immer gern.
Und solange das Hochzeitsfoto im Fenster stand, so oft
kam die kleine Familie umso lieber zu Sankt Salvator.

Dem jungen Papa war es eine Freude, auf dem Platz
vor der Kirche zu stehen und fast über die Dächer der
Stadt schauen zu können. Die Hände auf der steinernen
Brüstung, den Kopf in den Nacken gelegt, genoss er insgeheim das Gefühl, auf der Kommandobrücke eines
Ozeandampfers zu sein. Nicht zuletzt wusste er das riesige Kirchenschiff in seinem Rücken. Es hieß nicht umsonst Kirchenschiff, dachte er und gab sich dem kurzen
Traum hin. Das hätte er alles haben können. Als Jugendlicher wäre er fast von Rotterdam nach New York ge-
schippert. Er schlug es aus. Wer weiß, was aus ihm geworden wäre? Und wie viele Klippen hatte er in seinem
Leben bisher schon umschifft?

Nun blickte er oberhalb der Treppe, die beidseitig auf
die Große Kirchstraße hinab führte, in Richtung Marktplatz. Das Kopfsteinpflaster sollte wohl andeuten, dass
es sich bei der einstigen attraktiven und belebten Ge-
schäftsstraße um ein historisches Areal handelte. Leider
waren Glanz und Gloria des zu Anfang des 20. Jahrhunderts zu den zehn reichsten Städten Deutschlands zäh-
lenden Gera schon lange vorbei. Die Hausfassaden links
und rechts der Straße boten einen traurigen Anblick.
Viele der kunstvollen Skulpturen über den Türportalen
und Toreinfahrten waren verwittert oder abgebrochen.

Lange genug den Kopf in den „Seewind" gehalten,
ging Roland mit seiner Susanne und Töchterchen Scarlett
vom Kirchplatz auf die seitlich angrenzende Straße, die
sie ins Stadtzentrum führte. Dabei kamen sie wie rein

zufällig am Schaufenster des Fotoateliers vorbei. Scarlett wusste schon Bescheid. Während sich die Eheleute lächelnd ansahen, stieg sie sofort aus dem Wagen und drückte ihre kleine Nasenspitze an der Glasscheibe platt. Das Foto von Mama und Papa und den Blumen gefiel ihr sehr.

War Susanne auf dem Foto die strahlende Ehefrau, so folgte wie oft im Leben den Flitterwochen der Alltag. Vor allem war es für sie nach dem Schwangerschaftsurlaub eine Umstellung gewesen, wieder voll in den Arbeitsprozess einzusteigen, den Haushalt zu führen und das Kind zu versorgen. Täglich insgesamt elf Stunden von der Wohnung weg zu sein, war eine Belastung, der Susanne bald nicht mehr standhalten konnte. Gewiss war die Tochter in der Krippe gut aufgehoben, aber welche Mutter hatte ihr Kind nicht immer gern bei sich. Roland bekam als Theologiestudent zu wenig Geld, damit Susanne und Scarlett zu Hause bleiben konnten.

Roland fuhr seine Tochter montags bis freitags mit dem Kinderwagen von der Wohnung in der Feuerbachstraße bis zur Kinderkrippe im Stadtteil Bieblach und zurück. Es war bei Wind und Wetter eine tägliche Herausforderung. Für Scarlett ein Küsschen, in der Krippe abgegeben, auf die Uhr geschaut und ab ging es zum Hauptbahnhof. Rolands Zug in die Universitätsstadt Jena wartete nicht; er fuhr auch ohne ihn meist pünktlich ab. Dabei schaffte es der Student sowieso nicht, zum Vorlesungsbeginn vor Ort zu sein. Kinderkrippe und Uni schlossen einander aus. Der Kompromiss war, dass Roland erst in der jeweils zweiten Stunde an der Vorlesung bzw. am Seminar teilnahm. Der Professor hatte für den Studentenpapa großes Verständnis. Er lieh ihm sogar Abschriften seiner Vorlesungen.

Die Rückfahrt nach Gera am Nachmittag gestaltete sich etwas anders. Wenn Roland auf dem Jenaer Saalbahnhof als letzter Fahrgast aus der Unterführung zum Bahnsteig hinauf sprintete, stand Rolf, sein Bekannter, bereits an der offenen Tür des letzten Waggons. Schaffte es Roland nicht, auf den anfahrenden Zug zu springen, dann wäre Scarlett in Gera ein zu spät oder gar nicht aus der Krippe abgeholtes Kind. Susanne durfte davon nichts wissen. Manchmal glaubte Roland, ein Leben auf der Überholspur führen zu müssen, zumal er auch in Gera in Versuchung kam, buchstäblich in letzter Sekunde auf den Zug zu springen. Aber die Bahnhofsaufsicht war hier zum Glück präsenter als in Jena.

Roland lernte Rolf während der gemeinsamen Zugfahrten nach Jena und zurück kennen. Sie verstanden sich auf Anhieb. In den Gesprächen ging es um Gott und das Weltgeschehen. Roland gefiel der schlanke und gepflegte Mann, seine Intelligenz. Anfangs hielt er ihn für einen Studenten. Dass Rolf jedoch bei einem Elektromeister in Jena arbeitete, war für Roland kein Problem. Für ihn zählte der Mensch, nicht der Berufsstand. Schließlich hatte er selbst Kfz-Schlosser gelernt. Und Rolf offenbarte ihm noch mehr, was erklärte, dass er nicht in Gera arbeitete. Er bekannte sich Roland gegenüber zu seiner Homosexualität.

Auch das war für Roland kein Grund, sich ihm nicht zuzuwenden. Er blieb der gleiche Mensch, war eben einfach nur anders, ohne dass man es auf Anhieb merkte. Roland fand das in Ordnung. Nur eines machte ihn nachdenklich: Als Homosexueller hatte Rolf bestimmt eine Menge Schwierigkeiten. So wollte er ebenfalls studieren. Roland bestärkte ihn dabei. Da Rolf die Theologie sehr interessierte, wie er gestand, erklärte ihm Roland seinen Werdegang bis zum Pfarrer. Doch dem war das nicht neu. Er hatte sich bereits mehrmals um einen Studienplatz bemüht. Leider ohne Erfolg. Geipel versprach ihm zu helfen. Sein Gerechtigkeitssinn und seine Erfahrungen mit kirchlichen Behörden sollten es ihm doch ermöglichen, Rolf unterstützen zu können. Was hatte seiner Meinung nach Homosexualität mit einem Theologiestudium zu tun? Die Gedanken waren doch noch immer frei. Auch in der DDR.

Roland vertraute seinem gesunden Menschenverstand und ließ sich für beide beim Oberkirchenrat einen Termin geben. Der Theologiestudent kam als Fürsprecher und ging ernüchtert. Die bestimmenden Worte des Oberkirchenrates, dass sein Bekannter aufgrund der Homosexualität nicht für ein Theologiestudium zugelassen werden könnte, ließen in ihm Zweifel aufkommen.

Zweifel auch in der Richtung, dass er sich im Umgang mit Rolf keineswegs auch zu dessen Freunden hingezogen fühlte, wenngleich er ihren Lebensstil akzeptierte. Mit der Zeit ließ Roland den Kontakt verebben, ohne Rolf vor den Kopf zu stoßen. Den hatte allerdings die Absage an das Theologiestudium dermaßen verärgert, dass er sich von dem Gedanken lossagte, jemals wieder eine Bewerbung abzuschicken und sei es auch für eine andere Studienrichtung. Er arbeitete weiter in seinem Beruf als Elektriker. Und Roland hört noch heute die Worte von Rolfs Bekanntem zum Abschied: Wenn ich 50 bin, dann nehme ich mir das Leben.

Sie sahen sich später noch einmal wieder, als Roland schon Vikar war. Rolfs Großmutter beging mit 70 Jahren Selbstmord und er bat Roland, den er sehr schätzte und vertraute, ihre Beerdigung zu übernehmen. Es war für Geipel eine Bewährungsprobe, die er bestand.

Eine Frage der Perspektive

August 1982

Mal kurz Zeit zum Ausspannen zwischen Gottesdienst, Hausbesuchen und Büroarbeit. Mal auf dem Liegestuhl die Sonne genießen so lange als möglich. Pfarrer Geipel streckte sich aus, denn bald kam der Schatten. Ihn warf der riesige Wohnblock mit elf Stockwerken gleich gegenüber der Terrasse des neuen Lusaner Pfarrhauses in der Weidenstraße. Roland, der ein Glas Wasser einschenkte, fragte sich wiederholt, wie hoch der Block wohl sei. Noch wusste er keine Antwort auf seine Frage. Für ihn waren die vielen Lebenswege, die Schicksale der Menschen, die in dem Gebäude wohnten, ohnehin interessanter. Nicht nur als Pfarrer.

Wie hoch war das Haus? 20, 30 Meter? Er konnte nur schätzen, aber eines wusste er genau: Vor zehn Jahren erfolgte hier in Lusan der symbolische erste Baggeraushub für die Plattenbausiedlung, in der rund 40000 Menschen unter besten Bedingungen lebten. Das hieß vor allem mehr Quadratmeter Wohnfläche und Fernwärme, Bad, Balkon. Ein neues, modernes Wohngebiet war entstanden, das größte des Bezirkes Gera.

Roland kam auf seiner Terrasse ins Träumen. So wie er hier den Elfgeschosser vor sich sah, so hatte er vor Jahren schon als Vikar im Geraer Stadtteil Debschwitz stets den gleichen Bau im Blick, kaum dass er dort das Pfarrhaus verließ. Der Block wurde am Ufer der Weißen Elster als Testgebäude errichtet und zwar genau dem Pfarrhaus gegenüber. Die Gegensätze konnten so nicht größer sein. Es war wie David und Goliath: Das Pfarrhaus bestand aus einer relativ kleinen Villa mit Garten und musste wenigstens ideell gegen das Plattenbauungetüm mit den großen Sechsmeterbalkons auf der gesamten Fassade antreten. Roland verglich es mit dem Kräftemessen der gesellschaftlichen Systeme, der Weltanschauungen. Die Kirche auf der einen und der Sozialismus auf der anderen Seite der Straße. Oder besser gesagt: Es war eine Kirche im Sozialismus, die sich, so gut es ging, behauptete.

Dass es in Debschwitz nicht einmal wie in den anderen Stadtteilen eine Kirche als sichtbares Zeichen ihrer Existenz gab, machte die Sache nicht einfacher. Als ihn Pfarrer Weißleder damals unter seine Fittiche nahm und das Wohngebiet auf einem Rundgang vorstellte, erzählte er ihm, dass 1934 unterhalb des Hanges zum Stadtwald eine Kirche gebaut werden sollte, die Gemeinde dafür aber das Geld einfach nicht aufbringen konnte. So musste es ohne obligatorisches Gotteshaus gehen.

War Geipel unterwegs, dann freute er sich damals wie heute besonders, wenn ihn Kinder auf der Straße grüßten. Sie kannten ihn aus seiner Christenlehre im Pfarrhaus. Manche waren aus Neugier gekommen wie Birgit und Gerd, seine ersten Schüler. Später brachten sie noch andere Mädchen und Jungen mit. Es musste ihnen also gefallen. Der Erfolg beflügelte seine Arbeit und bestärkte ihn, sich als Vikar in der Debschwitzer Gemeinde auch auf anderen Gebieten, wie zum Beispiel der Arbeit mit Behinderten oder alten Menschen, zu erproben. Vikar sein hieß, nach dem Studium seinen Weg in der Praxis zu gehen, herauszufinden, was einem besonders liegt. Ob die Berufung zum Pfarrer wirklich trägt. Dabei war ihm klar, dass nicht alles glatt gehen wird, dass es immer wieder Dinge gab und geben wird, die neu zu bewerten und anzugehen sind.

Da war zum Beispiel Peter. Der Schulanfänger kam gern in die Christenlehre. Ihm gefiel der Vikar, der Ruhe ausstrahlte, gut aus der Bibel vorlesen und zuhören konnte, wenn der Junge etwas auf dem Herzen hatte. Peter lebte bei seiner Mutter, den Vater kannte er nicht. Eines Tages, es muss nach der dritten oder vierten Religionsstunde gewesen sein, kam der Junge zu ihm und sagte ganz traurig, dass seine Mutter nicht mehr möchte, dass er ins Pfarrhaus geht. Als Lehrerin hatte sie Schwierigkeiten in der Schule bekommen.

Vikar Geipel dachte an seine Tochter Scarlett. Sie war erst zwei Jahre jung, aber was musste in einem Kind wie Peter vorgehen, dem der Besuch der Christenlehre, die Religion, verboten wurde? Natürlich erklärte Roland dem Jungen, der verständnislos zu ihm gekommen war, dass getan werden muss, was die Mutti möchte. Vielleicht würde es für Peter später noch eine Gelegenheit geben, wieder zu ihm und den Kindern zu kommen. Was sollte Roland nun tun? Mit der Mutter reden? Er vertraute seinem Gefühl und fand es besser, wenn seinetwegen weder dem Kind noch dessen Mutter Nachteile erwachsen.

Vor fünf Jahren im neuen Geraer Stadtteil Lusan zum zweiten Pfarrer gewählt, wurde die Arbeit Rolands noch umfangreicher. Es gab hier viele junge Leute, junge Familien. Man wollte sich gegenseitig kennen lernen, machte Besuche… Die Gottesdienste waren gut besucht; die Junge Gemeinde traf sich wöchentlich. Auf 5000 Gemeindeglieder kamen zwei Pfarrer. Dennoch ging Geipel gern in die Wohnungen und führte Gespräche, wenn die Bereitschaft vorlag. Oder er machte sich unangemeldet auf den Weg, wobei der Ausgang ungewiss war. So erinnerte er sich an seine Zeit als Vikar in Debschwitz.

An einem Samstagvormittag warf Roland noch einen prüfenden Blick auf seine Umhängetasche aus Leinen, in der er Informationsblätter der Gemeinde verstaut hatte, und ging auf den Wohngiganten am Ufer der Weißen Elster zu. Aus der elften Etage musste man einen herrlichen Blick auf die Stadt haben, dachte der Pfarrer. Heute wollte er versuchen mit einigen Mietern, die er noch nicht kannte, ganz unverbindlich ins Gespräch zu kommen, sie auf das Gemeindehaus aufmerksam zu machen, auf die Gottesdienste und die Angebote der evangelischen Kirche.

Was Geipel an diesem Samstag vor hatte, verlangte ihm einiges ab. Dabei war er nicht der blutjunge Pfarrer von 25 Jahren ohne Erfahrung, sondern ein Familienvater, der außer im Osten schon im Westen Deutschlands lebte, mit der Staatssicherheit konfrontiert war und wusste, was er wollte. Aber trotzdem musste er überzeugen, erklären und begeistern, ohne aufdringlich zu sein. Das hatte er sich vorgenommen. Es war eine neue Herausforderung, die ihn nachdenken ließ, wie er sich den Menschen nähern sollte. Er setzte den Maßstab bei sich an und bevorzugte die freundliche, offene Art, ganz so, wie er selbst gern angesprochen würde.

Um den Block war es an diesem Vormittag nicht so still wie sonst. Auf dem Parkplatz davor wurde über „Trabant" und „Wartburg" gefachsimpelt. Die größeren Jungen lauschten ihren Vätern. So manches Auto wurde für die Fahrt in den Urlaub flott gemacht. Roland, der gelernte Kfz-Schlosser, hätte gern mitgehalten. Er dachte an seinen blauen Pkw mit dem imposanten Rammschutz, der ihm gute Dienste leistete. Was würde wohl geschehen, wenn er mit ihm hier auf dem Parkplatz aufkreuzen würde? Bewunderung? Ignoranz? Es käme auf einen Versuch an, aber den hob er sich für später auf.

Unwillkürlich dachte er an die Begebenheit mit dem Dienst-„Trabant", der nicht anspringen wollte. Erst als sein Vorgesetzter, Pfarrer Denner, ihm erklärte, dass er vor dem Start den Benzinhahn für den Reservetank öffnen musste, atmete er auf. Nicht auszudenken, wenn ihm das hier vor versammelter Mannschaft passiert wäre.

Auf der großen Wiese vor dem Block spielten die kleineren Mädchen und Jungen. Sie fuhren ihre Puppen aus, beaufsichtigten die jüngeren Geschwister oder warfen sich gegenseitig Bälle zu. Geistesgegenwärtig nahm Roland mit dem rechten Fuß einen Ball an, den ihm ein Junge zuspielte. Er schoss ihn lächelnd zurück und erinnerte sich an seine Fußballzeit damals bei Motor Werdau.

An der Haustür hatte Roland Glück, denn sie stand einen Spalt offen. Es war Wochenende und ein jeder ging wohl an diesem Vormittag mehrmals ein und aus. Zwei Kinder, die aus dem Fahrstuhl traten, hielten erschrocken inne, als sie den Vikar sahen, denn sie waren aus Spaß gerade zum fünften Mal in das oberste Stockwerk gerauscht. Doch der Mann mit der Umhängetasche nahm die beiden nur zur Kenntnis. Er wollte nicht zum Fahrstuhl, sondern in die erste Etage. Gleich die erste Wohnungstür sollte es sein, an der er klingelte.

Beim dritten Mal hörte er in der Wohnung, wie sich eine Tür öffnete. Dann stand ein Mann im Rahmen der Wohnungstür vor ihm: athletischer Typ, barfuß in weißem Turnhemd und roter, kurzer Hose.

„Herr Kleiber, Guten Tag, ich bin Pfarrer Roland Geipel von der evangelischen Gemeinde Lusan und will mich bei Ihnen kurz vorstellen", begann Roland.

„Ist Ihre Frau auch zu Hause", fragte er weiter.

„Ja, warum?"

„Ich möchte mich bei der Gelegenheit auch gleich bei ihr im Namen der Kirche vorstellen."

„Gisela?", rief Kleiber. „Willst du dich jetzt mit einem Pfarrer im Namen der Kirche treffen?"

Ehe Roland nur eine Antwort hören konnte, schlug die Wohnungstür zu.

Dass war für den Vormittag nicht sehr erbaulich. Natürlich musste er damit rechnen, keine offenen Türen einzurennen. Die Akzeptanz der Kirche schien hier nicht überall vorhanden zu sein. Oft spielte das Elternhaus, die Erziehung eine große Rolle. Doch schon Luther erkannte, dass es Menschen gab, die mit der Kirche nicht viel zu tun haben wollten, aber für den Glauben trotzdem offen waren. Um diese bemühte sich Roland. Nicht zuletzt lautete das Thema seiner eben erfolgreich verteidigten Diplomarbeit „Die sichtbare und unsichtbare Kirche".

Aber es wurden nicht alle Wohnungstüren vor ihm zugeschlagen. Schon etwas müde, stieg Roland die Treppe zur letzten Etage hinauf. Den Fahrstuhl benutzte er nicht. Die zahlreichen Stufen dienten seinem Konditionstraining. Insgeheim wünschte er sich, von hier ganz oben aus dem Fenster einer Wohnung einen Blick auf das Panorama von Gera zu erhaschen. Das Pfarrhaus wäre aus der Vogelperspektive sicher auch kein schlechter Anblick.

„Behring" stand am Türschild. Ihm öffnete ein Mann mit weißem Haar. Roland stellte sich vor und wurde hereingebeten. Sollte sich hier sein heimlicher Wunsch nach einer Aussicht über die Stadt erfüllen? Der Senior bot ihm Platz im Wohnzimmer und ein Glas Wasser an, als hätte er direkt auf Roland gewartet. Dabei schien dem Pfarrer, dass es dem Mann, der allein mit einem Wellensittich lebte, nicht vorrangig um Religion ging. Er hatte ein persönliches Anliegen und Zuhören war Rolands Stärke. Herr Behring wollte sich jemandem mitteilen. Da kam ihm wohl ein Theologe gerade recht.

Roland, der von seinem Sessel zum Fenster schauen konnte, aber nicht einmal den Horizont sah, wartete aufmerksam. Draußen zogen einzelne Wolken vorüber. Auf die Aussicht musste Roland wohl noch warten, aber sie lief ihm nicht weg. Der ältere Herr platzierte sich ihm gegenüber und erzählte. Er war bei einer Trauerfeier für eine entfernte Verwandte gewesen und hatte sich darüber Gedanken gemacht.

Die Trauergesellschaft wurde nach der Beisetzung der Verstorbenen zu einer kleinen Stärkung in eine Gaststätte eingeladen. So war es Tradition. Das Leben ging weiter. Die Familien der Kinder, Geschwister, Freunde und Bekannte, die sonst nie Zeit hatten, um sich zu treffen, waren nun an einem großen Tisch versammelt. Schon viele Treffen waren vereinbart worden, doch sie wurden nicht wirklich eingehalten, Krankheit ausgeklammert. Immer war etwas anderes wichtiger als die persönlichen Bindungen innerhalb der Familie zu pflegen. Der Geburtstag des ersten Enkelsohnes, der Einzug ins neue Haus, die Fahrt zu den Eltern der Braut wurden aufgeschoben. Nur die Hochzeit des ältesten Sohnes, sogar in einer anderen Stadt, hatte wie diese Trauerfeier oberste Priorität.

Und nun sitzt du an diesem großen Tisch, und alle reden durcheinander. Wissbegierig werden dem Neffen, Schwager, der Tante und anderen Verwandten Fragen nach dem Befinden gestellt, wie die Abiturprüfung verlief, wie es nach der Knieoperation weiterging, wie der Onkel den Schlaganfall überstand. Es war ein Austausch an Informationen. Warum, so frage ich mich, muss es erst einen solchen traurigen Anlass geben, damit sich eine Familie trifft? Ist es der Alltagsstress, der die Gelassenheit schon längst verdrängt hat? Die Sucht nach Perfektion, die selbst vor der Grabpflege nicht Halt macht? Sind auf dem Friedhof der attraktivste Grabstein, die schönsten Blumen wirklich wichtiger als das Innehalten, das Gedenken an den verstorbenen lieben Menschen, wenn er es denn auch war? Sicher ist das Gedeihen der Pflanzen auf dem Grab wichtig, dass sie nicht verdorren, aber war hier nicht schon lange etwas anderes verloren gegangen?

Am großen Tisch im Restaurant ist nach dem Mittagessen Ruhe eingekehrt. Die Tochter der Verstorbenen zeigt der Runde überwiegend schwarzweiße Fotos aus dem Leben ihrer Mutter. Da hast du nun ein Foto vor dir, das ein strahlendes, hübsches Mädchen zeigt. Im Sommerkleid sitzt es mit offenem Haar und weißen Kniestrümpfen auf einer Brüstung. Du willst mehr wissen und drehst das Foto um. „1944. 17 Jahre" steht auf der Rückseite. Was für eine Frau! Mehr Fotos werden gezeigt, gehen von Hand zu Hand, werden nachgefragt. Wer ist das und wo? Nicht nur die Enkel fragen. Geschwister und Kinder antworten nachdenklich. Die Oma hatte ein schönes und erfülltes Leben. Sie selbst sagte das in ihren letzten Jahren immer wieder. Nicht jeder kann das von sich behaupten.

Ich blicke in die Runde. Mehr als die Hälfte der Trauergäste trägt weißes Haar. Einige sind schon in den 80er und 90er Lebensjahren. Ein Onkel, der Sportler war und durch eine Lungenembolie nur knapp dem Tod entrann, sieht mich an und sagt: „Wir kämpfen weiter." Ich bewundere den mir sehr sympathischen, braun gebrannten Mann schon immer, nicht zuletzt, weil wir aus derselben Berufsbranche kommen und sogar einige Zeit zusammenarbeiteten. Er geht Tag für Tag wieder in seinen Garten.

Die Fotos aus dem Karton scheinen kein Ende zu nehmen. Ein ganzes langes Leben liegt vor dir auf dem Tisch ausgebreitet: in jungen Jahren, im Beruf, mit der Tochter, dem Freund, im Urlaub. Darunter ist ein Bild mit drei jungen Paaren, die gemeinsam auf einem Sofa sitzen und einfach glücklich sind, „Veronikas Verlobung. 1944". Das war im Krieg. Die jungen Männer tragen Wehrmachtsuniform. Wussten die Verliebten, - in der Mitte des Fotos die Verstorbene -, was am nächsten Tag sein wird? Ihr Freund kam aus dem Krieg nie wieder.

Die Enkelin, heute verheiratet und Mutter zweier Söhne, - der eine so alt wie damals ihre Oma -, blickt zu ihren Kindern. Sie hielt in der Trauerhalle des Friedhofes aus ihrer Sicht eine kurze, aber bewegende Rede. Das kann nicht jeder, zeigt aber die innige Verbundenheit der Generationen, die es weiter zu pflegen gilt.

Herr Behring lehnte sich im Sessel zurück; Roland Geipel blickte nachdenklich auf die Buchrücken im Wohnzimmerregal. Er dachte nicht mehr an die schöne Aussicht, die er von hier aus genießen wollte, sondern an die für ihn wichtigen Worte dieses Mannes. So mancher Gedanke wird in seine Predigten einfließen.

Ziegenrück

Oktober 1982

Es war die Bank, die sie an ihrem Flitterwochenende vor 13 Jahren auf dem Berg entdeckten. Von hier hatten Susanne und Roland Geipel über den Saalebogen bis Ziegenrück und darüber hinaus einen wunderbaren Blick. Das Thüringer Städtchen übte nicht nur auf sie einen anmutigen Reiz aus. Mit den verwinkelten Gassen und Fachwerkhäusern, dem Band der Saale und den bewaldeten Bergen ringsum, verbreitete es Ruhe und Geborgenheit, die viele Urlauber anzog.

Die neben der hölzernen Bank stehenden Buchen stellten sich schon auf den Herbst ein. Ihre Blätter wurden bunt. Im Nachmittagslicht der Sonne spiegelten sich unten im Tal die Bäume im Fluss. Roland hatte den rechten Arm auf die Schultern seiner Frau gelegt. „Siehst du links von der Stadt auf dem Berg das weiße Gemäuer da drüben?", fragte er sie. „Das ist die Kemenate, die von der Burg noch übrigblieb."

Den Kopf an Rolands Schulter gelehnt, dachte Susanne wohl mehr an Tochter Scarlett. Sie war zehn Jahre alt, aber die Mutter ließ sie nicht gern allein, schon gar nicht in einer fremden Gegend. Roland ahnte die Unruhe und beschwichtigte Susanne. Scarlett sei bei den Mädchen seiner Jungen Gemeinde, die jetzt im Ziegenrücker Pfarrhof spielten, gut aufgehoben. Sie wollte gerade aus diesem Grund nicht mit ihren Eltern wandern gehen. Also gab der Papa nach, und das Ehepaar hatte sich zur besagten Bank außerhalb der Stadt auf den Weg gemacht, um den schönen Ausblick zu genießen.

„Wie kamen wir überhaupt darauf, zum Flittern nach Ziegenrück zu fahren?", fragte Roland.

„Mein Bruder Roland erzählte mir damals wie schön das Städtchen und die Landschaft sind", antwortete Susanne. „Er war schon mehrmals hier. Ehrlich gesagt, irritierte mich der Name Ziegenrück etwas, aber als er mir erklärte, dass es in der kleinen Stadt nicht mehr Ziegen als anderswo gäbe und dass es ein abgeleiteter Name aus dem Slawischen ist und Flussschleife bedeutet, wurde ich neugierig. So konnte unsere Reise damals zu Pfingsten nur hierherführen."

Es gab heute einen besonderen Grund, dass Roland zu ihrer Bank auf den Berg wollte. „Im Oktober vor genau zehn Jahren habe ich in der Ziegenrücker Kirche Sankt Bartholomäus meine erste Predigt gehalten", erzählte er.

Susanne hörte aufmerksam zu.

„Mein Professor von der Jenaer Uni, ich habe dir von ihm schon erzählt, praktizierte, dass seine Studenten während des Studiums in einer Kirche eine Predigt halten, um ein Gefühl zu bekommen, wie es ist, auf der Kanzel vor Leuten zu stehen und sie mit der Bibel und eigenen Worten zu begeistern. Das ist schon etwas anderes, als im Seminarraum zu sprechen. Der Altar, das Kirchenschiff, die Orgel, die Gebete, Gesänge und die Leute bilden eine besondere Atmosphäre, die mit deinen Worten auszufüllen und zu bereichern ist. Seit ich in dieser Kirche predigte, ist für mich jeder Gottesdienst eine neue Herausforderung, der ich mich nun seit zehn Jahren immer wieder gern stelle."

„Und wie kam dein Professor darauf, dass du deine Examenspredigt gerade hier in der Kirche halten sollst?", fragte seine Frau.

„Da muss ich wohl daran schuld gewesen sein", antwortete Roland verschmitzt.

„Und was hast du damals gepredigt? Was war dein Thema?", interessierte Susanne.

„Über die Friedfertigkeit. Das Thema bekam ich ein halbes Jahr vorher, um mich auf diese Examenspredigt vorzubereiten. Die Zeilen aus der Bibel weiß ich noch wie heute: ‚Und nehmet an Euch den Helm des Heils und das Schwert des Geistes, welches das Wort Gottes ist.' Das habe ich in die Gegenwart projiziert. Du weißt, wie ernst ich es damit meine. Ich denke da nur an die Worte meiner Mutter, die Waffengewalt strikt ablehnte. Zwei Musterungen musste ich überstehen und eine Ausbildung der Zivilverteidigung. Armeedienst habe ich nie geleistet."

„Wie wurden deine Worte aufgenommen?"

„Überraschend gut, denn ich predigte nicht von der Kanzel herab, sondern vom Altar aus. Der Professor stellte uns frei, von wo wir unsere Worte an ihn, die Kommilitonen und die Ziegenrücker Gemeindeglieder richten wollten. Mir kam es darauf an, und so ist es bis heute, eine große Nähe zu ihnen zu haben, sozusagen mitten unter den Anwesenden zu sein und nicht über ihnen."

„Note?", fragte Susanne und hob ihren rechten Zeigefinger in die Luft.

„Note 2. Eine 1 vergab der Professor wahrscheinlich nie. Da waren seine Ansprüche zu hoch, aber immerhin. Wenn ich bedenke, dass er fast blind war und sich so doppelt genau auf jedes Wort und die Zusammenhänge konzentrierte, konnte ich mich wegen der Zensur glücklich schätzen. Die praktische Theologie war für mich gelaufen. Eine Sache machte mich aber nachdenklich: Die Frau des Ziegenrücker Gemeindepfarrers nahm mich nach dem Gottesdienst beiseite und sagte mir, dass ich solch eine hervorragende Predigt später als Pfarrer wahrscheinlich nie wieder halten könnte, denn dafür wäre in Amt und Würden einfach leider keine Zeit mehr."

„Womit sie recht hatte", unterbrach Susanne ihren Roland.

„Aber den Anspruch habe ich mir stets gestellt", warf er ein, fügte jedoch an, dass es nicht immer gelang.

Während das Pärchen sich unterhielt, beobachtete es von der Bank aus auf der Saale einige Tretboote, die an der Flussbiegung auftauchten und in Richtung Ziegenrück zu ihrer Anlegestelle zurückfuhren.

Eigentlich war es sonderbar, dachte Roland nach, dass Ziegenrück in seinem Leben eine so große Rolle spielte. Erst das Flitterwochenende, dann drei Jahre später das Treffen mit Susannes Bruder Roland ebenfalls in Ziegenrück. Der hatte 1968 einen Ausreiseantrag gestellt, und der Pfarrer von Sankt Bartholomäus unterstützte ihn in dieser Angelegenheit. Erst sieben Jahre später sollte dem Antrag stattgegeben werden. Rolands Susanne hätte ewig auf die Einreise zu ihm in die Bundesrepublik warten müssen, selbst als seine Ehefrau. Er fühlte sich in seinem Handeln bestärkt, in die DDR gegangen zu sein.

Es war der kirchliche Ost-West-Kreis Hamburg-Leipzig, der Roland Geipel über seinen Schwager 1972 nach Ziegenrück führte. Diese Treffen hatten ihren Ursprung Anfang der 50er Jahre in den Kirchentagen der beiden Städte. Damals durfte noch zwischen Ost und West gereist werden. Dass es gerade Leipzig als Stadt im Osten betraf, lag wohl an der weltoffenen Leipziger Messe. Über sie kamen viele Leute aus dem Westen absichtlich von ihrer vorgeschriebenen Reiseroute ab und landeten konspirativ in Ziegenrück. Dort empfing sie der Pfarrer mit offenen Armen, was mit Gefahren hinsichtlich der Staatssicherheit verbunden war. Roland wusste aus eigener Erfahrung, was das bedeuten konnte.

So erfuhr er in dieser Gemeinde mehr über seine Landsleute, die mit dem DDR-Regime nicht einverstanden waren und sich organisierten. Beide Rolands trafen sich in den folgenden Jahren mit Freunden aus dem Westen, aber auch mit politischen Sympathisanten, in der Kirche. Roland gaben diese Begegnungen zwischen Ost und West, die Gespräche, Erfahrungsaustausche, Visionen von rund 40 Leuten aus der Bundesrepublik und der DDR sehr viel. Seine Frau Susanne hatte ihm für den Ost-West-Kreis, der später in Leipzig stattfand, verständnisvoll grünes Licht gegeben. Das war für sie nicht einfach: Im August 1972 wurde ihre gemeinsame Tochter Scarlett geboren, sozusagen zwischen Ost-West-Kreis im März und Examenspredigt im Oktober.

Im thüringischen Ziegenrück lernte Roland Geipel in diesen 70er Jahren den Pfarrer und die wunderbare Landschaft immer besser kennen. Als er später in Gera die Junge Gemeinde übernahm, erinnerte er sich an den Ort und fuhr wie auch in diesem Jahr in den Herbstferien mit seiner kleinen Familie zum attraktiven Pfarrhaus. Die Pfarrei war mittlerweile zu einem bekannten Urlaubsort der Kirche geworden, in dem sich nun nicht nur Jugendliche, sondern auch Familien aus der gesamten DDR erholten.

Und wenn Pfarrer Geipel mit seinen Jugendlichen durch die Wälder um Ziegenrück wanderte, an der Saale rastete, Tiere beobachtete und Pflanzen bestimmte, diskutierte und Gottesdienste feierte, dann war er in seinem Element. „Stellt euch vor", sagte er ihnen begeistert, „so schön ist es auch in der Schweiz. Ich habe sie erlebt, und ich wünsche euch, dass ihr eines Tages dorthin fahren könnt." Die Mädchen und Jungen staunten und gingen lachend durch den Wald.

Aktion „Kerze"

November 1983

Ein zaghaftes Klingeln ließ Roland aufhorchen. Er schaute zum Fernseher und merkte, dass er kurz eingenickt war. Susanne saß auf der Couch neben ihm. Sie schlief. Da, wieder das Geräusch. Roland sah zur Uhr an der Wand. Sie zeigte 22.35 Uhr. Wer klingelte zu dieser Zeit an der Haustür? Nun wurde in Abständen stärker auf den Knopf gedrückt, als würde es Zeit, dass er endlich in die Hausschuhe fuhr. Roland stand vorsichtig auf, um seine Frau nicht zu wecken und ging durch den Flur zur Tür.

Draußen stand Dieter von der Jungen Gemeinde. Er entschuldigte sich wegen der späten Stunde, aber er müsse unbedingt mit ihm sprechen. Roland bat ihn in den Hausflur, denn die Novembernacht war kalt. Noch ein prüfender Blick zur Straße. Man konnte nie wissen. Im Licht der Laterne parkte ein „Wartburg".

„Mein Vater", sagte Dieter. „Er hat mich hergefahren."

Roland nickte kurz und hörte dem 17-jährigen Oberschüler mit den langen, blonden Haaren aufmerksam zu.

„Herr Pfarrer, es geht um die Aktion mit den Kerzen. Ich kann nicht mitmachen. Mein Vater hat mir erklärt, dass es gefährlich werden könnte. Er hat Angst um mich und außerdem würde ich meinen Studienplatz an der Uni in Jena verlieren. Die Stasi ist doch überall."

Wer wusste das besser als Roland aus eigener Erfahrung? Er legte dem Jungen die rechte Hand auf die Schulter und sagte: „Ich weiß, dass du es dir reiflich überlegt hast. Wer bei der Aktion mitmacht, der muss sich über die Konsequenzen im Klaren sein. Wir wollen ein Zeichen setzen. Du möchtest das auch, aber du bedenkst das Ende, was dabei für dich herauskommen könnte. Ich akzeptiere deine Entscheidung. Wir sehen uns nächste Woche im Gemeindezentrum. Und nun wünsche ich dir eine gute Nacht."

Der Pfarrer merkte, wie Dieter ein Stein vom Herzen fiel. Der ging zögernd zum Auto und drehte sich nochmal um, als wollte er Danke sagen. Roland nickte ihm kurz zu und schloss die Tür. Der Arztsohn war noch nicht lange in seiner Gemeinde. Anfangs hatte er Schwierigkeiten, mit den Jugendlichen zurecht zu kommen.

Im Wohnzimmer zurück, war Susanne nicht mehr da. Sie meldete sich aus dem Bad. Eigentlich war es für sie schon zu spät, aber sie hatte morgen frei. Im ZDF liefen die Spätnachrichten. Roland ließ sich auf der Couch nieder, aber er kam nicht mehr zur Ruhe.

Morgen, am 18. November, soll die Aktion seiner Jungen Gemeinde als Abschluss der Friedensdekade starten. Die Jungen in Lusan hatten sie sich ausgedacht und darüber informiert. Das war am Montag. Auf dem Platz vor dem Haus der Kultur wollten die jungen Leute mit Kerzen in den Händen das Wort FRIEDEN gestalten und in einer Schweige- und Gedenkminute innehalten.

Der Grund war die Stationierung von Atomraketen in West und Ost. Die NATO und der Warschauer Pakt standen sich unmittelbar gegenüber. Aus dem Kalten Krieg konnte schnell ein heißer werden. Das wollten seine Jugendlichen nicht hinnehmen, zumal sie wussten, dass es in Holland gelang, die Stationierung US-amerikanischer Raketen zu verhindern. Die Proteste der Leute waren so gewaltig, dass ihre Regierung gar nicht anders konnte, als sich gegen die Raketen zu entscheiden.

Ausschlaggebend für die geplante Aktion war zu Ostern der Besuch einer holländischen Delegation aus der

Partnergemeinde Dortrecht im Lusaner Gemeindezentrum. Die Christen berichteten über ihre Protestaktionen, wie sie auf der Straße demonstrierten, Flugblätter verteilten und für den Frieden kämpften. Auch Roland Geipel war davon begeistert, erfuhr er doch aus erster Hand wie diese Aktionen organisiert und vor allem mit Erfolg durchgeführt wurden.

Er sah nachdenklich auf die zwei unberührten Tassen auf dem Tisch. Noch vor der Tagesschau um 20 Uhr klingelte das Telefon fast ununterbrochen, denn es gab nicht nur Dieters Absage wegen der Teilnahme an der Kerzenaktion. Schon vorher hatten sich Mitglieder der Jungen Gemeinde zurückgezogen, formulierten Ausreden mit irgendwelchen Gründen. Für Roland war das alles zu verschmerzen, damit musste er rechnen. Doch als sich die Mutter eines Jugendlichen verzweifelt an ihn wandte, weil die Staatssicherheit ihren Sohn abholte und sich kurz danach noch andere Eltern meldeten, hörte beim Pfarrer die Toleranz auf.

Es sollte ein friedlicher Protest gegen die Raketenstationierung sein. Und nun schlug die Stasi zu, versuchte einzuschüchtern, Macht zu demonstrieren und die gute Absicht ins Gegenteil zu verkehren. Jetzt blieb Geipel nichts weiter übrig, als die morgige Aktion abzusagen und sich um die abgeführten Jugendlichen und deren verängstigte Eltern zu kümmern.

Und noch ein Problem: Die Organisatoren waren aus Eifer über ihr Ziel hinausgeschossen. Da die Aktion „Kerze" bereits Anfang der Woche in die heiße Phase trat, hatten sie auch noch eine Menge Karten mit Einladungen in die gesamte DDR verschickt. Das bedeutete, dass sehr viel mehr Jugendliche zum Abschlussgottesdienst der diesjährigen Friedensdekade auf den Platz vor dem Haus der Kultur kommen würden. Und sie werden kommen, da war Roland Geipel sicher. Er fand in dieser Nacht fast keinen Schlaf. Von wem wusste die Stasi Bescheid, wenn es jetzt schon Zuführungen von Jugendlichen gab?

Am Morgen danach kam es zu einem Gespräch mit dem Kreiskirchenrat. Der war nicht erfreut. Er verwahrte sich gegen die Aktion, versprach aber, mit der Staatsmacht Kontakt aufzunehmen. Was die unmittelbar mit Zügen und Bussen ankommenden Teilnehmer an der Kerzenaktion betraf, so würde Pfarrer Geipel sie vom Platz vor dem Haus der Kultur in die katholische Kirche Sankt Elisabeth zu einem Friedensgebet umlenken.

Wissend, dass hart durchgegriffen werde, sobald sich auf den Straßen Gruppen bilden, ging Geipel zu den Jugendlichen. Auf dem Weg dorthin bot sich ihm ein massives Aufgebot von Polizei und Stasi in der gesamten Stadt. Es war ein bedrohliches Szenario. Bahnhof, Bushaltestellen, Straßen und Plätze wurden abgeriegelt. Mit Maschinenpistolen bewaffnete Bereitschaftspolizisten kontrollierten Passanten, Fahrzeuge. Rund um den Platz der Republik und das Haus der Kultur erstreckte sich eine Sperrzone. Pfarrer Geipel konnte von Glück sagen, dass er nur kurz, dafür aber mehrmals, aufgehalten wurde.

Es war kaum möglich, im Gemeindesaal ein normales Friedensgebet zu halten, so sehr beschäftigte die jungen Leute das Geschehen auf der Straße. Was war das für ein Staat, der selbst das Wort FRIEDEN nicht zuließ, obwohl er sich Friedensstaat nannte? Sieben Buchstaben, von Jugendlichen mit Kerzen in den Händen gestaltet, schienen ihn ins Wanken zu bringen, machten ihn mit aller Macht aggressiv. Da war etwas nicht in Ordnung, spürten die Jugendlichen. Aber was konnten sie hier im Saal ausrichten?

Im Kerzenschein wieder auf die Straße zu gehen, machte wenig Sinn. Die Gefahr war zu groß. Roland Geipel versuchte zu beruhigen, das Drängen der jungen Leute in die richtige Bahn zu lenken, damit es zu keiner Eskalation kam. Das hieß konkret, mit ihnen zu diskutieren, zu erklären, dass es um mehr ging, als jetzt zu demonstrieren, dass es Zeit braucht, um gesellschaftliche Veränderungen herbeizuführen.

Geipel blieb noch im Saal und betonte, dass jede Aktion ein aus der Berliner Mauer gebrochener Stein sei. Auch wenn es in diesem Fall nicht gelang, einen Erfolg zu verbuchen, so war doch die Aufmerksamkeit der Stasi gewiss. Und gerade die unvollendete Kerzenaktion hatte die volle Breitseite des Staates getroffen. So empfindlich zu reagieren war schon nicht mehr verhältnismäßig. Scheinbar wurde das am späten Nachmittag in der Stasi-Befehlszentrale erkannt, denn die Verhaftungen und Kontrollen ließen nach. Trotzdem wurde noch Präsenz gezeigt.

Für Pfarrer Geipel war klar, dass sie etwas bewegt hatten. Dabei gehörten viele Jugendliche, die im Gemeindesaal saßen, nicht der Kirche an. Aber sie fühlten sich hier sicher, um ihre Gedanken austauschen zu können, Gleichgesinnte zu treffen, um zu beraten, was zu tun ist. Das Potential war da, konstatierte Geipel, aber es gelang noch nicht, die Kraft der Kirche zu bündeln. Für ihn bedeutete das, mit aller Konsequenz Position zu beziehen und in diesem Sinn weiterzumachen. Auch dass er auf dem Weg nach Hause von einem Kleintransporter unauffällig begleitet wurde, konnte ihn nicht davon abhalten.

2 Betroffenheit

Heute wird sie es ihm sagen

August 1988

Susanne hatte lange genug geschwiegen. Heute wollte sie es Roland sagen. Sie deckte akkurat wie gewohnt im Wohnzimmer den Teetisch. Ihr Mann hatte sich für 16 Uhr angekündigt. Hoffentlich kam er pünktlich, aber meist wurde in diesen Tagen nichts daraus. Sie sah ihm das nach, dachte aber oft daran, wie es noch vor Monaten war. Sie tranken nach dem Dienst zusammen gemütlich Tee und erzählten über die Junge Gemeinde und auch über Sachen, die Roland sehr zu schaffen machten. Da war zum Beispiel sein Pfarrerkollege von nebenan, der ihn vertrauensvoll mit „Bruder" anredete und dem er nicht recht über den Weg traute.

Auch Scarlett, die Tochter der Geipels, war immer gern zur Teestunde dabei. Aber da nun bald ihre Ausbildung zur Buchhändlerin begann, nutzte sie die letzte Augustwoche ausgiebig, machte sich mit Fahrradfahren und Discobesuchen den Kopf für Neues frei. Es belastete die 16-Jährige schon sehr, dass sie kein Abitur ablegen durfte. Das scheiterte nicht an ihren schulischen Leistungen. Nein, da zählte sie zu den Besten. Grund war, dass Scarlett weder zur Pionierorganisation noch zur FDJ, der Freien Deutschen Jugend, gehörte. Aus Überzeugung. Die hatte zwar etwas mit der Erziehung im Elternhaus zu tun, aber ihr Vater, der Pfarrer, und ihre Mutter ließen sie ihren Lebensweg allein finden und Entscheidungen selbst treffen. Dabei suchte sie oft den Rat der Eltern. Also Studium ade. Die Staatsmacht wollte die Tochter eines Pfarrers, der sich mit der sozialistischen Gesellschaftsordnung anlegte, nicht noch fördern. Nein, die sollte mal hübsch einen Beruf erlernen, hieß es vom Schulamt.

Mutter Susanne ging das sehr nah. Doch was half es? Ihre Scarlett wird Buchhändlerin. Ein Beruf, der ihr liegt und sicher Freude macht. Nur, dass die Buchhandlung in der Straße der Republik, in der ihre Tochter in die Lehre gehen soll, ausgerechnet „Karl Marx" hieß, das war ihr doch etwas suspekt.

Von der Terrasse wehte ein warmer Windhauch durch die halb geöffnete Wohnzimmertür und bewegte leicht die Vorhänge. Ein schöner Sommertag. Eigentlich war er dazu angetan, den Tee im Garten zu trinken. Aber was Susanne heute Roland mitteilen wollte, das sagte sie ihm lieber im Haus. Es war wichtig. Wo Roland nur blieb? Den Tee aufzubrühen hatte jetzt keinen Zweck. Wer weiß, wann Roland kam? An der Terrassentür wartend, streifte ihr Blick über den Garten, die angrenzende Straße und die elfgeschossigen Häuserblocks entlang. Geduld war eine Tugend, aber für immer und ewig? dachte Susanne. Hatte sie sich nicht lange genug in Geduld geübt?

Erklären konnte Roland gut. Es kündigen sich gesellschaftliche Veränderungen an, sagte er ihr. So wie es jetzt wäre, gehe es nicht mehr lange. Die DDR sei am Ende. Viele Leute würden die Ausreise in die BRD beantragen, wollten weg. Die Kirche helfe und er sei dabei. Da müsse sie Verständnis aufbringen. Schön von ihm gesagt! Sie hatte ohnehin alle Hände voll zu tun. Das große Pfarrhaus, der Haushalt forderten Susanne. Ein Glück, dass sie sich um Scarlett nicht mehr allzu viel zu kümmern brauchte.

Sicher half Roland im Haus hier und dort, saugte Staub oder hängte auch mal die Wäsche auf. Das machte ihm nichts aus, aber Susanne spürte, dass er für die Arbeit in der Gemeinde und darüber hinaus eben sehr viel Zeit brauchte, seinen Freiraum. Bei all dem unterstützte sie ihn, hielt ihm den Rücken frei. Eine Pfarrersfrau zu sein, verlangte ihr viel ab, zumal es eine besonders angespannt Zeit war. Außerdem gehörte Roland nicht zu den Pfarrern, die 17 Uhr an der Kirchentür den Schlüssel im Schloss umdrehten und Feierabend machten. Ihr Mann war stets für alle da, auch mitten in der Nacht, wenn es sein musste und er helfen konnte. Für ihn war Pfarrer eine Berufung. Daran hatte er nie einen Zweifel gelassen. Und Roland wäre nicht ihr Ehemann, wenn er nicht so handeln würde.

Das Telefon klingelte.

Na schön, nun wird es wieder nichts mit dem gemeinsamen Teetrinken, dachte Susanne und nahm den Hörer ab.

„Hallo Scarlett, mein Mädchen!"

„Natürlich kannst du bei deiner Freundin schlafen, rufe mich aber bitte an, wenn ihr aus der Disco zurück seid."

„Nein, es ist mir egal, wie spät es dann ist, Hauptsache ich weiß Bescheid. Eher kann ich sowieso nicht schlafen. Du kennst mich ja."

„Nein, Papa ist noch nicht da. Ich grüße ihn von dir und wünsche euch viel Spaß!"

Ihre Scarlett. Sie sollte es doch besser haben als sie, dachte Susanne. Nur ohne Abitur? Sie konnte damals wenigstens die Hochschulreife erreichen, obwohl ihr Vater selbstständiger Malermeister war. Das nützte ihr aber nichts. Susanne wurde ein Studium verwehrt. Sie hätte gern Kunst oder Sprachen studiert.

16.15 Uhr. Einen prüfenden Blick auf den gedeckten Tisch werfend, schaltete sie genervt den Fernseher ein. Was Susanne jetzt sah, beruhigte sie keinesfalls: Die ARD brachte einen Sonderbericht aus Prag.

Genau vor 20 Jahren waren dort Panzer der Sowjetarmee einmarschiert, um den „Prager Frühling" niederzuwalzen. In Erinnerung daran hatte es nun eine Massendemonstration für Freiheit und Demokratie gegeben. Wie das Fernsehen vermeldete, wurden über 70 Demonstranten festgenommen und fast 30 inhaftiert.

Nach der Niederschlagung des Streiks in Polen, den Bestrebungen in Ungarn und in der Sowjetunion, den Sozialismus zu reformieren, wurde auch in der DDR versucht, offen gegen Staat und Partei zu demonstrieren. Im Januar hätte die Staatssicherheit in Ostberlin 120 Leute verhaftet, die versuchten, die von der SED veranstaltete Demo zum Gedenken an Rosa Luxemburg und Karl Liebknecht zu stören. Fast die Hälfte von ihnen sei in den Westen abgeschoben worden ...

Aufgeregt schaltete Susanne das Gerät aus. Erst jetzt merkte sie, dass sie sich, in Gedanken versunken, nicht mal gesetzt hatte.

Vor 20 Jahren, „Prager Frühling", Fernmeldeamt ... Die Erinnerung holte sie ein.

Damals fand sie im Wartungsdienst des Fernmeldeamtes Gera ihre erste Arbeit. Etwas langweilig, aber was blieb ihr weiter übrig? Dabei hätte sie nie gedacht, dass sie schon bald kündigen würde. Im Fernmeldeamt liefen viele Leitungen zusammen, die von der Staatssicherheit abgehört wurden. Als der „Prager Frühling" blühte, begann das Ohr der Partei zu glühen. Und genau in dieser brenzligen Situation erzählte die naive Susanne doch zufällig einem Kollegen, dass sie einen Freund in der Bundesrepublik hat. Es ging für sie glimpflich aus. Sie durfte selbst die Arbeit schmeißen. Ihre spätere Tätigkeit im Datenverarbeitungszentrum Gera liebte sie nicht. Erst als die junge Frau im Ingenieurhochbaukombinat Bereichsorganisatorin wurde, fühlte sie sich wohl.

Wo Roland nur blieb? Warum meldete er sich nicht? Sie brauchte ihn, jetzt! Dringend! Kurz entschlossen verließ sie das Pfarrhaus, um ihn zu suchen. Das Wasser für den Tee war längst kalt.

Im Gehen streifte Susannes Blick die Tür des unmittelbar angrenzenden Gemeindehauses. Sie stand immer einen Spalt auf. Jetzt war sie zu, verriegelt. Also keiner da, keine Hilfe! Die Straße zur Fußgängerbrücke nehmend, überquerte Susanne die Hauptstraße und ging die Treppe zur Straßenbahnhaltestelle hinunter.

Der Verkehr ins Neubaugebiet Lusan, das Schlafstadt genannt wurde, war sporadisch. Nicht viele Leute besaßen ein Auto, meist waren es Wismutkumpel. Die gerade auf dem Nachbargleis ankommende Straßenbahn hatte dafür umso mehr Fahrgäste. Sie saßen und standen gedrängt in den Wagen. Schichtschluss. Endlich kam eine Straßenbahn in Richtung Stadtzentrum. Um diese Zeit waren viele Plätze leer. Susanne stieg ein. Ihr Ziel hieß katholische Kirche Sankt Elisabeth. Dort vermutete sie ihren Mann.

Auf der Fahrt ins Zentrum zogen Häuser, Läden und Bäume vorbei. Diese Stadt oder eine andere? Was hält mich hier? dachte sie nachdenklich, während die Bahn über die Schienen ratterte. Ja, es war ihre Heimat. Hier wuchs sie von den Eltern behütet auf, hier lebte sie mit Roland, hier wurde Scarlett geboren. Aber war sie hier wirklich fest verwurzelt?

Susanne sah den Familienfrieden angesichts der sich anbahnenden Veränderungen gefährdet. Christ sein war im Sozialismus schon Herausforderung genug. Scarlett durfte nicht studieren. Roland engagierte sich als Pfarrer für Ausreisewillige. Das machte ihn angreifbar. Er war im Visier der Staatssicherheit, ein Risikofaktor für die Familie. Susanne spürte, dass auch in ihr etwas auf Veränderung drängte. Gleichzeitig hatte sie Angst, die schleichend größer wurde, sie fühlte Ungewissheit, Unsicherheit.

Vielen Freunden der Familie erging es ähnlich. Trotzdem war Susanne schockiert, als einige von ihnen die Ausreise in die Bundesrepublik beantragten. Sie wollten frei von Bevormundung, Zwängen, Vorschriften, Stasi und Partei und Staat sein. Sie wollten Reisefreiheit und eine stabile Währung, um ihre Sehnsüchte und Wünsche endlich ausleben zu können und nicht in einer Mangelwirtschaft leben zu müssen. Sie gaben ihre Existenz in der DDR auf. So ernst war es ihnen.

Und warum sind wir noch hier? Diese Frage stellte sich Susanne wohl zum tausendsten Mal. Was stand bevor? Der Untergang der DDR? Oder ging die Familie unter? Sie fürchtete sich davor. Es würde nicht kampflos abgehen. In die Enge getrieben, reagiert selbst ein Tier aggressiv und wehrt sich. All das hatte sich in Susanne aufgestaut. Noch heute wollte sie Roland sagen, dass sie den Druck nicht mehr aushielt, der DDR den Rücken kehren wollte und dass Scarlett mitging. Und dass beide auch ohne ihn ausreisen würden, sollte er einen solchen Schritt nicht mit seinem Gewissen vereinbaren können.

Beinahe verpasste Susanne die Haltestelle, an der sie aussteigen musste. Der Name der Station „Hinter der Mauer" war sehr sinnig. Dunkle Gedanken machten sich in ihrem Kopf breit. Wie lange lebte sie eigentlich schon hinter dieser einen Mauer, die nicht nur Berlin trennte? 27 Jahre. Fast drei Viertel ihres bisherigen Lebens! Viel zu lang. Sie wollte und konnte nicht mehr auf Roland warten. Und doch suchte sie ihn.

Susanne ging durch eine Hauspassage zum Marktplatz. Der wollte sich an diesem warmen, schönen Sommerabend von seiner besten Seite zeigen, was ihm aber nicht so recht gelang. Außer einer alten Frau, die mit einem kleinen, dicken Hund Gassi ging, entdeckte sie auf dem Platz keine Menschenseele. Die Leute fehlten, die einen Markt als Zentrum einer Stadt ausmachten. Am anheimelnd plätschernden Simsonbrunnen kurz innehaltend, blickte sie zur Uhr des imposanten Rathausturmes hinauf. Es war 18.30 Uhr.

Insgesamt schien das Marktensemble gelungen, freute sich Susanne, in die Runde blickend. Es erinnerte an die Zeit, als Gera noch ein Residenzstädtchen war. Doch leider wurde jetzt vieles nur übertüncht. Die Malermeistertochter kannte sich aus. Vor einem Jahr, zum 750. Stadtjubiläum, sollte alles glänzen. Da musste auch ihr Vater, der Malermeister Werner, helfen. Doch es war nur eine Frage der Zeit, bis die Farbe von der Fassade des Rathauses wieder abblätterte.

Nach einer Gasse noch eine Straße, und Susanne stand vor der Kirche Sankt Elisabeth der katholischen Gemeinde. Für den, der es nicht anders wusste, war es von außen ein Gebäude wie jedes andere in der Stadt, grau und unscheinbar. Geradezu ganz im Sinne der SED, der Partei, die am liebsten jedes Gotteshaus wie die Leipziger Paulinerkirche sprengen würde.

Die Türklinke gab nicht nach. Verschlossen! Weder Roland noch Diethard Kamm, der Stadtjugendpfarrer, waren da. Ihr blieb jetzt nur der Weg nach Hause. Sie hoffte, ihren Roland dort zu finden und wusste nicht, dass beide erst vor wenigen Minuten die Kirche verlassen hatten und davongefahren waren.

Die Antwort

August 1988

Tage später war es Susanne immer noch nicht gelungen, mit Roland über ihre Sorgen und Nöte zu sprechen. Er war zu sehr beschäftigt, mit Gottesdiensten, der Jungen Gemeinde, den Zeichen der Zeit…

Würde sie sich daran gewöhnen können, Roland am Mittagstisch sitzen zu sehen, wie ihm vor Müdigkeit die Augen zufielen? Kurz vorher hatte er noch das Telefon in der Hand, während Susanne am Herd stand. Für wen kochte sie eigentlich? Das Bürgerkomitee oder die Familie?

Immerhin hatte er ihr berichtet, dass er mit Pfarrer Diethard Kamm gut zusammenarbeiten kann. Der Stadtjugendpfarrer ging neue Wege, verstand es, die Jugendlichen zu begeistern. Seit einem Jahr im Amt, bereitete er die nächste Friedensdekade vor und war in der Stadt der Initiator der Friedensgebete, die viel Interesse fanden. Mit ihm hatte er sich am Mittwochabend, als ihn Susanne vergeblich suchte und verpasste, in Sankt Elisabeth getroffen, um über eine Umweltbibliothek, wie es sie in der Berliner Zionskirche gegeben hatte, zu sprechen. Geipel war extra in die Hauptstadt gefahren und erkundigte sich dort beim Pfarrer, der die Erstürmung der Bibliothek durch die Stasi erleben musste.

Nun war in Gera der Fall eingetreten, dass die evangelische Kirchenleitung es Pfarrer Kamm nicht gestattete, unter ihrem Dach eine solche Umweltbibliothek einzurichten. Dagegen fand er bei den Katholiken von Sankt Elisabeth ein offenes Ohr. Jetzt zahlte sich die ökumenische Arbeit aus, die Roland Geipel sehr schätzte. Nun sollten alle an der Umwelt interessierten Leute sich weiterbilden und ihre Erkenntnisse austauschen können. Selbst in die Öffentlichkeit zu gehen und Missstände anzuprangern sollte möglich sein.

Geipel war dabei. Schon als Kind durch den Großvater mit Flora und Fauna bekannt gemacht, schenkte er dem Erhalt der Umwelt große Beachtung. Dies wurde noch durch Michael Beleites verstärkt. Er kam 1981 in die Lusaner Junge Gemeinde und hielt einen Diavortrag über Vogelkunde und Umwelt. Der beeindruckte die Jugendlichen und Geipel sehr. Beleites wurde damals im Museum für Naturkunde zum Tierpräparator ausgebildet. Er hatte sich zeitig dem Schutz von Natur und Umwelt verschrieben.

Die Gedanken an tote Fische und fehlende Wasserpflanzen in der Weißen Elster, die durch giftgrünen Schaum ersetzt schienen, ließen den Pfarrer nicht mehr los. So konnte er sich nicht erklären, warum der Fluss, der durch Gera floss, ausgerechnet Weiße Elster hieß. Es war ein Fluss, der eher den Namen Schwarze Elster verdient hätte, aber den gab es schon in der Lausitz. Sehr fern waren die Zeiten, in dem es im Geraer Revier noch zahlreiche Fische gab und anderes Getier. Heute flossen aus den Fabriken unkontrolliert Substanzen ab, die das Wasser trübe färbten. Niemand wusste genau, wie schädlich sie wirklich waren. Die Obrigkeit drückte beide Augen zu, um die Planerfüllung durch Umweltmaßnahmen nicht zu gefährden. Lieber ein toter Fisch als ein Minus im Plan des Sozialismus!

Das konnte Roland nicht auf sich beruhen lassen, und er wollte an einem Sonntag zum Gottesdienst zwei Gläser mit Wasser aus der Weißen Elster in Gera und aus der Elbe in Dresden an den Altar von Sankt Elisabeth stellen. Die Gemeindeglieder sollten mit eigenen Augen sehen, wie es um den Umweltschutz nicht nur in der Region, sondern auch im Bezirk Dresden bestellt war. Das Elbwasser ließ er sich von Michael Beleites, der zeitweise in Dresden wohnte, schon am Freitagabend in seine Kirche bringen. Am Sonntag früh wollte Geipel das Elsterwasser in der Nähe des Schlachthofes schöpfen und vorzeigen. Dort sollte es besonders schlimm sein.

Leider hatte sich das Wasser aus der Elbe bis zum Sonntag in eine braune Brühe verwandelt, die unheimlich stank. Unmöglich, sie hinzustellen. Außerdem wurde ihm von seinem Vorgesetzten dazu insgesamt abgeraten. „Geipel, wenn Sie einen solchen Vergleich zum Gottesdienst so deutlich rüberbringen wollen, dann belasten Sie sich nicht nur selbst, sondern auch ihre Gemeindeglieder", hieß es mit erhobenem Zeigefinger.

Wieder einmal musste Roland ein Zugeständnis machen, musste den Nutzen seiner Aktion abwägen. Er fand sie zwar dringend notwendig, aber auch spektakulär, was in Kirchenkreisen nicht gern gesehen war. Roland fand andere Wege, um auf den Umweltfrevel aufmerksam zu machen.

In der Jungen Gemeinde wäre der Vergleich wahrscheinlich gut gegangen, aber in der Kirche hätte er umso mehr Aufsehen erregt.

So prangte zum Gottesdienst am Sonntag in Sankt Ursula der eher unverfängliche Schriftzug „Mich dürstet nach frischem Wasser!" an der Kanzel. Pfarrer Geipel hatte sein Ziel auf höhere Weisung zwar verfehlt, aber sein Anliegen im Kleinen durch seine Gedanken und Gespräche zum Umweltschutz in den Raum gestellt.

So kam er an dem Sonntag etwas deprimiert nach Hause, wo Susanne schon auf ihn wartete. Es war ein schöner Tag mit bestem Wetter. Roland erzählte ihr von seinem Umweltschutzprojekt, das er am Altar präsentieren wollte. Nun war seine Frau die Letzte, die das Anliegen nicht verstand. Er tat ihr leid. Auch wie er jetzt am Mittagstisch saß, empfand sie als bedenklich. Dennoch steuerte sie auf ihr Ziel zu, mit ihm endlich über ihre Probleme zu reden. Nicht nur er hatte welche.

Sie saßen sich am Tisch gegenüber. Die Mahlzeit war verspeist. Susanne sah ihm lange in die Augen und nahm seine Hände, drückte sie leicht. Dann schilderte sie Roland mit ruhiger Stimme ihre Befindlichkeiten, dass sie es in der DDR nicht mehr aushielt, dass sie mit Scarlett gesprochen hatte und als Familie mit ihm in den Westen wollte.

Mit großen Augen und verwundert nahm Roland alles zur Kenntnis. Gewiss hatte er irgendwann damit gerechnet. Doch es überraschte ihn trotzdem, mit welchen Argumenten seine Frau ihre Absicht erklärte. Es waren hieb- und stichfeste Fakten, die sie sich zurechtgelegt hatte. Roland konnte sie nicht entkräften. Sie waren ihm bekannt. Er hörte sie ständig von den Ausreisewilligen, die zu ihm kamen, um sich beraten zu lassen. Nun war es also in seiner Familie so weit. Hatte er nicht selbst als blutjunger Mann den Schritt getan und war in ein verheißungsvolles Land gegangen, alles hinter sich lassend? Es war eine Zäsur in seinem Leben.

Roland stellte sich Susannes Ansinnen und dachte nach. Auch er hatte gute Argumente, aber um in der DDR zu bleiben. Susanne hörte zu, zeigte Verständnis, nickte und dann wieder nicht. Kopfschütteln. Ihn nannte man schon seit ein paar Jahren den Ausreisepfarrer. Und nicht alle waren Christen, die zu ihm nach Lusan kamen. Es sprach sich mehr und mehr herum, dass er helfen konnte oder überhaupt wusste, wie es anzustellen war, um in die Bundesrepublik zu gelangen. Seine Popularität stieg mit seinem Engagement.

Er unterstützte Bürger, die die Ausreise aus der DDR in die BRD beantragt hatten. Sie waren Repressalien ausgesetzt. Zum Beispiel mussten sie noch vor der Ausreise in kleinere Wohnungen umziehen oder wurden im Haus von den anderen Mietern schief angesehen. Nur wenige hielten zu ihnen. Wie sollten sie sich verhalten? Auch hier wusste der Pfarrer mit den längeren, dunklen Haaren Rat. Er veranstaltete im Gemeindezentrum sogenannte „Englischkurse", in denen es nicht vorrangig um die englische Sprache ging.

Roland erzählte seiner Susanne auch vom „Polsterraum". Dieser Begriff geisterte lange durch den Stadtteil Lusan, schmunzelte er. Dort wurden besondere konspirative Treffen vermutet, also geheime Sachen. Er war schon ein wenig stolz wegen dieser Legende, an der er allerdings gar keinen Anteil hatte. Sie installierte sich selbst. Bei dem „Polsterraum" handelte es sich um den Büroraum des Gemeindezentrums, in dem lediglich Polstermöbel standen. Die aufmerksam gewordene Stasi hatte das schon sehr bald herausgefunden.

Im Gespräch der beiden, das sich über das nachmittägliche Teetrinken hinauszog, unterbreitete Roland, dass er in Lusan gebraucht würde und nicht in der Bundesrepublik. Für ihn wäre es ein Geschenk, hier zu sein. Die Menschen seien offen und so auch er. Dabei gehe es ihm um mehr als die Reformation des Gesellschaftssystems der DDR. Er verstünde sich als Hafenpfarrer. Das sei sein Platz. So wie die Schiffe kommen und wieder fahren, so tun es die Menschen. Er wolle ihnen vor Ort als Halt dienen. Er könne nicht weg.

Susanne hatte während Rolands Antwort auf ihre Frage wieder die Hände auf seine Handrücken gelegt und spürte deutlich, wie das Blut durch die Adern pulsierte. Der Rhythmus war anfangs gleichmäßig, dann erhöhte er sich. Schließlich wusste sie selbst nicht mehr, wessen Blut am meisten in Erregung war. Die Frage, ob ausreisen oder bleiben, beschäftigte beide gleichermaßen. Es ging um die Existenz.

Während Susanne anscheinend alles stehen und liegen lassen konnte, stellte ihr Mann die Fakten auf den Prüfstand, wog das eine gegen das andere ab. Dann erst traf er eine Entscheidung. Und die war längst getroffen. Susannes Blutdruck hatte sich stark erhöht. Sie wusste, dass es an Roland lag, der bei seinem Standpunkt blieb. Innerlich aufgewühlt, hielt sie sich zurück und bat um Bedenkzeit. So leicht wollte sie es Roland nicht machen, obwohl sie wusste, dass er gewonnen hatte und keine einfache Zeit vor ihnen liegt.

Altar der Wahrheit

September 1989

Marion, einer Arbeiterin aus dem VEB Elektronik Gera, war das Reden vor vielen Leuten neu. Nun stand die kleine Frau mit braunen Augen, runder Brille und Wuschelfrisur, wie sie die US-Bürgerrechtlerin Angela Davis trug, am Altar der voll besetzten Johanniskirche. Ihr Herz klopfte laut. Als sie die Kerze anzündete und neben die anderen auf den Altar stellte, zitterten ihre Hände. Was tat sie hier eigentlich? ging es ihr durch den Kopf. Sie konnte sich nicht erinnern, in Gera jemals in einer Kirche gewesen zu sein. Vielleicht im Urlaub im polnischen Krakow bei einer Stadtführung? Und jetzt diese vielen Menschen hier in der Kirche! Sie saßen und standen überall. Alle starrten sie an.

Was wollte sie gleich sagen?

Filmriss!

Sie hatte in dem Betrieb gelernt und war seit Langem in drei Schichten tätig, verdiente gutes Geld. Ihr Mann machte sich schon bald davon und ließ sie mit Benny, ihrem Kind, allein. Für sie war es schwer, einen neuen Partner zu finden. Wöchentlich in einem anderen Rhythmus zu arbeiten, komplizierte das Leben schon. So konzentrierte sie sich ganz auf ihren Sohn. Doch im Laufe der Jahre konnte sie nicht immer auf ihn aufpassen, wenn sie auch gemeinsam viel unternahmen.

Benny suchte seinen eigenen Weg und fand Freunde. Dass die mit ihren schwarzen Klamotten und Verhalten gegen den Strom schwammen, befürwortete Marion. Auch sie war mit dem gesellschaftlichen System nicht einverstanden, wenngleich es soziale Sicherheit bot. Die Lohntüte stimmte, die Wohnung mit Heizung und warmem Wasser in Lusan kostete wenig Miete. Aber am 1. Mai, dem Kampftag der Werktätigen, mit Fähnchen und Hochrufen lachend vor der Tribüne im Stadtzentrum die Parteibonzen zu feiern, das war ihr zuwider. Schließlich schuf sie selbst mit die Voraussetzung für ein sozial verträgliches Leben. Aber das Soziale bedeutete ihr nicht alles. Das machte ihr Leben nicht aus. Die Freiheit überall hinzureisen und offen ihre Meinung zu sagen, waren nur zwei Wünsche der Frau.

Noch immer versuchte sich Marion zu konzentrieren, konnte aber mit ihren Augen keinen festen Punkt im Kirchenschiff finden. Da hatte sie sich etwas eingehandelt! Es erschien ihr endlos, wie sie jetzt hier stand, mit schlotternden Knien und nach Worten suchend. Ihre Augen irrten umher. Überall Menschen. Oben, unten, links, rechts, links ... Niemand, an den sie sich halten konnte. Da! Ganz rechts von ihr stand Pfarrer Geipel, den sie aus Lusan kannte. Seine schlanke Gestalt mit weißem Haar ragte etwas aus der Menge. Er hatte ihrem Sohn geholfen, als der nach dem rechten Weg suchte.

Wo war Benny überhaupt? Er war bestimmt hier.

Pfarrer Geipel und die anderen Leute blickten zu Marion. Jetzt hob er leicht seine rechte Hand, nickte ihr zu. Erst als er schließlich auf sie zu ging und sich neben sie stellte, fand sie ihren Mut wieder, ihren Mut der Verzweiflung, der sie in diese Kirche brachte.

Einige Minuten vor ihr hatten zwei Männer ebenfalls Kerzen am Altar entzündet und ihrer Betroffenheit Ausdruck verliehen. Einer legte, noch zögernd, Zeugnis ab, wie er von der Staatssicherheit geholt und vernommen wurde, weil er Wahlplakate beschädigt hatte. Dabei musste der junge Mann, der wenig älter als ihr Benny war, verraten worden sein. Die Kritzeleien auf den Plakaten hatten auf sein Berufsleben sofort verheerende Auswirkungen. Er musste sich von seinem Traumberuf als Kfz-Schlosser verabschieden und hatte seitdem keine neue Lehrstelle.

Der andere Mann wählte seine Worte mit Bedacht. Marion merkte, dass er damit Routine hatte. Klein von Statur und mit leichtem Bauchansatz, stand er neben dem Altar. Sein Gesicht war gerötet. Er sagte, dass der

Sozialismus in den Schulen mehr als gepriesen werde und dass den Schülern und Lehrern gleichzeitig Zwänge auferlegt würden. Die Mädchen und Jungen würden im Staatsbürgerkundeunterricht als wahre Staatsbürger entmündigt. Und wer sich dagegenstemmte, der gelte als Feind, sei für immer abgestempelt. Dem würde die Zukunft verwehrt. Er sei heute nach langem Überlegen das erste Mal hier, möchte Änderungen herbeiführen helfen und suche Antworten auf seine Fragen. Er war Lehrer.

Und nun sie. „Hallo, ich bin Marion. Aber es geht nicht um mich, sondern um meinen Sohn Benny", sagte sie unsicher. „Er ist 16, und ich habe nur ihn. Deshalb liegt mir als Mutter sehr am Herzen, über ein Unrecht zu berichten, das eigentlich eine Ungeheuerlichkeit ist." Marion merkte, dass ihr alle in der Kirche aufmerksam zuhörten.

„Mein Benny ist ein guter Junge", fuhr sie fort. „Nie hat er sich etwas zu Schulden kommen lassen. Ja, er ist wie ich mit dem System hier in unserem Land nicht einverstanden. Er bringt das durch seine Kleidung zum Ausdruck. Er trägt schwarz und eine Frisur, an die auch ich mich erst gewöhnen musste. Aber das sind Äußerlichkeiten. Mir geht es um den Standpunkt im Inneren. Ja, ich habe ihn bestärkt, sich mit anderen Jugendlichen zu treffen, die seine Meinung teilen. Was ist dabei? Jeder hat seine Meinung. Sie sollte akzeptiert werden, auch wenn sie der Staatspolitik nicht entspricht. Ich verwehre mich dagegen, stets einer vorgegebenen Meinung zu sein!"

Marion holte tief Luft. Sie hatte sich in Rage geredet. War sie erst mal in Fahrt, konnte sie sich nur schwer bremsen. Zustimmendes Nicken in der Runde. Sie hatte auch Pfarrer Geipel beeindruckt. Er war langsam ein paar Schritte zur Seite gegangen, hatte sich zurückgenommen. Was diese kleine Frau zu sagen hatte, und wie sie redete, zunehmend sicher wurde, das war schon gewichtig, nicht nur für ihn.

Sie merkte, dass sie ruhiger, gefasster war, obwohl es jetzt erst richtig zur Sache ging.

„Benny kam an diesem Abend nicht nach Hause. Er wollte sich mit den Jungs in der Nähe des Bahnhofes in einer Gartenanlage treffen. Als er 23 Uhr noch nicht zu Hause war, begann ich ihn zu suchen. Ich kannte die Gartenlaube. Sie gehörte meinem ehemaligen Schwager. Nichts! Aber ich sah die Flaschen, Zigarettenkippen und einen umgestoßenen Stuhl. Also schienen die Jungs hier gewesen zu sein. Ich ging nach Hause, wartete bis nach Mitternacht.

Als er dann noch immer nicht da war, rief ich von der Telefonzelle das Krankenhaus und die Polizei an. Nichts, kein Benny eingeliefert, kein Unfall. Was ich hörte, waren tröstende Worte. Vielleicht ist er bei einer Freundin? Aber da würde er sich doch bei seiner Mutter melden! Er wird schon wieder kommen, es wird nichts passiert sein. Hoffentlich! Aber wo ist er abgeblieben? Noch nie war er über Nacht weg. Ich litt Höllenqualen, denn ohne Benny macht mein Leben keinen Sinn. Er ist mein Halt!"

Gespannte Stille in der Kirche. Marions Mund war trocken. Sie musste eine Pause machen und sich räuspern. Eine junge Frau brachte ihr ein Glas Wasser. Sie nahm einen Schluck. Stille. Nur hinten auf einer Bankreihe spielten und plapperten zwei Kleinkinder, als forderten sie die Fortsetzung der Geschichte.

Marion räusperte sich nochmals und fuhr fort. „Eine Nacht wie diese im März möchte ich niemals wieder erleben. Es war einfach schrecklich. Am nächsten Tag konnte ich nicht zur Arbeit gehen. Ich war vollkommen erschöpft und legte mich mit Kopfschmerzen auf die

Couch. Benny musste doch endlich auftauchen. Schließlich ging ich wieder zur Telefonzelle, die natürlich besetzt war. Während ich vor ihr wartete und die Straße hinuntersah, bog Benny um die Ecke.

Ich rannte auf ihn zu und umarmte ihn. Wie sah er bloß aus? Ein Brillenglas war gesprungen. Jacke und Jeans schmutzig. Benny brachte kein Wort heraus, Tränen liefen über sein Gesicht. So sehr ich ihn auch fragte, wo er gewesen sei, keine Antwort. Aber ich war erst mal froh, dass ich ihn wieder hatte."

Nachdenklich geworden unterbrach Marion ihre Rede, als wollte sie nochmals begreifen und nachvollziehen, was in dieser Nacht mit Benny geschehen war.

„Erst nach ein paar Stunden erzählte er mir sein Erlebnis. Es war schockierend. Noch heute träumt er manchmal davon und schreckt zitternd und schweißgebadet im Schlaf auf. Jedenfalls hatte sich Benny an diesem Abend mit vier Freunden in der Gartenlaube getroffen. Sein Onkel wusste Bescheid. Von ihm hatte er auch die Schlüssel. Die fünf Jungs hatten auf der Terrasse Radio gehört, Bier getrunken und Roster gebraten. Als es zu regnen begann, setzten sie sich in die Laube. Das war ihnen recht, denn sie wollten mit der Hitparade des Deutschlandfunks niemand stören.

Dann wäre alles ganz schnell gegangen. Die Tür flog auf und ohne ein Wort drangen fünf junge Männer in Tarnuniform ein. Sie waren mit Sturmhauben vermummt. Benny und die anderen Jungs hatten keine Zeit zur Gegenwehr. Stumm vor Schreck wurden ihnen die Arme auf den Rücken gedreht. Dabei ging Bennys Brille kaputt, ohne die er nur sehr schlecht sehen kann. Dann wurden sie auf einen Lkw gestoßen. Benny erinnerte sich nur, dass sie auf den Planken der Ladefläche saßen und die Fahrt eine ganze Zeit lang über Straßen und danach wahrscheinlich über Feld- oder Waldwege ging. Die Jungs waren wie gelähmt, als der Lkw hielt und sie aussteigen mussten. Sie standen im Wald im Regen. Nicht mal die Sterne waren zu sehen, damit sie sich orientieren konnten. Zum Glück hatte sich keiner ernsthaft verletzt.

Benny konnte sich auf den Überfall keinen Reim machen. Nur sein Kumpel Martin, der erfahrener war, wusste Bescheid: Staatssicherheit! Diese Aktion galt als Einschüchterung und Warnung zugleich. Nur mit Mühe fanden sie aus dem Wald heraus und ein Gehöft. Der Bauer fuhr sie dann mit dem Traktor zur nächsten Bushaltestelle. Es soll für ihn nicht das erste Mal gewesen sein."

Betroffen ging Pfarrer Geipel auf Marion zu, die den Tränen nahe war, und legte ihr einen Arm auf die Schultern. Eine Geste, dass die Kirche sie beschützt. In Sachen Überfall hatten Marion und Benny nichts unternommen. Es wäre aussichtslos gewesen. Aber heute in der Kirche, heute mussten es alle hören.

Erntedank

Oktober 1989

Am späten Nachmittag wird Roland wieder in der Johanniskirche stehen und ein weiteres Friedensgebet durchführen. Es war abzusehen, dass noch mehr Leute kommen als am vergangenen Donnerstag. Er nahm sich jetzt die Zeit, um sich darauf einzustimmen, frische Luft zu holen… Kurz entschlossen war er mit dem „Barkas"-

Transporter aus der Stadt hinaus zur Liebschwitzer Kirche gefahren. Vor ein paar Wochen pflanzte er hier im Pfarrgarten nach dem Gottesdienst ein Apfelbäumchen. Nun wollte er sehen, ob es sich gut eingewurzelt hatte, gegossen wurde, ob es grünte und sprießte.

An der Pflanzung waren viele Gemeindeglieder aus dem Geraer Stadtteil zugegen, auch seine jungen Leute aus Lusan. Sie unterstützten ihn, spielten Gitarre zu den Liedern. Auch viele Kinder nahmen teil. Für alle sollte das Einbringen eines Baumes in die Erde in dieser bewegten Zeit ein Zeichen setzen. Ein Zeichen der Hoffnung. Der Pfarrer erinnerte sich noch genau, wie neben ihm ein Junge stand und das Bäumchen mit beiden Händen am Stamm festhielt, während er zur Gemeinde sprach. Der Stamm war nicht stärker als der Arm des Kindes, überragte ihn aber in der Länge um mehr als das Doppelte. Der noch auf die Erde gestützte Wurzelballen bildete zur kargen, zarten Baumkrone, die in den Himmel ragte, das Gegenstück. Einige Meter weiter war auf der Wiese die Pflanzgrube mit Pfahl angelegt.

Nun war der Trubel im Pfarrgarten vorbei. Die mittägliche Stille tat gut, und dem Apfelbaum schien es, der Jahreszeit entsprechend, ebenfalls gut zu gehen. Roland verglich dessen Höhe mit seiner. Die Baumkrone überragte ihn um einen Kopf. „Möge er wachsen und gedeihen", sagte der Pfarrer und dachte dabei auch an den Jungen. Doch nicht nur an ihn. Auch das Wort: „Bäume sind die besten Prediger" von Hermann Hesse, den er sehr verehrte, war für ihn maßgebend. Zuerst sind sie zart, dann kräftig, widerstandsfähig. Aber sie brauchen auch Pflege. Das wusste Roland noch aus dem Garten seines Großvaters Willy in Leubnitz. Nur so halten sie Stürme aus und können sehr alt werden, immer wieder grünen und Früchte tragen.

Es war nicht der erste Baum, den der Pfarrer setzte, und sicher nicht der letzte. In seinem nunmehr 50-jährigen Leben stand er stets am Beginn eines neuen Abschnittes, den er meistern musste. Da waren die Schule, die Lehre, das Studium, aber auch die Zäsur, in eine gegensätzliche Gesellschaftsordnung zu wechseln und zu bestehen. Die Liebe und die Neugier hatten ihn später in seine alte und doch neue Heimat zurückgeführt, und nicht zuletzt der Glaube, verändern zu können. Roland wollte immer die Wiedervereinigung Deutschlands, die er aber sehr lange selbst nicht am Horizont zu erkennen vermochte.

In den Friedensgebeten seit September sah der Pfarrer jedoch einen Silberstreif. Die Öffnung der Kirchen für alle Leute, die Gleichgesinnte suchten und fanden, war für ihn der Beginn von etwas Neuem, das ihn begeisterte und forderte. Die Knospen des Apfelbaumes brachen auf, begannen sich zu Blättern zu formen. Roland verinnerlichte diesen Aufbruch und ließ ihn mutiger werden.

Es war am 1. Oktober zum Erntedank-Gottesdienst in der Unterröppischer Kirche, als er im Hinblick auf den bevorstehenden 40. Jahrestag der DDR die Gemeinde offen dazu aufrief, dieses Jubiläum nicht zu feiern. So offensiv hatten ihn die rund 50 Frauen und Männer in der Kirche noch nicht erlebt. Als sie sich nach dem Gottesdienst für diesen Tag an der Pforte von ihrem Pfarrer verabschiedeten, glaubte er in ihren Augen zu sehen, dass sie seine Worte, seine Predigt, nicht nur im Herzen verstanden.

Roland hatte sich im Liebschwitzer Pfarrgarten längst auf eine Bank gesetzt und ließ seinen Blick weiter über die Wiese schweifen. Er war des Bäumchens froh.

Wenn er an die vergangenen Wochen um den 7. Oktober dachte, so war die gesellschaftliche Veränderung in der DDR wohl nicht mehr aufzuhalten. Zur Jugendfreizeit seiner Jungen Gemeinde in Ziegenrück gab es über die Mauer, den Frieden, die Ausreise, Bleiben oder Gehen viele Diskussionen. Da Radio und Fernsehen dort keine Rolle spielten, wurden die Jugendlichen und ihr Pfarrer, wieder zu Hause, von den Nachrichten über die immer größeren und stärker werdenden Leipziger Demonstrationen überrascht. Sie hatten eine solche Wirkung, dass sogar Leute aus anderen Städten teilnahmen. Auch aus Gera. Nun konnten sie hoffen.

Die Messer

November 1989

Vor einigen Wochen war es um diese Zeit noch hell. Je mehr das Ende des Monats nahte, um so kürzer wurden die Tage. Roland schaltete im evangelischen Gemeindezentrum Sankt Ursula das Licht ein. Heute wird er sich hier wieder um 19 Uhr mit der Jungen Gemeinde, seinen Jugendlichen und jungen Erwachsenen treffen. Für ihn war es stets eine Freude, wie sie über bestimmte Themen diskutieren, versuchen, auf den Punkt zu kommen und eine Lösung zu finden. Natürlich kam an den Abenden auch die Unterhaltung nicht zu kurz. Dafür sorgte schon Roland. Musikabende, Bildbetrachtungen, Lesungen, Diskussionen, Vorträge... Das Programm war vielfältig und der Resonanz entsprechend. Es sprach sich herum, was die Junge Gemeinde in Lusan veranstaltete. Das hörte sich zwar gut an, rief aber auch die Staatsorgane auf den Plan. Die Stasi wurde misstrauisch, wenn die Kirche mehr Jugendliche anzog, als die „Freie Deutsche Jugend" und Roland Geipel im Spiel war.

Die Stasi… Bei dem Gedanken, dass das Ministerium für Staatssicherheit seit Mitte des Monats Amt für Nationale Sicherheit hieß, musste der Pfarrer lächeln. „Nasi" sagten sie jetzt dazu. Es glich einem Treppenwitz der Geschichte, solch einen Apparat, der alles andere als niedlich war, wiederholt so zu verharmlosen. Stasi blieb Stasi! Daran änderte auch der neue Name nichts.

Der Pfarrer nahm einen Stuhl und setzte sich ans Fenster. Das Licht der Leuchtstofflampen blendete. Er konnte draußen im Dunkeln nur Umrisse erkennen. Erst als er das Licht im Zimmer wieder löschte, sah er den Horizont, der schnell in die Nacht überging. Nun kamen die Lichter und Lampen in den Fenstern der Wohnblocks und an den Straßen offen zur Geltung. Es war die Stunde zwischen Tag und Nacht, die Stunde, in der er Ruhe fand und neue Kraft. Manchmal dachte er dabei an seine Kindheit im sächsischen Leubnitz bei den Großeltern im Wiesenweg, wenn er vom Dachfenster auf das Vogtland schaute.

Und manchmal konnte Roland noch gar nicht glauben, dass sein größter Traum Wirklichkeit wurde. Am 9. November fiel die Mauer zwischen Ost und West. Es gab keine Grenze mehr. Ein geeintes Deutschland, wie er es sich immer vorgestellt hatte, rückte in greifbare Nähe. Welch ein Glück! Wie viele Steine hatte er aus der Mauer mit herausgebrochen? Schon einige. Jeder, dem er half, in den Westen zu kommen, war ein solcher Stein.

Roland sah auf der Fensterscheibe schemenhaft sein Spiegelbild. Sonderbar. Susanne, die ihn wegen der Arbeit und auch nach Feierabend oft entbehren musste, hatte Anfang Oktober bei der Geraer Behörde für beide einen Antrag auf eine Besuchsreise nach Frankfurt am Main gestellt. Wenn er mit ihr schon nicht ausreisen wollte, sagte sie sich, dann wenigstens auf Besuch in den Westen zu seiner alten Tante. Zuerst zögerte er, aber schließlich gab er nach, denn es war für ihn eher unwahrscheinlich, dass der Antrag genehmigt wurde. Aber es kam anders. Nur Roland sollte fahren, ohne Susanne! Er verstand die Welt nicht mehr. Erst eine Woche vor seiner Reise nach Frankfurt erhielt sie doch die Erlaubnis mitzufahren. Am Morgen des 9. November erreichte das Ehepaar mit dem Zug die Bankenmetropole. Abends fiel die Mauer. Dieses denkwürdige Ereignis hätten beide lieber mit ihren Freunden in Gera gefeiert.

Einen Tag später waren die Geipels zeitig im Frankfurter Rathaus, um das Begrüßungsgeld entgegenzunehmen. Vor ihnen stand eine junge Familie mit siebenjährigem Sohn. Sie strahlten beim Empfang der D-Mark. Als der Vater sagte, dass sie zu Hause noch einen Zweijährigen haben, den sie aber die lange Zugfahrt nicht zumuten konnten, gab ihm eine Mitarbeiterin schmunzelnd mit den Worten: „Auch ihn heißen wir willkommen", die entsprechende Summe extra. Pfarrer Geipel nickte der Familie aufmunternd zu. Was werden die jetzt wohl unternehmen? Wo gehen sie hin? Bestimmt in ein Kaufhaus. War doch nett von der Dame… Susanne lächelte ebenfalls.

Die Arbeit in der Meldestelle der Frankfurter Stadtverwaltung geriet ins Stocken. Eine Vorgesetzte war gerade zur Tür hereingekommen und schwenkte aufgeregt einen Personalausweis der DDR in der Hand hin und her. „Ab sofort können wir auch diese Ausweise mit dem Stempel versehen!", rief sie. „Die Grenze ist offen, die DDR-Reisepässe brauchen wir nicht mehr wirklich!" Wie

Roland erfuhr, hatte sich ein Mann aus Thüringen noch in der Nacht nach Frankfurt ohne Reisepass auf den Weg gemacht und früh in der Meldestelle der Stadtverwaltung für Irritationen gesorgt. Kein Reisepass dabei? Das konnte nicht sein! Der Mann wird nicht bedient! Auch die Abteilungsleiterin war angesichts der vollkommen neuen Situation überfordert und klingelte beim Chef an, der ihr die entsprechende Anweisung gab.

Die Geipels bekamen den amtlichen Stempel noch in ihre bereit gehaltenen Reisepässe und bummelten dann durch Frankfurt. Roland zeigte seiner Frau die Stadt, in der er vor 20 Jahren zum ersten Mal war. Später besuchten die Eheleute erneut die BRD. Da ging es mit Susannes Eltern nach Bayern zum Shoppen, wie Einkaufen jetzt auf Neudeutsch hieß. Da galt es schon einige Staus und Hupkonzerte auszuhalten, denn auf diese Idee kamen sehr viele DDR-Bürger. Und was die Abgase der Autokarawanen betraf, so waren die Geraer, außer den einheimischen Bayern, einiges gewohnt. Aber Roland ging es nicht ums Einkaufen, sondern mehr um Gespräche mit seinen Freunden und Bekannten per Telefon, auf die er sich sehr freute. Dafür hielt er schon eine Menge Kleingeld bereit.

Im Lusaner Gemeindezentrum blickte Roland auf die Leuchtziffern seiner Armbanduhr. Oh, kurz vor 18.30 Uhr. Bald würden die ersten Jugendlichen eintreffen. Heute hatte er etwas Besonderes mitgebracht. Roland schaltete das Licht wieder ein und kniff die Augen zusammen. Die Leuchtstoffröhren flackerten, bis der Raum erhellt war. Er ging zum Tisch und holte ein sorgfältig eingewickeltes, längliches Paket aus seiner Tasche. Als er es öffnete, kam eine metallene Schiene von einem halben Meter Länge mit sechs in einer Reihe befestigten Dreiecken zum Vorschein. Jedes war an zwei Seiten scharf geschliffen. Er hatte sich dieses „Mähdreschermesser" genannte Teil vom VEB Maschinen- und Dampfkesselbau in Liebschwitz geliehen, um es heute der Jungen Gemeinde zu zeigen.

Sein Freund Michael Beleites hatte ihm erzählt, dass diese Messer im Auftrag der Bezirksdirektion Gera der Deutschen Volkspolizei in dem Betrieb entrostet und gestrichen werden sollten. Offiziell hießen sie „Übersteigschutz für Zaunsegmente". In Wahrheit waren sie dazu gedacht, Demonstranten gewaltsam von der Straße zu räumen. Die nach oben zeigenden Mähmesser wurden auf den etwa zwei Meter hohen Metallzaunfeldern angebracht, die an der Front der Polizei-Lkw montiert waren. Damit konnten Menschen verletzt werden, die versuchten die Fahrzeuge zu erklimmen. Die Arbeiter vom Dampfkesselbau kamen dahinter und stoppten am 7. November die Auslieferung. Sie machten die Teile mit dem Schneidbrenner unbrauchbar. Niemand sollte Schaden nehmen.

Für Roland Geipel waren die „Mähdreschermesser" ein bedeutender Beweis, wie intensiv sich die Polizei auf die nächsten Donnerstagdemonstrationen vorbereitete. Heute sollten die Jugendlichen aus erster Hand sehen, wie ein solches „Zaunsegment" beschaffen war. Ihm ging es in erster Linie darum, die jungen Leute auf die Machenschaften der Polizei und Stasi aufmerksam zu machen.

Wie ihm Michael Beleites später weiter berichtete, war er als Vertreter des Neuen Forums eine Woche später zu einer Belegschaftsversammlung in den VEB Maschinen- und Dampfkesselbau eingeladen, in der zwei delegierte Offiziere der Volkspolizei wegen der „Mähdreschermesser" Rede und Antwort stehen mussten. Sie versuchten sich herauszureden; einer schob es auf den anderen. Die Vertreter der Staatsmacht sprachen von Eigenmächtigkeit und von Unkenntnis der Dinge. Dass bei der Polizei jedoch nichts ohne Befehle ging, sollte wohl verschwiegen werden. Jedenfalls hatten die Uniformierten bei der selbstbewussten Belegschaft keinen guten Stand. Sie wurden im „Dampfkessel" gehörig unter Druck gesetzt.

3 Sturm

Nur über mich!

Januar 1990

Draußen war es dunkel und nasskalt. Dennoch spürte Benny, als er die Johanniskirche nach dem Friedensgebet über die Steintreppe verließ, ein Gefühl von Wärme und Gemeinsamkeit, wie er es noch nie erfahren hatte. Er war nicht mehr allein wie sonst. Das Gebet in der vollen Kirche beeindruckte ihn stark. Vor allem blieb nach der bewegenden Predigt von Pfarrer Joachim Urbig das Zeugnis der Betroffenheit des Lusaner Pfarrers Roland Geipel in seinem Gedächtnis haften.

Mit eindringlicher Stimme und ernstem Gesicht berichtete dieser, dass er am Vormittag als Mitglied des Geraer Bürgerkomitees mit einem Offizier der Volkspolizei im Gebäudekomplex der Stasi unterwegs war und 22 Waffenkammern besichtigt hatte. Er sah Kalaschnikows, leichte Maschinengewehre, Pistolen und Panzerbüchsen nebst Munition. Auf jeder Etage der Stasi-Zentrale gab es ein solches Depot.

Es war still in der Kirche, als Roland fragte: „Warum so viele Waffen? Gegen wen?" Betroffen stellte er sich vor, dass sie gegen die Demonstranten eingesetzt werden könnten. Sollten die Waffen eine Warnung sein? Zwar waren die Waffenkammern vom Bürgerkomitee versiegelt worden, aber trotzdem stufte sie der Pfarrer als ein hohes Sicherheitsrisiko ein.

Gleich nach dem Friedensgebet waren die Gedanken Rolands schon wieder bei der Demonstration, die er anführen sollte. Er zog sich gerade seine Studentenkutte an, als ihm einer seiner Vertrauten einen kleinen Zettel zusteckte und sagte: „Von Michael aus Leipzig." Auf dem Papier standen nur zwei Worte: „Stasi besetzen!" Diese Nachricht war eben telefonisch von Michael Beleites gekommen. Der nahm heute, am 4. Januar, und morgen mit Vikar Jörn Mothes aus Jena als Vertreter des Geraer Bürgerkomitees am DDR-Koordinierungstreffen in Leipzig teil.

Was Roland nicht wissen konnte: Dort hatten sie erfahren, dass Gera neben Karl-Marx-Stadt die einzige Bezirksstadt war, deren Bürgerkomitee noch nicht im Stasi-Amt präsent war und die Auflösung der Staatssicherheit kontrollierte und dass dieser Zustand schon fast vier Wochen andauerte. Die Geraer Stasi war allerdings über alles informiert und zog ihren Nutzen daraus.

Die Leute drängten aus der Kirche auf den Vorplatz. Dort hatten weitere das Friedensgebet über Lautsprecher verfolgt. Ihre Transparente und schwarz-rot-goldenen Deutschlandfahnen brachten zum Ausdruck, um was es auch Benny ging. „Stasi räum das Feld und verdient durch Arbeit Geld" und andere Losungen konnte er auf den hoch über die Köpfe gehaltenen Spruchbändern lesen.

Als Zeichen friedlichen Protestes wurden Kerzen angezündet. Benny holte eine aus seiner Jackentasche. Jetzt würden sie ihre Forderungen offen durch die ganze Stadt tragen. Das neue Jahr, das erst vier Tage alt war, begann gut. Sicher hatte er Vorsätze gefasst, dass seine Mutter mehr Zeit für sich hat, gesund bleibt und er endlich mit dem Rauchen aufhört. Aber was war das gegen eine Veränderung der Gesellschaft, die hier alle wollten? Reisefreiheit, Meinungsfreiheit …

Der 17-Jährige blickte in die vom Licht der Kerzen erhellten Gesichter. Er kannte sie nicht, aber sie waren ihm nicht fremd. Diese Menschen nahmen ihn in ihre Mitte auf wie viele andere, nicht nur an diesem Donnerstagabend. Dabei stand er etwas hilflos da, denn er hatte sein Feuerzeug vergessen.

Aus einer Gruppe von Jugendlichen, die gegenüber neben einem Baum stand, kam ein Mädchen auf ihn zu. Es blieb vor ihm stehen und entzündete ohne ein Wort mit einem Streichholz seine Kerze. Dabei hielt das Mädchen ihre Hand schützend vor den Docht, bis die Flamme stark genug war. Buntes Stirnband, das Haar dunkelbraun wie ihre Augen, Stupsnase, schwarze Klamotten, registrierte Benny. Noch ehe er sich bedanken und nach ihrem Namen fragen konnte, sagte es lächelnd: „Claudi war's!" Und schon verschwand sie in der Dunkelheit, in der Masse. Benny versuchte vergebens, Claudia zu folgen, aber auch die Gruppe war verschwunden.

Die Leute standen dicht wie eine Mauer. Auf dem Vorplatz ging nichts mehr. Dann kam Bewegung in die Massen. Pfarrer Roland Geipel hatte sich in Richtung Hauptbahnhof an die Spitze gestellt. Als er laut fragte, ob sie jetzt alle mit zum Bahnhof gehen wollen, wussten die meisten, was er damit wirklich meinte. Ziel war heute erstmals das Bezirksamt der Staatssicherheit. Die Zustimmung war gewaltig. Fahnen wurden geschwenkt. Auch den Pfarrer hatte es ergriffen. Er spürte die Einmaligkeit der Situation, der Stunde, blickte in die Menge, zu den erwartungsvollen Leuten.

Nun konnte Roland nicht mehr anders. Er musste handeln und war dazu fest entschlossen. Er dachte nicht mehr an Vorschriften, Weisungen seines Vorgesetzten, des Superintendenten, und eigene Befindlichkeiten: Er nahm keine Rücksicht, nahm alles auf sich. Jetzt sollte es, musste es sein! Mit fester Stimme rief er: „Es geht zur Stasi!" und führte die Demonstration links am Bahnhofsgebäude vorbei zur Eisenbahnunterführung.

Wie viele andere musste Benny, der um Anschluss bemüht war und begeistert neben einer Gruppe junger Leute lief, ständig auf seine Kerze achten. Ab und zu blies der Wind ihr Licht aus, und er wünschte sich, dass Claudi, das Mädchen mit dem bunten Stirnband, ihm helfen würde. Leider marschierte sie wohl an einer anderen Stelle. Doch Benny brauchte nicht bange zu sein; es gab immer wieder eine Flamme, an der er seine Kerze entzünden konnte.

Mittlerweile bewegte sich der Zug der Demonstranten nicht wie jeden Donnerstag von der Johanniskirche über den Zschochernplatz zur Salvatorkirche und dann über die Bauvereinsstraße wieder bis zur Johanniskirche. Es ging jetzt schon am Theater vorbei.

Geipel, der sich gemeinsam mit den anderen Organisatoren um die Sicherheit der Demonstranten sorgte und ständig von einer Seite des Zuges zur anderen wechselte, mal an der Spitze, mal am Ende war, dachte kurz an die Demos im Herbst des vergangenen Jahres. Da war Zeit, um am Eingang des Volkspolizei-Kreisamtes, gleich gegenüber der Johanniskirche, brennende Kerzen aufzustellen. Sie mahnten, dass es friedliche Demonstrationen sind, dass von keiner Seite Gewalt ausgeübt werden soll. Auch an der Eingangstür der SED-Bezirksleitung stellten sie Kerzen auf und entzündeten sie.

Doch heute war die Geraer Stasi-Zentrale das Ziel. Roland Geipel dachte an den kleinen Zettel in seiner Tasche, aber für eine Besetzung der Stasi fehlte jede Organisation. So vermied er bewusst, den Demonstrationszug direkt zum Haupttor zu führen. Er wollte keine offene Konfrontation mit den bewaffneten Stasi-Leuten, die sich noch im Objekt befanden, oder gar einen Sturm erregter Demonstranten auf die Waffenkammern riskieren. Aber Geipel wollte allen zeigen, wie groß und unsinnig der Stasi-Komplex war, und deshalb den Zug um die Gebäude herumführen, von der Theaterstraße über den Eselsweg und die Leibnizstraße wieder zurück ins Stadtzentrum.

Roland ging auf einen Polizisten zu, der für die Demo eine Seitenstraße absperrte. „Alles in Ordnung?", fragte er den Uniformierten mit der Pelzmütze. „Alles klar!", kam die Antwort. Der Pfarrer blieb stehen und ließ die Demonstranten an sich vorbeiziehen. Viele grüßten ihn, riefen ihm Guten Abend zu. Er nahm es gern zur Kenntnis und freute sich, antwortete ihnen mit einem anerkennenden Lächeln und ein paar Worten, so wie es seine Art war.

Welch eine Kraft von diesen Menschen ausging … „Wo ein Wille ist, da ist ein Weg", erinnerte er sich an den Spruch, der in der Küche seiner Großeltern in Leubnitz an der Wand eingerahmt war. Hier passierte etwas, etwas Großes, dass er aus Überzeugung mit initiierte. Er glaubte an die Veränderung, die ohne Gewalt vor sich gehen musste. Noch vor ein paar Monaten war es unvorstellbar gewesen, dass die Polizei in einer Sicherheitspartnerschaft Unterstützung gab. Ja, einiges hatte sich schon bewegt, aber es blieb viel zu tun.

Eigentlich wäre er einige Wochen eher mit seinem Pfarrerkollegen Diethard Kamm und den Demonstranten von der Johanniskirche zur Staatssicherheit marschiert. Die Zeit war reif. Aber ihr Vorgesetzter, der Superintendent, hielt sie zurück. Er hatte Angst und nicht mehr die Kraft, sich gegen höhere und eigene Widerstände durchzusetzen. Schon gewohnt, dass von der Lusaner Kirche Sankt Ursula, besonders von Pfarrer Geipel, immer neue Impulse ausgingen, die seiner Meinung nach unpassend waren, blieben ihm nur telefonische Anweisungen.

Roland erinnerte sich noch gut daran, wie der Superintendent ihn in letzter Verzweiflung per Telefon anschrie, alle Demos und Friedensgebete aus der Innenstadt in das Gemeindezentrum Lusan zu verlegen, was er wegen der zahlreichen Leute natürlich ablehnen musste. Und dass auch er dabei laut wurde, er, der eigentlich die Ruhe in Person war, zeigte die Brisanz der Situation.

Der Zug der Menschen nahm kein Ende. Nach ersten Schätzungen mussten es über 2000 Demonstranten sein. Doch auf dem Weg zur Stasi wurden es ständig mehr. Die Masse war nicht mehr überschaubar, musste Roland Geipel besorgt zur Kenntnis nehmen. Obwohl er sehr viele verlässliche Leute kannte, hieß es, auf der Hut zu sein und vor allem Ruhe zu bewahren. Nicht zum ersten Mal musste er bei Demos einschreiten und beruhigend einwirken, wenn es aggressive Anwandlungen gab. Meistens versuchte er das Problem auf die kumpelhafte Art zu klären und so die Störenfriede abzudrängen.

Nachdem die Demonstranten in voller Straßenbreite rechts am Theater vorbeigezogen waren, kamen links die langen, monotonen Fassaden des Stasi-Komplexes mit den vielen Fensterreihen ins Blickfeld. Schon äußerlich ließ sich an seiner profanen Struktur erahnen, wie gigantisch und zugleich präzise dieser Unterdrückungsapparat funktionieren musste. Antennenmasten, die auf den siebenstöckigen Blocks mit den flachen Dächern in den Himmel ragten, verkündeten, dass hier nicht im Alleingang gehandelt wurde. Wie ein Krake hatte die Stasi-Zentrale ihre Fangarme in jedes Gebiet des Bezirkes Gera ausgestreckt.

Die nervliche Anspannung des Pfarrers stieg, je näher sie dem Areal kamen. Er versuchte weiter, den Überblick zu behalten. Rufe von Demonstranten nach Herausgabe der Stasi-Akten wurden laut. Immer mehr stimmten ein. Roland stand zu seiner großen Verantwortung. Also ging es auf der Theaterstraße weiter lautstark an der Zentrale vorbei und dann links in den Eselsweg, wo sich unterhalb eines kleinen Hanges das Nordtor des Stasigeländes befand. Die Demonstranten sollten es gar nicht bemerken.

Doch während die Leute mit Transparenten und Fahnen vorüberzogen, lösten sich einige Jugendliche von ihnen und rannten über Fußweg und Rasen zum Stasi-Tor hinunter. Teils vom Alkohol enthemmt, schrien sie weiter nach der Herausgabe ihrer Stasi-Akten und schlugen mit den Fäusten an das mit großflächigen, kantigen Blechen verkleidete Stahltor. Auch als sie es mit Fußtritten traktierten und daran rüttelten, gab es nicht nach. Einige von ihnen sahen zur Demonstration auf der Straße und schienen auf Hilfe zu warten, um das stabile Tor knacken zu können. Doch es kam niemand, außer Pfarrer Geipel.

Er war sofort losgerannt, als er die lauten Geräusche hörte und sah, dass Jugendliche am Nordtor randalierten. Das durften sie nicht tun! Im Laufen ging es ihm blitzartig durch den Kopf: Würde die Stasi dies als einen Angriff werten und gar schießen? Nicht auszudenken, was die Kindsköpfe anrichten konnten! Er fühlte Angst in sich aufsteigen, ein Gefühl, das er selten hatte. Jetzt ging es nicht darum, wie vor ein paar Wochen einige Jugendliche zu besänftigen, die am Rande der Demo einen Pkw umstürzen wollten. Nein, er würde mit seinem Leben dafür einstehen, dass das Stasi-Tor nicht gestürmt wird.

Bei der aufgebrachten Gruppe angelangt, verschaffte sich Geipel mit Mühe Platz im Gerangel, verlangte Aufmerksamkeit, doch keiner schien seine Stimme zu hören. Er war vom Rennen heiser geworden. Erst als Rolf Buchner, der Roland mit anderen Helfern folgte, um Ruhe brüllte, hielten einige inne. Dann ließ er nochmals seine Stimme mit den Worten: „Lasst den Pfarrer sprechen!", ertönen. Nun wurde auch der letzte Jugendliche kleinlaut, zumal Buchners große, kräftige Statur nicht ohne Eindruck blieb.

Roland, dem vor dem Nordtor der Rücken freigehalten wurde, rief: „Nur über mich!" Es war eine Mischung aus Mut und Naivität, die sein Verhalten mitbestimmte. Beide Hände unten, wusste er nicht, wie die Jugendlichen darauf reagierten, aber er musste es versuchen, ja es schaffen, sie vom Tor abzuhalten.

Seine eindringlichen Worte, die Gedanken an die vollen Waffenkammern und an die Gefahr, in der hier alle gerade gemeinsam schwebten, ermöglichten es dem Pfarrer schließlich, den jungen Heißspornen Einhalt zu gebieten und Abstand vom Tor zu halten. Er beruhigte sie, rief zur Besonnenheit auf, obwohl er selbst mehr als aufgeregt war. Auf ihre Fragen nach den Stasi-Akten antwortete Geipel, dass am Wochenende zuerst die Waffen entsorgt werden müssten, die er am Vormittag gesehen hatte, und dass dann auch die Akten an der Reihe wären.

Zum Glück blieb der Zwischenfall seitens der Stasi ohne Folgen, wurde von ihr aber genau registriert. Was wäre geschehen, wenn Tausende Demonstranten das Nordtor und die Waffenkammern gestürmt hätten? fragte sich Roland Geipel. Gott sei Dank konnte er die Gruppe in letzter Minute aufhalten. Er hatte in seinem Leben eine Grenze überschritten, die für ihn sehr gefährlich war.

Während sich einige Jugendliche wieder der Demonstration anschlossen, blieben andere mit dem Pfarrer vor dem Tor stehen, sprachen über Gott und die Welt und gingen dann in Richtung Stadtzentrum nach Hause.

Erst 30 Jahre später, 2020, wurde bekannt, dass das wirkliche Problem damals nicht die vollen Waffenkammern der Geraer Stasi-Zentrale war, sondern eine im Komplex stationierte, bewaffnete Einheit der Grenztruppen. Sie hatte die Aufgabe, das gesamte Gelände zu bewachen. Pfarrer Geipel wusste davon nichts.

Noch unter Waffen

Der Frost hatte sich in der Nacht zum 6. Januar auch über Rolands „Wartburg" gelegt und ihn vereist. Der Zündschlüssel passte nicht mehr ins Schloss. Dabei musste der Pfarrer ausgerechnet heute, am Samstagmorgen, pünktlich los. Es war gestern sehr spät geworden. Er hatte gerade die Pkw-Tür geöffnet, als er im Flur das Telefon klingeln hörte. Eilig ging er ins Haus, wo seine Frau Susanne ihm schon den Telefonhörer entgegenhielt. Michael Beleites war am Apparat und berichtete über das Leipziger Treffen. Geipel erzählte von seinen Erlebnissen. Dabei vergaß er den Pkw in die Garage zu fahren.

Nun musste das Türschloss wieder flott gemacht werden. Auch die Scheibenwischer klebten förmlich am Glas. Also Zeit, um beim Eiskratzen und Auftauen über die ersten Tage des neuen Jahres nachzudenken. Die waren wie im Fluge vergangen. Seine Susanne sah er zu ihrem und zu seinem Leidwesen wenig. Selbst zur Demo am Donnerstag, an der sie teilnahm, hatte er sie nur von Weitem wahrgenommen. Immer war er unterwegs. Das wird in diesem Jahr wohl nicht anders werden, obwohl sie Silvester auf das Gegenteil angestoßen hatten, dachte er. Es war einfach keine Zeit; die Ereignisse überschlugen sich.

Am vergangenen Dienstagabend hatte die Fernsehreportage aus Gera von Roland Jahn wie ein Blitz eingeschlagen. Im Interview mit Oberstleutnant Michael Trostorff, dem Leiter der Stasi-Zentrale, kam heraus, dass seine Leute noch unter Waffen standen. Das Echo war entsprechend, die Empörung groß. Wie konnte das sein? Da war es nur folgerichtig, dass am nächsten Tag zur Bürgerkomiteesitzung der Regierungsbeauftragte des Ministerrates, Norbert Kobus, die Entwaffnung anordnete. Natürlich unter Kontrolle des Bürgerkomitees. Da zur Sitzung Oberstleutnant Trostorff und Jürgen Seidel, sein Leiter der Auflösungskommission des Bezirksamtes für Nationale Sicherheit, vorgeladen waren, um über die Anzahl der bisher entlassenen Mitarbeiter und übergebenen Gebäude zu berichten, hörten sie die Anordnung aus erster Hand.

Roland atmete auf, aber er fand es komisch, wenn er bedachte, dass Seidel als Oberst vorher der 1. Stellvertreter Operativ des Leiters der Stasi-Bezirksverwaltung war. Die Stasi löste sich selbst auf!? Hatte man hier den Bock zum Gärtner gemacht? Konnte die Stasi immer noch schalten und walten, wie sie wollte? Das ging Roland Geipel zu weit! Deshalb meldete er sich noch vor der für heute angesetzten Entwaffnung der Angehörigen des Bezirksamtes, um einen Überblick über die aktuelle Bewaffnung zu bekommen.

Und die Waffenkammern waren voll. Mit diesem Wissen und dem Zettel mit der Nachricht von Michael Beleites in der Tasche, die Stasi zu besetzen, hatte er die gewaltige Donnerstagsdemo angeführt und Schlimmes verhindert. Dabei wünschte er sich nichts mehr, als dass diese ganze Geheimpolizei so schnell wie möglich der Vergangenheit angehörte. Doch eine Besetzung musste gut durchdacht und vorbereitet sein. Trotzdem war eine solche spontane Aktion, wie sie Roland Jahn noch spätabends nach der Demonstration von Jena aus startete, einen Versuch wert. Sie setzte ein Achtungszeichen.

An besagtem Abend hatte es sich Roland nach all den Anstrengungen zu Hause auf der Couch gemütlich gemacht, als das Telefon klingelte. Seine Frau Susanne hatte ihm und Karsten Dümmel, ihrem Schlafgast aus der Bundesrepublik, gerade eine Tasse Tee eingeschenkt. Roland sprang auf, griff zum Hörer. Die Nachricht war kurz. Ohne dass ihr Mann den Satz: „Ich muss weg!", wie schon so oft sagte, goss Susanne Tee in ihre Tasse und blieb sitzen. Beide verstanden sich auch ohne Worte. Ein schöner Abend! Sie fragte nicht, wann er wiederkommt. Im Gehen sagte er ihr mit dem Zündschlüssel in der Hand: „Wir müssen noch mal zur Stasi. Roland Jahn aus Jena ist mit Leuten da."

Dümmel begleitete ihn bis zum Haupttor der Stasi-Zentrale. Für den Fall, dass sie dort zwar hinein, aber nicht mehr herauskommen sollten, so dachte Roland, hatte Karsten immerhin seinen BRD-Pass bei sich. Und der würde das Tor zumindest für ihn schon wieder öffnen.

Dort angekommen, wurden sie vor dem Eingang von Roland Jahn mit einem Kameramann und rund 20 Bürgerrechtlern aus Jena und Gera begrüßt. Sie wollten die Stasi besetzen, was schon längst überfällig war. Nachdem sie das Tor passiert hatten, wurden sie in ein kleines Seitengebäude geleitet.

Ein Stasi-Offizier erkannte sofort Roland Jahn wieder, der bereits Ende Dezember im Auftrag des Senders Freies Berlin in der Stasi-Untersuchungshaftanstalt filmte und mit dem Geraer Stasi-Chef ein Interview führte. Er verwies ihn des Geländes: „Herr Jahn, Sie sind Bürger der Bundesrepublik. Wir verhandeln nicht mit Ihnen!"

In der Folge kam es zwischen den Bürgerrechtlern und den Stasi-Leuten zu heftigen Debatten. Da war von Besetzung und Entwaffnung die Rede und wie sie es in Jena gemacht hätten. Die Stasi gab sich in der Diskussion nicht geschlagen, argumentierte, berief sich auf die Regierung, ihre Auflösung und kommende Aufgaben, fühlte sich legitimiert. So wurde die Stasi-Zentrale in dieser Nacht zwar nicht besetzt, doch die Entwaffnung stand unmittelbar bevor.

Gerade aus diesem Grund machte Roland seinen Pkw zur Fahrt in die Stasi-Zentrale bereit. Ehe er endlich den Zündschlüssel im Schloss umdrehen konnte, warf er noch einen kurzen Blick auf das benachbarte zweite Pfarrhaus. Die Gardine am Fenster der ersten Etage wackelte leicht. Sein Pfarrerkollege beobachtete ihn. Wenn Roland daran dachte, dass der seine Susanne vergangene Woche an der Haustür abpasste und fragte, ob Bruder Roland, wie er ihn zu nennen pflegte, denn auch noch Gottesdienst hält und sich um das Wohl der Gemeinde kümmert, dann konnte ihm schon so richtig übel werden. Doch nicht genug. Dieser Pfarrer schwärzte ihn auch noch beim Superintendenten an: Er würde nicht für die Kirche arbeiten, sondern nur für die Politik.

Geipel war wirklich mit Leib und Seele Pfarrer, aber die seelsorgerische Arbeit musste er in diesen Tagen einschränken. Es gab für ihn etwas zumindest genauso Wichtiges.

Der Aufruf

Januar 1990

Eine Waffenkiste nach der anderen ging über die Rampe. Die Entwaffnung der Nasi-Zentrale in Gera war in vollem Gang. Roland Geipel überwachte mit weiteren Mitgliedern des Bürgerkomitees das Aufladen von Waffen und Munition. Er war heute, am 8. Januar, wie schon am Samstag zeitig vor Ort. Die Holzkisten wurden mit Lastkraftwagen der Polizei in die nördlich von Gera gelegene Kaserne der Nationalen Volksarmee gebracht, um sie sicher zu verwahren.

Das alles in Ordnung ging, legte Roland den Finger auf jeden Posten. Er hätte es sich nicht träumen lassen, so viele Kisten mit Waffen zu sehen. Nahezu unglaublich für den Pfarrer. Ihm kamen die Worte seiner Mutter vor Jahrzehnten im heimatlichen Leubnitz wiederholt in den Sinn, dass demjenigen, der eine Waffe anfasst, die Hand abfallen soll.

Samstag früh hätte er sich fast mit Susanne gestritten, als er ihr sagte, dass er wieder zum Nasi-Amt fährt. Ob er denn gar kein Wochenende mehr kenne, nicht mal einen Sonntag, wie lange das noch so weiter gehen würde, es gebe kein Familienleben mehr. Das alles waren ihre Fragen, die er sich gefallen lassen musste, aber nicht beantworten konnte oder wollte. Sie hatte ja recht. Doch wenn ein Widder wie er sich etwas in den Kopf setzte, dann zog er es auch durch. Er hatte bei aller Liebe einen harten Schädel.

Geipels Gedanken kreisten jetzt aber weniger um die Familie als um das große Problem der Auflösung des Amtes für Nationale Sicherheit. Vor allem ging es dem Bürgerkomitee darum, neben der bereits laufenden Entwaffnung endlich die Kontrolle über den gesamten Geraer Apparat der Nasi zu erreichen. Nach langem Hin und Her konnten gestern die Vertreter des Bürgerkomitees doch noch einen Erfolg verbuchen. Roland atmete auf, als er erfuhr, dass Oberstleutnant Trostorff, der Leiter des Bezirksamtes, einlenkte.

Jedenfalls war ausgehandelt worden, dass alle dienstlichen Unterlagen der Nasi-Mitarbeiter ab heute, Montag, unter der Kontrolle von Bürgervertretern und der Staatsanwaltschaft gesichert und in extra Räumen verschlossen wurden. Es ging nicht ohne die sogenannte Sicherheitspartnerschaft. Konkret bedeutete das die Zusammenarbeit des Bürgerkomitees mit der Volkspolizei und der Staatsanwaltschaft, was nicht jedem genehm war. Es gab Vorbehalte auf beiden Seiten. Doch Pfarrer Geipel machte damit vor allem bei seinen Donnerstagdemonstrationen gute Erfahrungen. Die Strecke der Demo wurde exakt abgesperrt, damit es zu keinen Verkehrsunfällen und Staus kommen konnte. Und als er gemeinsam mit Polizei und Staatsanwalt die Waffenkammern inspizierte, verließ sich Roland auf sein Gefühl und seinen Verstand. Hier ging es um reine Sachlichkeit, um Respekt, nicht um seine Zeit im Aufnahmeheim für Rückkehrer in Saasa. Konfrontation wäre ein schlechter Ratgeber gewesen, obwohl jeder in der Runde insgeheim misstrauisch war. Eine Sicherheitspartnerschaft konnte nur auf Augenhöhe und mit Fairness funktionieren.

An der Laderampe im Erdgeschoss des Gebäudekomplexes lief alles nach Plan. Der nächste Lkw des Typs W 50 war rückwärts herangefahren. Unter der Plane verschwand Waffenkiste für Waffenkiste. Nicht weit entfernt stand ein grünweißer Funkstreifenwagen der Polizei mit Blaulichtleuchten und den charakteristischen doppelten Lautsprechern auf dem Dach.

Roland war sich bewusst, dass er als Pfarrer einen Bonus bei der Stasi hatte. Von ihm ging eine gewisse Neutralität aus. Auf dieser Basis konnte er viel erreichen, auch bei Michael Trostorff. Je mehr sich Geipel zurücknahm, desto mehr wuchs dessen Vertrauen. Gleichzeitig ermutigte und bestätigte das den Pfarrer, auch auf die anderen zuzugehen, sie als Menschen, nicht als Stasi zu betrachten.

Die Mitglieder des Bürgerkomitees bemühten sich bei der Auflösung des Bezirksamtes um größte Transparenz. Um das zu schaffen, waren sie auf die Hilfe weiterer Bürger angewiesen. Roland Geipel konnte aufgrund seiner Menschenkenntnis und Erfahrungen mit der Stasi recht gut unterscheiden, wer sich dafür eignete. Mancher handelte aus Abenteuerlust. Andere wollten dabei sein, um es ihren einstigen Peinigern heimzuzahlen. Solchen Personen, auch inzwischen enttarnten inoffiziellen Mitarbeitern der Staatssicherheit, den IM, wurde der Zutritt zum Büro verwehrt. Höflich, aber bestimmt!

Den Bürgervertretern fehlte es bei weitem nicht an Courage und Selbstbewusstsein. Aber oft mangelte es an Sachkenntnis, um die von dem einstigen Machtapparat sorgfältig neu ausgelegten Schlingen und Fallen zu entdecken. Nicht zuletzt handelte es sich um eine gut organisierte Geheimpolizei. Um die Zusammenhänge zu erkennen und sich in das Gefüge der Stasi einzuarbeiten, musste das Bürgerkomitee auf deren Vertreter zurückgreifen, die sich loyal verhielten, in die Materie einführten und einfach halfen. Das geschah natürlich nicht ohne Eigennutz. Aber ob die Stasi/Nasi-Mitarbeiter dabei ehrlich waren, blieb dahingestellt.

Da gab es zum Beispiel die großzügige Geste, dem Bürgerkomitee sofort einen Arbeitsraum als Büro zur Verfügung zu stellen, sogar mit Telefon. Roland und die anderen staunten nicht schlecht als Michael Beleites vom Stellvertreter Trostorffs sogar mit einer Kaffeemaschine, vier Tassen und einem Päckchen Kaffee zurückkam. Sozusagen zum Start des Büros des Bürgerkomitees. Anscheinend, so mutmaßte Roland Geipel, sollten die Bürgervertreter ganz nach dem Motto: „Erst mal abwarten und Kaffee trinken“, beruhigt werden, denn die Devise der Tschekisten, wie sie sich gern nannten, hieß Zeit zu gewinnen. Es gab auch Befürchtungen, dass die Stasi trotzdem im Geheimen weiter schaltete und waltete.

Roland Geipel sah beim Verladen an der Rampe aufmerksam zu und verstaute in Gedanken selbst noch Waffen, damit nichts verloren ging. Doch niemand glaubte hier wirklich, dass irgendetwas verschwinden könnte. Die vollen Kisten lagerten seit Dezember des vergangenen Jahres verplombt in den Waffenkammern. Die Stasi/Nasi hatte sich, auf bessere Zeiten wartend, vorsorglich schon selbst entwaffnet.

Der Pfarrer half gerade die Bordwand eines Lkw zu arretieren, als aus dem Gebäudeflur eine junge Frau zu ihm kam. Es war die Journalistin, die er von der katholischen Jungen Gemeinde kannte. Im Rahmen der Ökumene hatte er oft in Sankt Elisabeth zu tun. Sie fiel ihm dort auf, weil sie am gegenwärtigen politischen Geschehen nicht nur journalistisches Interesse zeigte. Die Frau war mit Leib und Seele dabei, wollte ihre Leser aufklären, etwas bewegen, die neue Zeit mit gestalten helfen.

Etwas aufgeregt erzählte sie ihm, dass mit der Wende wohl doch nicht alles so glatt läuft. Da würde noch etwas Gehöriges passieren.

Der Pfarrer behielt die Ruhe, und sie berichtete ihm mit gerötetem Gesicht von einer eben gehörten Nachricht. Es handelte sich um einen Aufruf des Nasi-Bezirksamtes Gera zu einem bewaffneten Putsch gegen die reaktionären Kräfte. Gemeint waren damit nicht nur die Bürgerkomitees. Sie sollten paralysiert werden. Unterzeichnet sei der Aufruf vom Kollektiv des Bezirksamtes für Nationale Sicherheit Gera und den Kreisämtern. Das Fernschreiben wäre an alle bewaffneten Organe gerichtet.

Die Geraer Stasi? War das ernst gemeint? fragte sich Roland und schaute in die Runde. Wer wusste hier von einem Aufruf zum Putsch? Anscheinend niemand, keine Reaktion. Also ruhig bleiben. Die Stasi-Leute an der Rampe, die alles mithörten, verharrten fassungslos. Der Aufruf war so dubios und absurd, dass sich Roland nicht vorstellen konnte, dass ihn hier einer befolgen würde. Um die Situation zu retten, sagte Roland bestimmend: „Wir verladen hier weiter die Waffen!"

Genau in dieser Situation kam Michael Beleites vom Bürgerkomitee hinzu. Eigentlich wollte er nachsehen, ob Hilfe beim Transport gebraucht wird. Geipel erzählte ihm vom ungeheuerlichen Aufruf der Geraer Stasi. Jetzt war Gefahr in Verzug. In der Waffenkammer bot sich ihnen ein Bild verstörter Stasi-Leute. Einer saß entmutigt auf einer Munitionskiste. Er war eigentlich froh, dass die Waffen schweigen sollten, endlich abtransportiert wurden und alles ein Ende hat. Und nun wurde zum bewaffneten Aufstand aufgerufen, die Machtfrage gestellt. Von den eigenen Leuten, den Vorgesetzten! Er stützte seinen Kopf mit beiden Händen, hatte Tränen in den Augen.

Beleites und Geipel waren sich einig: Der Aufruf musste schnellstens hinterfragt werden. Sie gingen sofort zum Leiter des Amtes, Oberstleutnant Trostorff, und forderten Aufklärung. Der erklärte, dass es keinen aktuellen Aufruf gab, aber dass vor einem Monat, am 9. Dezember des vergangenen Jahres, ein solcher Aufruf verschickt worden war. Trostorff zeigte beiden Männern das Fernschreiben im Original.

Der Anlass, den Aufruf heute nach vier Wochen im DDR-Fernsehen und Rundfunk zu senden, waren die gegenwärtigen Verhandlungen am Runden Tisch in Berlin, wo Regierungschef Hans Modrow wiederholt die Meinung vertrat, das neue Amt für Nationale Sicherheit, die ehemalige Stasi, zu einem Amt für Verfassungsschutz umzufunktionieren. Um zu verdeutlichen, dass die

Staatssicherheit in diesem Sinne überhaupt nicht reformierbar sei, hatte ein Vertreter des Neuen Forums den Geraer Aufruf zum bewaffneten Putsch vom Dezember 1989 für die Medien verlesen, der damals und heute allerdings nie befolgt wurde.

Der Pfarrer behielt den Überblick. Die junge Journalistin und die Stasi-Leute hatten diesen Aufruf für bare Münze gehalten, doch hier schien Gott sei Dank keiner an einer bewaffneten Auseinandersetzung interessiert zu sein. Auch angesichts der Reaktion des Stasi-Mannes, der seelisch gebrochen auf der Kiste saß, unternahm keiner etwas. Im Gegenteil. So stellten Roland Geipel und Michael Beleites die vertrackte Sache vom Kopf auf die Beine, erklärten das heutige Missverständnis des Aufrufes zum Putsch. Aufatmen bei den Leuten an der Rampe und in der Waffenkammer. Doch die Stimmung blieb gedrückt. Emotionen brachen sich Bahn.

Geipel sah gestandene Männer, die sich neu finden mussten und ihr Schicksal zu tragen hatten. Der Pfarrer überlegte lange, ob er den Verunsicherten Trost spenden sollte. Für ihn gab es in dieser besonderen Situation keine Mitarbeiter des Amtes für Nationale Sicherheit, sondern nur Menschen, um deren Seelen er sich sorgte.

Am Ende der Entwaffnung der Nasi in Gera hatte Roland Geipel 20 Lastkraftwagen mit Anhängern gezählt, die Waffen und Munition aus dem Bezirksamt zur Kaserne der Nationalen Volksarmee brachten.

Einige Wochen später oblag ihm eine weitere verantwortungsvolle Aufgabe: Er wurde mit einem Zivil-Pkw der Polizei zur Kaserne gefahren, um die dort aufgelisteten Waffen aus dem Nasi-Amt nebst Munition im Auftrag des Geraer Bürgerkomitees mit seiner Unterschrift zu bestätigen.

Ein solch großes Vertrauen erfüllte ihn mit Stolz. Die Leute achteten ihn und hörten nicht nur zum Gottesdienst auf sein Wort. Gleichzeitig waren sie um sein Wohl besorgt. Das zeigte sich besonders, als Geipel mit dem Pkw aus besagtem Anlass wieder in die Stadt zurückgefahren wurde und vor dem Kfz-Instandsetzungswerk Gera, in dem er nach seiner Rückkehr in die DDR ein paar Monate arbeitete, von Demonstranten gestoppt wurde. Er sah ihre besorgten Gesichter. Pfarrer Geipel in einem Auto, das ein Polizist steuerte? Wohin sollte er gebracht werden? War er verhaftet? Alles Fragen der entrüsteten Leute.

Roland Geipel stieg aus, lächelte ruhig und erzählte ihnen kurz das Gegenteil.

Akten

März 1990

Das Dienstzimmer des Geraer Stasi-Chefs Oberstleutnant Trostorff war spartanisch eingerichtet. Am Ende des Tisches mit den sechs Stühlen stand quer ein aufgeräumter Schreibtisch. An der gegenüberliegenden Wand befand sich ein Aktenschrank aus Metall. Der Offizier bat Roland Geipel, Michael Beleites und den Regierungsbeauftragten Kobus Platz zu nehmen. Er selbst setzte sich nicht an den Schreibtisch, sondern zu den Gästen.

Geipel zog seine Studentenkutte zurecht. Er hätte sie ausziehen können, doch ihm war nicht wohl bei den Gedanken, welche Macht von diesem Zimmer ausgegangen war. Einst hatte hier ein General der Staatssicherheit das Sagen, später kamen neue Leiter der Bezirksverwaltung bis Trostorff übernahm. Der Wende geschuldet, wurde er von seinen Vorgesetzten dafür als geeignet befunden, denn er hatte als Chef der Spionageabwehr in Gera am wenigsten mit der Verfolgung von Oppositionellen zu tun.

Die beiden Mitglieder des Bürgerkomitees, Geipel und Beleites, waren heute hier, um sich über die Akten zu informieren, die sie schon so lange beschäftigten. Was war an ihnen so geheimnisvoll, dass sie unter Verschluss gehalten wurden? Wie sahen sie überhaupt aus? Warum lag ein Teil von ihnen geschreddert auf dem Hof des Gebäudekomplexes? Warum bedurfte es Genehmigungen der Nasi und der Staatsanwaltschaft, um sie in Augenschein nehmen zu können? Das waren für Roland Geipel offene Fragen.

Bevor die vier Männer das Dienstzimmer betraten, waren sie in Begleitung eines Staatsanwaltes in der „Kartei" und „Aktenablage" der Bezirksverwaltung. Geipel und Beleites suchten mit Hilfe dort beschäftigter Mitarbeiter nach ihren persönlichen Akten. Während der Pfarrer fündig wurde, gestaltete sich die Spurensuche bei Beleites schwieriger. Nicht einmal der Staatsanwalt war daran interessiert, dass Geipels Freund etwas fand. Hätte Michael Beleites im Detail keine Kenntnis über die verschiedenen Karteien und Abteilungen der Stasi gehabt, dann wäre die Akteneinsicht entfallen. Er verdankte sie einem kundigen Mitglied des Schweriner Bürgerkomitees. So konnten Trostorff und Genossen im Archiv tricksen, wie sie wollten: Sie mussten die Akten offenlegen.

Immerhin war es ein Erfolg, dass sie die Möglichkeit erhielten, Einsicht in ihre Stasi-Akten nehmen zu können. Roland merkte, wie ihn dieser Umstand befriedigte, den er auf ein gewisses Vertrauen zurückführte. Er, Trostorff und auch der Regierungsbeauftragte Kobus waren sich stets respektvoll begegnet und hatten verhandelt. Nun war Roland wie Michael Beleites auf den Inhalt der Akten gespannt und putzte ruhig nochmal seine Lesebrille.

Die Aktenordner lagen auf dem Tisch und wurden von Trostorff und Kobus nicht aus den Augen gelassen. Geipel und Beleites beugten sich unwillkürlich nach vorn, während sich der Oberstleutnant zurücklehnte. Es war für ihn ein absonderlicher Augenblick, die Schriftstücke an die betreffenden Personen herauszugeben. Eigentlich ein Ding der Unmöglichkeit, aber jetzt galten plötzlich keine vertraulichen Verschlusssachen mehr, keine Geheimdokumente. Er musste die Akteneinsicht misstrauisch geschehen lassen.

Was Roland betraf, so waren sie in der Kartei darauf gestoßen, dass es über ihn eine Operative Personenkontrolle unter dem Decknamen „Freiraum" gab. Dazu fand sich eine Akte, die bereits im Aufnahmeheim Saasa angelegt worden war. Aus ihr ging hervor, dass die Stasi Roland als Inoffiziellen Mitarbeiter anwerben wollte. Seither waren mehr als 20 Jahre vergangen.

Beleites wurde in seiner umfangreichen Akte als „Entomologe" bezeichnet, was beide gleichermaßen erstaunte und erheiterte. Er war Präparator im Geraer Naturkundemuseum. Da lag es nahe, dass er mit Insekten zu tun haben musste. Es gab doch so wunderbare Kästen aus Glas, in denen bunte Schmetterlinge aufgespießt waren… Und die das machten, hießen Entomologen, mag dem Namensgeber der Stasi vorgeschwebt haben. Das traf zwar alles nicht ins Schwarze, aber Beleites hatte über Jahre seinen geheimen Namen weg.

Bei Geipel war es anders. Er bat sich in seinen Verhören bei der Stasi in Saasa und den späteren Gesprächen in Gera stets einen Freiraum aus. Ohne Freiraum ging bei ihm nichts. Roland musste nachdenken, wenn es um besondere Entscheidungen ging. Das konnte manchmal lange dauern. Er ließ sich außer von Gott von niemand lenken und leiten. „Freiraum" war für Geipel charakteristisch. Und der war mit der Wortwahl zufrieden; auch seine Ehefrau würde mit dieser Bezeichnung etwas anfangen können. Sie kannte ihren Mann. Er brauchte eben seinen Freiraum.

Oberstleutnant Trostorff klopfte mit dem rechten Zeigefinger und Mittelfinger ungeduldig auf den Tisch. Die beiden sollten nicht gleich alles lesen und sich genau informieren. Das ging ihm zu weit. Mit einem Blick auf Kobus neben ihm, stand er auf und ging ans Fenster. Der rollte mit den Augen und holte tief Luft. Auch er dachte wie Trostorff, obwohl er als Vertreter des Staates für Aufklärung war. Aber ihm lief langsam die Zeit davon. Er hatte heute noch einen anderen wichtigen Termin.

Währenddessen wühlten sich Geipel und Beleites buchstäblich durch ihre Akten. Manchmal hielten sie inne, überlegten und blätterten weiter. Es war für sie eine Offenbarung. Vor allem, als Roland Geipel auf einmal laut zu lesen begann, dass er für eine Zusammenarbeit mit dem Ministerium für Staatssicherheit ungeeignet sei. Und Michael Beleites, der „Entomologe", gab noch eins drauf. In seiner Akte stand, er wäre sehr willensstark, eigensinnig sowie sporadisch und unberechenbar.

Was Roland und sein Freund dann lasen, schien zu stimmen. So viel trauten sie den inoffiziellen Mitarbeitern zu, die nicht nur sie beschatteten. Es war trotzdem kaum zu glauben: schwarz auf weiß stand in Beleites Akte, und zwar minutiös, welche Aktionen die Staatssicherheit bei den Bespitzelungen und Verfolgungen durchgezogen hatte. Dabei wurden viele Lebensläufe beschädigt.

Bei einem späteren Aktenvergleich fanden Roland und Michael heraus, dass es einen inoffiziellen Mitarbeiter gab, der sogar beide auf einmal bespitzelte. Er war ihnen seit Jahren aus der kirchlichen Jugendarbeit und der Umweltinitiative bekannt. Frustriert musste Pfarrer Geipel letztendlich feststellen, dass fast ein Viertel der Mitglieder des Geraer Bürgerkomitees inoffizielle Mitarbeiter der Staatssicherheit waren. Sie hatten ganze Arbeit geleistet.

Nun wollten auch Geipel und Beleites ganze Arbeit leisten. Sie kamen zu dem Schluss, dass alle betroffenen Personen das Recht haben sollten, ihre persönlichen Akten vollständig zu sehen. Gleichzeitig verwarfen sie den Gedanken, jedem Betroffenen seine Akte zuzuschicken. Ihnen war jetzt klar, dass es für ein allgemeines Akteneinsichtrecht ein geregeltes Verfahren brauchte, weil auch Informationen über Dritte in den Berichten enthalten waren. Aber angesichts der hohen Haufen bereits zerstörter Dokumente kamen Roland Geipel Zweifel, ob jemals alle ihre Akten sehen könnten.

Um die Dokumente auf jeden Fall zu sichern, wollte das Geraer Bürgerkomitee daran gehen, die endlich im Zentralarchiv der Bezirksverwaltung konzentrierten Akten aus den einzelnen Abteilungen auszuwerten. Dazu wurde eine Untersuchungsgruppe gebildet, die jedoch nicht wirksam werden konnte. Die am 18. März gewählte Regierung de Maizière untersagte dieses Vorhaben.

Verbot schön und gut, sagten sich einige Mitglieder des Bürgergremiums. Sollen die Stasi-Akten im Bundesarchiv verschwinden? Werden sie gar vernichtet oder westlichen Geheimdiensten zugeschoben? Dann wird wohl niemand mehr erfahren, welche vermeintlichen Schicksalsschläge in Wirklichkeit auf das Konto der Stasi gingen und mit welchen Methoden die Stasi arbeitete, um Biografien zu verletzen. Draußen, außerhalb der Mauern des Stasikomplexes, gab es genug Leute, die ihre Akten haben wollten, ihre Spitzel ebenso. Darin sah Pfarrer Geipel eine Gefahr. Es musste alles geregelt ablaufen. Also warten.

Nicht alle vom Bürgerkomitee waren so geduldig. Roland konnte das gut verstehen, wenn er von seiner Person absah. Bei den Bürgerrechtlern hatte sich eine Menge Frust angestaut, die nun ihren Tribut forderte. Sie waren der Meinung, dass die persönlichen Akten auch eine persönliche Sache seien. Vor allem, wenn es um Haftstrafen in den Stasigefängnissen ging. Der Pfarrer musste abwägen, die menschliche Balance halten, ohne vorzuverurteilen. Und ohne seinen Standpunkt zu verlassen.

Was machte es ihm aus, wenn sein Freund Michael Beleites seine Stasiakte Blatt für Blatt in einem Hinterzimmer fotografierte. Im Wesentlichen ging es um den Uranbergbau in der Region. Beleites war observiert, verfolgt worden, weil er diese nicht nur gesundheitlich gefährliche Tätigkeit der Wismut öffentlich machen wollte. Roland gewährte Michael später, die Akten in seinem Büro zu kopieren. Sie durften nicht verloren gehen, mussten vielmehr veröffentlicht werden. Die anderen Mitglieder des Bürgerkomitees vertraten diese Meinung ebenfalls, wenn sie auch nicht mit den offiziellen Anweisungen übereinstimmte.

Andreas Schmidt, der Leiter des Arbeitsstabes und spätere erste Chef der Gauck-Behörde in Gera, dachte ebenso. Da gab es die brisanten Akten von prominenten Regimegegnern der DDR, die auch im Bezirk Gera tätig waren. Deren Originale gehörten seiner Meinung nach in ein Archiv, um sie als Zeitzeugnisse bewahren zu können. Aber die Kopien sollten den betroffenen Personen, wie zum Beispiel dem Pfarrer Walter Schilling aus Jena und anderen, gehören. Und es sei nicht nur ein Gefühl, sagte Schmidt, dass die Akten eines Tages unwiederbringlich verschwunden sein könnten, wenn sie jetzt nicht an die richtige Adresse kamen.

Bergsteiger

Juli 1993

Susanne war froh, dass sie den Aufstieg zur Blaueishütte fast geschafft hatten. Das Dach des Gebäudes und die unmittelbar am steilen Hang liegende Terrasse waren schon zu sehen. Ihrem Mann Roland schien der Weg bisher nicht viel ausgemacht zu haben. Sein Atem ging relativ ruhig, während sie leicht nach Luft rang. Er war eben Sportler. Um sie zu entlasten, hatte er ihren Rucksack zusätzlich zu seinem schon eine Weile an seine Brust geschnallt. Fast drei Stunden waren sie jetzt vom Hintersee aus unterwegs, der immer kleiner zu werden schien.

Noch eine kurze Pause, ein Schluck Wasser, das langsam zur Neige ging. Während sich Susanne den Schweiß von der Stirn wischte, genoss ihr Mann das herrliche Bergpanorama des Berchtesgadener Landes. Die riesigen, majestätischen Felswände beeindruckten ihn sehr. Sie zeigten ihm, wie klein doch die Menschen waren, unbedeutend den Felsen gegenüber, die die Zeit überdauerten. Immer wieder war Roland von diesem Anblick, den Alpen, begeistert. Zum ersten Mal hatte er sie in natura als 23-Jähriger gesehen. Damals arbeitete der Kfz-Schlosser in Mainz und verbrachte seinen Urlaub im Hochgebirge in Südtirol.

Mit dem Fernglas konnte Roland tief unten den See und rechter Hand den Ort Ramsau erkennen. Das Haus, in dem sie beide Logiergäste waren, entdeckte er nicht. Aber dafür entschädigte ihn der Blick abermals ins weite Tal und zu den mit Schnee bedeckten Felswänden, die sich bis über 2000 Meter Höhe erstreckten.

Was die Landschaft betraf, so war es um Roland schon geschehen, als er gleich nach der Ankunft in der Herberge auf den Balkon trat. Den Wanderführer in der Hand, wollte er zum Leidwesen Susannes sofort die Gipfel erstürmen. Dabei war ihr genehmer, den Urlaub langsam angehen zu lassen, fern der Hektik der vergangenen Monate in Gera. „Also, wer nicht am Blaueisgletscher war", hatte Roland zu Susanne gesagt und die Sonnenbrille zurechtgerückt, „der ist nicht in den Alpen gewesen." Sie nahm es gelassen und packte die Rucksäcke.

Weiter ging es den Berg hinauf. Dem einigermaßen bequemen Weg zu Beginn, gleich an der Bushaltestelle, war nach über der Hälfte der Strecke auf etwa 1000 Meter ein Trampelpfad gewichen. Er schlängelte sich mal in kurzen, mal in weiten Bögen nach oben.

Auch Roland gingen wie Susanne die Monate in Gera, das Bürgerkomitee, die Wende, nicht aus dem Kopf. Konnte man da überhaupt abschalten? Klar, war der Urlaub zum Entspannen und für die Gesundheit wichtig. Aber er fuhr noch aus einem anderen Grund ins Gebirge: Er wollte sich an einem fernen Ort besinnen, wollte sich Klarheit verschaffen, wie es in seinem Leben weiter gehen sollte. Es ging um die Existenz. Die Frage hieß: Pfarrer in Gera mit allen Konsequenzen bleiben oder nicht?

Es hatte ihn und auch seine Frau bis ins tiefste Innere erschüttert, als sich herausstellte, dass selbst Kirchenmänner mit der Staatssicherheit verstrickt waren. Vor allem betraf es ihn persönlich. Entdeckt hatte Roland diese Ungeheuerlichkeit durch die seit Januar des vergangenen Jahres offiziell mögliche Einsichtnahme betroffener Bürgerinnen und Bürger in ihre Stasi-Akten.

Insgeheim hatte Roland schon eine Ahnung, bespitzelt zu werden. Seit er 1969 im Aufnahmeheim Saasa bei der Einreise in die DDR mit der Stasi konfrontiert wurde, musste er stets damit rechnen. Trotzdem verbannte er diese düsteren Gedanken in die hinterste Windung seines Gehirns, bis sein Lusaner Pfarrerkollege, der im Haus nebenan wohnte und durch ungeschickte Fragen und Bemerkungen auf eine solche Verbindung hindeutete. Dies hatte das Misstrauen Rolands geweckt, der in dieser Hinsicht mehr als sensibel war. Und der Verdacht war durch die Fakten bestätigt worden.

Sein Spitzel war einer der fleißigsten. Erst jetzt wurde Roland Geipel das ganze Ausmaß bewusst. Er hatte das von einem Christen, noch dazu einem Pfarrer und Arbeitskollegen, der sich immer als fromm und perfekt ausgab, nicht erwartet. Beim Lesen der Akten wandelte sich die anfängliche Neugier Rolands in Erstaunen ob der detaillierten Ausführungen. Er konnte seine Handlungen vor Jahren nachlesen. Oder zum Beispiel, wie viel Besucher damals die Veranstaltung in der Jungen Gemeinde mit Freya Klier und Stephan Krawczyk hatte. Beide waren trotz Verbotes in Lusan aufgetreten.

Es kam auch heraus, dass Roland Geipels Schatten im Talar offensiv in dessen Privatsphäre eingriff. Beide Pfarrhäuser standen in der Weidenstraße unmittelbar nebeneinander. Sie waren nur durch den Eingang zum Gemeindezentrum in der Mitte getrennt. Links und rechts von ihm befanden sich die Haustüren gegenüber. Rechts wohnten die Geipels. Wenn nun ein Bürger zum Pfarrer wollte, um vielleicht zu erfahren, wie er in den Westen ausreisen könnte, klingelte er einfach bei Roland Geipel. Das rief den benachbarten Pfarrer auf den Plan, der sich von Zeit zu Zeit hinter der Gardine auf die Lauer legte.

Noch bevor ein Bürger vielleicht zaghaft die rechte Klingel drückte, erschien er an der Haustür und sagte, dass Pfarrer Geipel leider nicht da sei und er als sein Vertreter auch helfen könnte. Mancher stutzte dabei, hinterließ jedoch oft Name, Adresse und, wenn vorhanden, auch die Telefonnummer. Und manchmal wurde ihm unter dem Siegel der Verschwiegenheit sogar das Anliegen und mehr erzählt. Wer dann davon erfuhr, war klar, jedenfalls nicht der als Ausreisepfarrer bekannte Roland Geipel.

So reihte sich ein Vorgang an den anderen. Der Nachbarpfarrer wurde von Geipel zur Rede gestellt, bestritt aber alles beharrlich. Trotzdem reichte ihm Pfarrer Geipel die Hand. Mit dieser Geste verzieh er ihm, ohne zu vergessen. Doch der Pfarrer zog sich zurück. Er sei sich keiner Schuld bewusst und müsste sich nicht bei ihm entschuldigen. Darauf hatte Geipel aber gehofft. Der Mann sollte einfach fair sein und die Schuld zugeben.

Erst vor dem Ausschuss der Landeskirche stand der inoffizielle Stasi-Mitarbeiter zu seinem Vergehen. Er wurde bei vollem Gehalt sechs Monate vom Dienst beurlaubt. Dadurch erschwerte sich allerdings Geipels Arbeit. Er musste nun noch seinen Kollegen ersetzen. Das missfiel ihm und ließ ihn zweifeln. Schließlich war die Pfarrstelle Gera-Lusan mit rund 4000 Gemeindegliedern eine der größten in Ostthüringen. Und die Gottesdienste,

Hochzeiten, Taufen, Beerdigungen und anderen Obliegenheiten eines Pfarrers wurden nicht weniger, wohl aber die Zeit, die dafür übrigblieb. Roland empfand die doppelte Arbeit, die er nun schon längere Zeit hatte, nicht gerade als Wiedergutmachung der Verfehlungen seines Kollegen.

Endlich an der Blaueishütte angekommen, setzten sich Susanne und Roland auf der Terrasse auf eine Bank und sahen ins Tal. Sie verschnauften und stärkten sich. Es dauerte nicht lange, und Roland stand auf. Er wollte noch höher. Susanne warf ihm einen fragenden Blick zu, den er nur zu gut verstand. Aber ihn trieb es zum Gipfel. Er wollte sich beweisen, ob er imstande war, alles weiter durchzustehen, es auszuhalten, ohne es nur auszusitzen. Wenn er jetzt den Gipfel schaffte, dann hielt er auch in Gera als Pfarrer durch.

Roland gab Susanne seinen Rucksack, damit sie auf ihn aufpasst, doch sie lehnte ab und meinte, dass sie nicht mit zwei Rucksäcken losmarschieren würde. Ihr Mann freute sich. Er hatte gehofft, dass sie mit ihm geht. Wenn sie nicht mehr weiterkonnte, dann sollte sie an Ort und Stelle auf ihn warten.

Nach der Hütte, die auf einer Höhe von fast 1700 Meter stand, kamen nur Felsen, Steine und Schotter. Weiter oben, am Blaueisgletscher, würde Schnee liegen. Das Ehepaar wanderte mit festem Tritt durch die karge Landschaft, bis Susanne Rolands Rucksack nahm und sich auf einem Felsbrocken niederließ. Sie bildete nun die Basisstation für Rolands weiteren Aufstieg. Susanne sah ihm mit aufmunternden Worten, aber auch Sorgenfalten hinterher.

Er hatte sich von der Hütte einen Stock mitgenommen und schritt weiter zügig den steilen Hang hinauf. Ohne

Rucksack war es leichter, nur die Trinkflasche am Gürtel begleitete ihn. 100 Meter rechts weideten Schafe auf einer mit Felsbrocken übersäten Wiese. Nach einem weiteren Stück des Weges war Susanne hinter einem größeren Felsvorsprung aus Rolands Blickfeld verschwunden.

Nun ganz auf sich allein gestellt, konnte er sich auf sein Problem konzentrieren. Es war in Gera die viele Arbeit, die er durch die Beurlaubung seines Kollegen hatte. Sie wuchs ihm über den Kopf. Er schaffte sein Pensum nicht mehr. Es ging an seine Substanz. Alles hinschmeißen? Gera verlassen, auch seinen Beruf, der ihm ja Berufung war? Oder durchbeißen? Mit aller Kraft gegensteuern, mit Susanne, den Freunden, Mitstreitern? Roland musste jetzt abwägen. Wohin zeigte das Zünglein an der Waage?

Er wusste es nicht. Noch nicht! Trotz der dunklen Brille schien ihn auf einmal die Sonne zu blenden, obwohl sie hinter dem Hang am Himmel stand. Roland merkte, dass er nah an einem Kollaps war. Vorbeugend legte er sich mit zitternden Knien auf den Boden und konnte noch einen knorrigen Ast eines Gebüschs ergreifen, um am Hang nicht abzustürzen.

Erst jetzt wurde ihm bewusst, dass sein Atem sehr schwer ging. Es war fast nur noch ein Röcheln. Der Luftmangel beeinträchtigte das Gehirn. Instinktiv griff Roland nach seiner Flasche und trank im Liegen das kühle Wasser. Ihm ging es besser. Er konnte klare Gedanken fassen, sich kontrollieren. Offensichtlich hatte er sich mit seiner Gipfelstürmerei zu viel zugemutet. Die Luft in dieser Höhe war dünn. Das konnte zu Besinnungslosigkeit führen. Roland betete zu Gott, dass ihm das nicht passiert. Weit und breit war kein Mensch zu sehen, auch Susanne nicht, an die er jetzt dachte.

Er versuchte den Oberkörper aufzurichten, was vorerst misslang. Sein Bewusstsein wurde leicht getrübt. Rolands Gesicht war, in saftigem Gras liegend, zum Tal gewandt. Genauso wie in seiner Kinderzeit als Kuhhirte, als er mit der Herde ein heftiges Gewitter erlebte und sich wegen der Blitze auf die nasse Wiese legte, mit der Nase im Gras. Noch weitere Bilder aus seinem Leben schwebten an ihm vorbei. Er konnte nicht abschätzen, wie schnell, aber es war wie im Film. Oma und Opa kamen darin vor, die Hochzeit mit Susanne, das Tor der Geraer Stasi-Zentrale, eine Beerdigung… Alles ging ineinander über, lief rückwärts, entzerrte sich dann und verschwand aus seinen Augen.

Langsam fand Rolands Organismus zur Normalität zurück. Er dankte Gott mehrmals und wusste, dass er mit seinem Aufstieg zum Berggipfel an seine Grenze gekommen war. Bis hierher und nicht weiter wurde er geführt. Der Pfarrer deutete dies als ein Zeichen, standhaft zu bleiben, dort weiterzumachen, wo er gebraucht wird, auch wenn es schwerfiel und mit Zweifeln einher ging. Es war eine Glaubensprüfung, die er bestehen musste und wollte. Der Berg gab ihm dazu die Gewissheit.

Beim Abstieg besann sich Roland: Es hatten ihm von Susanne in Richtung Gipfel rund 300 Höhenmeter genügt, um seine Grenze kennenzulernen. Hätte er sie überschritten, wäre er wohl noch höher angekommen.

Torhaus

Juli 2000

Ja, es waren Gitterstäbe eines Gefängnisses, die Roland Geipel in beiden Händen hielt. Hier in der ehemaligen Geraer Stasi-Untersuchungshaftanstalt schauderte ihm bei dem Gedanken, wirklich hinter Gitter zu sitzen. Doch wären es echte Gitterstäbe, dann würden sie viel dicker und kürzer sein und so wie hier kein normales Fenster abschließen, aus dem er jetzt auf die Amthorpassage schaute. Nein, bei einem echten Zellenfenster gäbe es auch keine Aussicht.

Die Fenster des Verwaltungsgebäudes des Gefängnisses waren zur Straße hin mit verzierten Gittern versehen, was bedeuten sollte, dass sich hier nichts Ungewöhnliches befand. Auch sonst machte die Fassade einen recht passablen Eindruck. Kein Passant vermochte zu erkennen, dass, in der zweiten Häuserreihe verborgen, das eigentliche Gefängnisgebäude mit 45 Zellen auf vier Etagen stand.

Gott sei Dank war das Gefängnis seit der Wende nicht mehr in Betrieb, dachte der Pfarrer. Er konnte sich gut vorstellen, welchen Repressalien die Untersuchungshäftlinge hier ausgesetzt waren, zumal es sich zuletzt um eine Einrichtung der Staatssicherheit handelte. Das Gebäude diente schon seit 1876 als Gefängnis. Erst vom Kaiserreich, dann von den Nazis, dem sowjetischen Geheimdienst und nach 1952 von der Stasi der DDR genutzt, wurden neben Kriminellen nicht zuletzt politische Gegner festgesetzt.

Und nun war Geipel im kurzärmeligen, weißen Hemd sozusagen hinter Gittern, Ziergittern! Er hatte nie im Gefängnis gesessen, war stets darauf bedacht, nicht unbedingt davon zu kommen, aber immer abzuwägen, wem eine Sache nützt. Dabei war er schon manchmal hart an seiner Grenze, aber es gelang ihm, sie nie zu übertreten. Roland verstand auf schmalem Grat zu wandern, die Balance zu halten und möglichst das Beste zu erreichen. Obwohl er als junger Mann von der DDR in die Bundesrepublik ging und nach zwölf Jahren wieder zurück, verstand er sich nicht als Wanderer zwischen zwei Welten. Vielmehr versuchte er an dem Ort, wo er gerade zu Hause war, zu helfen und auch zu verändern.

Im Sommer vor einem Jahr drängten sich hier auf der Straße Journalisten, die schrieben, filmten, fotografierten. Der Grund? Roland Geipel hatte 1997 mit weiteren Mitgliedern des Vereins Gedenkstätte Amthordurchgang e.V. das Gebäude besetzt, um den Abriss dieses ehemaligen Gefängnisses mitten in der Stadt zu verhindern. Vielmehr sollte in dem historischen Komplex eine Gedenk- und Begegnungsstätte eingerichtet werden. Niemand durfte vergessen, dass hier mehr als 100 Jahre lang Menschen erniedrigt wurden. In der DDR waren es bis zur Wende Gegner des Regimes von Ulbricht und Honecker. Viele von ihnen hatten die Ausreise beantragt, protestiert, wurden über Jahre vertröstet und bei Fluchtversuchen gestellt.

Roland wusste darüber als Lusaner Ausreisepfarrer bestens Bescheid. Er wollte aufrütteln, aufmerksam machen, und er erinnerte sich, als er nach der Wende von einer engagierten Kollegin gebeten wurde, sich für eine Gedenktafel einzusetzen, die Matthias Domaschk gewidmet sein sollte. Der junge Jenenser war 1981 in der Geraer Stasi-Untersuchungshaft ums Leben gekommen. Die Todesursache konnte nie geklärt werden.

Was musste Geipel damals in Sachen Gedenktafel erfahren? Antrag abgelehnt! Der Gefängniskomplex würde abgerissen und solle einem Einkaufsmarkt weichen.

Der Verein machte sich trotzdem für eine Gedenkstätte stark. Nach jahrelangen, ergebnislosen Verhandlungen mit Thüringer Ministerien nahm er die Angelegenheit selbst in die Hände. Fünf seiner Mitglieder besetzten das Torhaus genannte Gebäude.

Schließlich war das Unterfangen nach wenigen Tagen von Erfolg gekrönt. Die Landesregierung stimmte zu, den ehemaligen Verwaltungstrakt an der Straße nicht abzureißen, sondern in Obhut des Vereins zu einer Gedenk- und Begegnungsstätte zu gestalten. Dass sie Roland nicht nur als Vorstandsmitglied besonders am Herzen lag, zeigte seine Teilnahme an den zahlreichen Veranstaltungen. Allerdings sollten noch fünf Jahre vergehen, ehe die Gedenkstätte in der Amthorpassage eröffnet werden konnte.

Kopfstand

Dezember 2001

Der Turm der kleinen, trutzigen Dorfkirche von Oberröppisch hoch über dem Lusaner Neubaugebiet hob sich nur wenig vom Nachthimmel ab, als Roland Geipel aus seinem Auto stieg. Es schneite leicht. Der Schnee ringsum erhellte die Landschaft; in den Fenstern der Gehöfte leuchteten Schwibbögen. Der Pfarrer war froh, dass er den ziemlich oft aufheulenden Motor des Pkw, der die

Stille zerriss, nicht mehr hören musste. Er hatte hier hinauf zusätzlich Gas gegeben, um im Schnee die Spur zu halten. Die letzten Nachrichten im Radio verhießen nichts Gutes. Altenburg soll schon reichlich mit Schneemassen zu kämpfen haben.

Geipel genoss die frostige Heilige Nacht. Er blickte zur weißen Haube des gedrungenen Kirchturmes, als wollte er sich versichern, dass er nach der abschließenden Gesamtsanierung des Gotteshauses vor drei Jahren immer noch schöner als je zuvor aussah. Die Oberröppischer Dorfkirche war mit über sieben Jahrhunderten wieder ein Kleinod.

Bevor der Pfarrer den kurzen, steilen Weg bis zum schmiedeeisernen Tor der Mauer nahm, die Kirche und Friedhof umgab, ging er die Straße bis zum Ortsrand entlang, um auf den größten Stadtteil Geras hinab sehen zu können. Vor ihm lag Lusan mit allen Wohnblocks und Hochhäusern, die jetzt zu Weihnachten besonders erstrahlten. Sehr viele Familien waren mit dem Wismutbergbau eng verbunden und fast jede hatte einen geschnitzten Bergmann und einen Engel mit leuchtenden Kerzen im Fenster stehen. Sie verbreiteten eine feierliche Stille.

Bis zum Gottesdienst um 22 Uhr hatte Roland noch genug Zeit, um sich in der Kirche vorzubereiten. Dort unten in den Familien seiner Lusaner Gemeinde waren die Geschenke sicher schon verteilt. Die Kinder mussten aus Freude darüber bestimmt mehrmals zum gemeinsamen Abendessen gerufen werden. Für die Großeltern stand schon der Wein bereit, denn sie behüteten den Schlaf der Kleinen, wenn die Eltern den späten Gottesdienst besuchten. So war das früher auch bei ihnen, erinnerte sich Geipel, als Tochter Scarlett in den Kinderschuhen steckte. Jahr für Jahr stand er in dieser Nacht der Nächte vor dem Altar und feierte mit der Gemeinde die Geburt Jesu.

Während Roland Geipel in der Sakristei seinen Talar anlegte und anschließend in der Schrift blätterte, führten ihn seine Gedanken zu einem Ereignis in der Lusaner Kirche Sankt Ursula zurück.

Kurz nach dem zweiten Advent hatten er und sein treuer Mitarbeiter in den Gotteshäusern des Kirchspiels mit dem Aufstellen und Schmücken der Christbäume begonnen. Besonders stolz war Geipel auf den Baum in Sankt Ursula mit seinen dichten, weit ausladenden Zweigen und der symmetrischen Krone. Sein Mitarbeiter stellte sich beim Schmücken mit einer Kugel in der Hand eifrig auf die vorletzte Stufe der Sprossenleiter und riskierte einen kurzen Blick ins Innere der Kirche. Hinten stieg seine Frau gerade die Treppe zur Orgel empor.

Pfarrer Geipel wollte in diesem Moment nach Hause gehen und die Türklinke ergreifen, als es einen fürchterlich dumpfen Schlag gab. Der Mann hatte das Gleichgewicht verloren und war von der Leiter gestürzt. Geipel und die Frau rannten sofort zu ihm und fanden ihn mit einer Kopfverletzung bewusstlos vor. Geistesgegenwärtig griff der Pfarrer zu seinem Handy und alarmierte den Rettungsdienst, der nach fünf Minuten vor Ort war. Der Verletzte musste im Krankenhaus ins künstliche Koma versetzt werden.

Warum ließ Gott das zu? Warum zur Weihnachtszeit? fragte sich Roland Geipel. Wo doch Jesus Christus geboren wurde? Schon so lange war er Pfarrer, schon mehr als 25 Jahre taufte und beerdigte er. Es war der Lauf der Welt, den niemand aufzuhalten vermag, aber immer wieder tauchte die eine Frage auf. Warum? Warum musste sein Mitarbeiter zwei Tage vor dem Heiligen Abend sterben? War es Zufall oder Gottes unergründlicher Wille?

So sehr Geipel nach einer Antwort suchte, so sehr wurde ihm klar, dass es für ihn nur die eine Antwort gab: Es wird geboren und gestorben, ohne Rücksicht auf Feiertage, ohne irgendwelche Befindlichkeiten oder Ereignisse. Als er Anfang der 70er Jahre in seiner Vikariatszeit am Eisenacher Predigerseminar studierte, erzählte ihm dort die Köchin, dass ihr Mann, der Kantor, am Heiligen Abend friedlich eingeschlafen war, was sie völlig überraschend traf. Sie wollte dem Studenten als werdendem Pfarrer mit auf den Weg geben: Er muss mit allem rechnen und immer gut vorbereitet sein. Freude und Trauer liegen eng beieinander.

Genauso sonderbar war, dass in Familien nach dem Tod eines Angehörigen oft ein neues Leben begann. Rolands Oma Lidda starb 1971, und ihre Enkelin Scarlett, die sie nicht mehr kennenlernen durfte, wurde im Jahr darauf geboren. Sein Wille geschehe, so hieß es im Gebet. Gerade hier und heute am Heiligen Abend musste Geipel mit diesen schweren Gedanken seinen Frieden finden.

Kurz vor 22 Uhr war die Oberröppischer Kirche voll besetzt wie in jedem Jahr zu Weihnachten. Nicht nur Leute aus seiner Gemeinde kamen, sondern auch Freunde und Bekannte Rolands, sogar aus anderen Städten. Manches Gesicht aus dem Neubaugebiet hatte er noch nie in seiner Kirche gesehen. Aber in dieser Nacht waren sie da, um mit ihm in einer Gemeinschaft zu sein, um die Geburt Jesu nachzuerleben. Das freute Roland. Gemeinsam mit Musikern, einem Schauspieler und Freunden wollte er die Stunden des Heiligen Abend zu einem besonderen Erlebnis gestalten.

Dabei dachte er immer wieder an seinen verstorbenen Mitarbeiter, den er am 4. Januar beerdigen würde. Er musste etwas tun, seine außergewöhnlich belastende Betroffenheit zum Ausdruck bringen. Mit einem Kopfstand! Nicht hier in der Sakristei, sondern neben dem Altar und vor dem Gottesdienst und allen 120 Leuten. Dazu brauchte er keinen Talar. Das ging im Anzug, mit einem Stuhlkissen unter dem Kopf und auch mit 61 Jahren.

Er wollte seiner Gemeinde mit dem Kopfstand verdeutlichen, dass er jetzt für sie da war, aber dass es ihm nicht gut ging, dass die Welt für ihn zurzeit Kopf stand. Roland hatte sich an seine Studentenzeit erinnert, an seinen Professor an der Friedrich-Schiller-Universität. Der alte Herr zeigte ihnen in seiner Vorlesung mit einem Kopfstand, was Meditation und die Besinnung auf sich selbst bedeuten kann.

Damals hatte Roland der Kopfstand stark beeindruckt. Er wiederholte ihn als einziger Student sofort vor der Seminargruppe und praktizierte ihn auch später. Die Übung hatte der Professor den künftigen Pfarrerinnen und Pfarrern für jeden Tag empfohlen. Sie sollte Selbstbesinnung sein. Danach wäre die Welt in ihrer Wirklichkeit besser zu sehen, meinte er.

EPILOG

Nun stehen Sie nicht gleich Kopf, wenn die Welt auch nicht immer zu verstehen ist. Roland Geipel hat es zielstrebig verstanden, sein Leben so zu gestalten, dass er etwas bewirkte: Er trug zum Fall der Mauer bei. Seitdem sind 35 Jahre vergangen. In dieser Zeit wurde Roland Geipel Oberpfarrer, ging in den verdienten Ruhestand, den er bis heute nur schwer akzeptieren kann, und erhielt das Bundesverdienstkreuz. Seine Heimatstadt Gera ernannte ihn zum Ehrenbürger.

Als sich die Besetzung der Staatssicherheit zum 25. Mal jährte, wurde im Geraer Rathaussaal eine Podiumsdiskussion veranstaltet, an der auch Roland Geipel teilnahm. Er war gespannt, wie sich der Ex-Stasi-Oberstleutnant Michael Trostorff, den er aus vielen persönlichen Begegnungen in der Wendezeit kannte, auf dem Podium verhielt.

Erinnerung

Januar 2015

Im Rathaussaal sitzt Michael Trostorff zwischen Regionalbischof Diethard Kamm und Dekan Klaus Schreiter in der ersten Reihe. Zwischen einem Protestanten und einem Katholiken. Sie warten auf den Beginn der Podiumsdiskussion. Erst am Tag zuvor hatte Roland Geipel einen Vortrag über die Ereignisse in Gera im Jahr 1990 gehalten. Und abends leitete er in der Johanniskirche den Festgottesdienst zu Ehren des Jubiläums. Höhepunkt für ihn war danach der Marsch von der Kirche bis zum ehemaligen Stasikomplex wie am 4. Januar vor 25 Jahren mit Zeitzeugen von damals. Es waren auch junge Leute dabei, die wissen und fühlen wollten, wie es damals zur Demo wirklich war. Und dass trotz der winterlichen Kälte und mit Kerzen, die im Wind flackerten, aber auch wärmten.

Mehrere Fernsehkameras und Mikrofone unterstreichen im Saal die Medienpräsenz. Es ist nicht alltäglich, dass sich ein Stasi-Offizier der Öffentlichkeit stellt. Eine Leinwand hinter dem noch leeren Podium zeigt Fotos vom Ende des Geheimdienstes der DDR in Gera.

Pfarrer Roland Geipel trifft Roland Jahn und Michael Beleites. Die drei Männer sehen sich nicht oft, jeder hat ein großes Arbeitspensum. Roland Jahn, in Berlin Bundesbeauftragter für die Stasi-Unterlagen, muss im Saal mehrmals Autogramme geben. Sein Buch „Wir Angepassten. Überleben in der DDR" erschien vor einigen Monaten. Und Michael Beleites wohnt in der Nähe von Dresden.

Dann nehmen Trostorff, Jahn, Beleites und weitere
Personen am Podiumstisch Platz. Trostorff fühlt sich auf
seinem Stuhl nicht wohl. Die Hände sind unruhig, der
Blick ist meist gesenkt. Er verfolgt das Gespräch und als
er das Mikrofon bekommt, weist er alle Verantwortung
von sich. Ja, die Waffenkammern waren damals noch
voll. Aber wozu die Waffen dort waren, weiß er nicht.
Geraune im Saal, Unverständnis bis zu Gelächter. Auch
Roland Geipel legt die Stirn in Falten und rückt seine
Brille zurecht.

Trostorff mauert, macht dicht. Er ist sich keiner Schuld
bewusst. Kein Eingeständnis. Auch als Jahn und Beleites
ihm in der Diskussion Brücken bauen, bleibt der Stasi-
Offizier hart.

Roland Geipel denkt an die Verhöre, die Pein, die ihm
durch die Staatssicherheit widerfahren waren, nachdem
er in die DDR zurückkam. Und er erinnert sich an die
Wende. Damals saß er als Mitglied des Geraer Bürgerkomitees mit Michael Trostorff zum ersten Mal an einem
Tisch. Damals gab es wie noch heute viele Fragen.

Dank

Mein besonderer Dank gilt Oberpfarrer in Ruhe Roland Geipel; ohne seine außergewöhnliche Lebensleistung wäre dieses Buch nicht möglich gewesen. Mit Begeisterung, Geduld und in vielen Gesprächen lernte ich einen aufrechten Menschen kennen, der in seinen bisher 85 Jahren in zwei gegensätzlichen Gesellschaftsordnungen lebte und lebt. Dabei entschied er sich mit seiner Frau Susanne in der DDR für einen unbequemen Weg.
Bei der Darstellung der geschichtlichen Auseinandersetzung in der Wendezeit half Michael Beleites mit großer Sachkenntnis wie auch Frank Karbstein.
Des Weiteren unterstützte mich meine Frau Helga über die lange Zeit der Erarbeitung des Manuskriptes in allen Belangen.
Mein Sohn Björn verlieh dem Buch mit dem Porträtfoto Roland Geipels und der Umschlaggestaltung ein ansprechendes Äußeres.
In meiner Arbeit an der Romanbiografie bestärkten mich die Menschen, die das Manuskript zum Teil vorab zur Probe lasen und diejenigen, die es kritisierten. Auch die beiden erfolgreichen Manuskriptlesungen als literarisch-musikalische Veranstaltungen trugen zum Gelingen des Werkes bei.

Kurt Dietmar Walther

Juni 2024